K aü Gdhßidp

Am Sonnenwirbel

Eh d Dnpef dr bg lbg sd

K aü GdlßBidp

Am Sonnenwirbel
Eine Dorfgeschichte

HSBM: EAMk7452224340400

Gdpf drsdiis H Eßpnoav USAvJ al acavAßrspaihdl vl aoal

Cnudpx Fnsn / Al cpdar Ghibdbk : ohüdihn,cd

Wdhsdpd Bt bgdpeH cdl Shd aße **www.hansebooks.com**

Im Verlage von *L. Staackmann* erschien ferner:

Das Moordorf

Kulturroman in zwei Büchern von **Max Geißler**

Mit Federzeichnungen von J. v. Eckardstein

480 Seiten

5. und 6. Tausend

brosch. M. 5.–, geb. M. 6.–

Neue Freie Presse: »Max Geißler ist ein Dichter und Naturschilderer von großer Begabung und außerordentlicher Gestaltungskraft. Er versteht es, wie selten einer, der Natur ihre Geheimnisse abzulauschen und Stimmungen zu erzeugen ... Er gehört zu jenen Geistern, welche kulturelle Erscheinungen und Strömungen in ihrer ganzen Bedeutung richtig erfassen und diese Bedeutung für die Entwicklung der Gesellschaft mit verblüffender Genauigkeit kennzeichnen und charakterisieren.«

Hütten im Hochland

Roman von **Max Geißler**

Mit Buchschmuck von Felix Schulze

376 Seiten

4. und 5. Tausend

brosch. M. 4.–, in farbigem Originalband M. 5.–

Hamburger Fremdenblatt: »Zweifelsohne wird das Buch einen bedeutenden Erfolg haben. Man darf es getrost zu dem Besten zählen, was neuerdings an Romanwerken erschienen ist und ich möchte dem gebildeten Publikum zurufen: Lest dieses Werk, an dem ihr eueren Geschmack bilden könnt, es wird euch zu einer Quelle des Vergnügens im besten Sinne des Wortes werden!«

Im gleichen Verlag erschien ferner:

4

Jochen Klähn

Ein Halligroman von **Max Geißler**

2. Auflage

brosch. M. 3.–, in elegantem Leinenband M. 4.–

Freiburger Zeitung: »In der Naturbeseelung übertrifft Geißler in seinem Buche all unsere modernen Dichter. Diese Gabe der Verlebendigung, überhaupt sein inniges Verhältnis zur Natur, das sich auch sonst in seiner Lyrik offenbart, kam ihm bei der Schilderung eines Volkes, das mit all seinem Denken in der Natur leben und weben muß, vortrefflich zu statten. Die sprachliche Darstellung ist über alles Lob erhaben. Wir besitzen nur wenige Romane, die in einer so poesievollen künstlerischen Prosa geschrieben sind.«

Tom der Reimer

Eine romantische Geschichte aus alter Zeit
von **Max Geißler**

2. Auflage

brosch. M. 4.–, geb. M. 5.–

Leipziger Tageblatt: »Hier im ›Tom der Reimer‹ romantische Schönheitskunst nach der alten Schule und doch mit ergreifenden wunderschönen neuen Bildern. Der Bilderreichtum ist es auch, der diese Erzählung zu einer bedeutenden Erscheinung hoher Formenkunst macht.«

Am Sonnenwirbel

Eine Dorfgeschichte
von

Max Geißler

Zweite Auflage

Leipzig
Verlag von L. Staackmann
1906

Druck von C. Grumbach in Leipzig

1. Kapitel.

Der Frühling hat dem Zachenhesselhans sein Weib umgebracht.

Der Zachenhesselhans hat das kommen sehen und hat's den Waldleuten schon im Winter gesagt: die Märzstürme werden das müde Lebenslämplein der kranken Frau ausblasen. Und die Märzenstürme brausten über das Gebirg und brachen die Forsten.

In der einen Nacht, in der die Bäche in die Täler stürzten und das Donnern in den Wäldern war, weil die große Schlacht auf dem Kamm des Gebirgs geschlagen wurde, in welcher der Frühling Sieger blieb, da ist's geschehen. Alle Ritzen hat der Sturm gefunden – waren ihrer viele im morschen Haldenhause – und hat darauf geblasen. Wilde schauerliche Lieder hat er gewußt, und droben, zwischen Schindeldach und Giebelwand, hat er mit einem Arm hereingelangt und das wehende arme Flämmlein ausgedrückt.

Droben unter dem Schindeldach auf dem Stroh ist der Zachenhesselhans mit seinem Weibe gelegen.

Weil der alte Mann in den Sturm lauschte, um zu hören, ob der wilde Waldläufer das Dächlein des Zechenhäusls eintreten oder mit seinen Armen packen und in den rauschenden Bergwald werfen wolle, vernahm er gar nicht, wie das müde Leben an seiner Seite leise verwehte.

So ist es gekommen, daß der Zachenhesselhans mit seiner toten Frau redete bis das Grau der Morgenfrühe durch das Schiebfensterlein des Giebels rann. Und der Tag, der sich durch die verstaubten Scheiben tastete, hinter denen im Spinngeweb ein vorjähriger Sommervogel hing, sagte dem Zachenhesselhans ins Ohr:

»Alter, schau Dich nach Deinem Weib um. 's hat all die Zeit her kein Wörtl für Dich gehabt. Geh, schau fei nach – ich mach Licht!«

Da hat sich der Zachenhesselhans, der auf dem Stroh lag, auf den rechten Arm gestützt und sich über die Frau gebeugt.

»Du,« sagt' er, »'s möcht Zeit sein zum aufstehen.«

Und wie er sich tiefer über das welke Gesicht neigte, wehte darüber nicht mehr der warme Hauch des Lebens.

»Du,« wiederholte der Alte sanfter. Er hatte sein Weib durch vierzig Jahre nicht zweimal rufen müssen. Und wie er ihr seine harte Hand auf die Stirne legte und hernach auf die Brust, da wußte der Zachenhesselhans, daß er fortan seinen Weg allein zu gehen habe.

»Na,« sagt' er, »'s ist so nimmer weit. Ins Grab werd' ich mich allein finden. Aber Du, Du hast all Dein Leid und Freud mit mir geteilt und nun zum End bist mir so heimlich davongegangen, gar um die Mitternacht und bei dem Mordssturm ... Ich hab's eh gewußt: wir beide werden fei nimmer Seit' an Seite mit der Kraxen den Berg heraufsteigen.«

Dann erhob sich der Zachenhesselhans vom Stroh, nahm die Mütze vom Nagel und ging barfuß in die graue Frühe. Vor dem Haldenhäuslein hatte der Wind eine Fichte über den Pfad gelegt und da noch eine. Der alte Mann hielt ein wenig Umschau. Da herein war die Schlacht geschlagen worden. Wer weiß, wie weit in den Forst, wer weiß, wie tief in das Tal.

Er stieg über die gefällten Fichten; die Kronen der Waldbäume warfen einen Schauer von Eiskörnlein und silbernen Regenkugeln über ihn.

Er ging über den Holzschlag, er ging lehnan bis an die Hütte, die an der Berghalde über dem Zechenhäusl liegt. Die nennen die Leute die ›Unruhe‹.

Als der Helari, der drinnen mit dem Span das Stalllämplein gähnend antat, die Haustür in den Angeln kreischen hörte, wendete er lauschend den Kopf:

»In der ›Unruhe‹ liegen sie noch auf dem Stroh. Hätt'st fei gern was, Zachenhesselhans?« fragte der Helari. Er blies den Span aus und schloß das Türlein der Windlaterne.

»Die Mali ist mir diese Nacht davongegangen – ganz heimlich. Ich hab's eh gewußt: der Frühling bringt mir mein Weib um.«

Der Alte setzte sich auf die Ofenbank, zog die Pfeife aus der Tasche der Lederhose und tat schweigend das Schnürlein vom Beutel. Während er stopfte und den Span, den der Helari immer noch in der Hand gehalten, am Stalllämplein in Brand steckte, und während er den grauen, süßlich riechenden Tabakrauch zwischen den Lippen hervorstieß, fuhr er fort:

»'s ist fei eine schlimme Nacht gewesen, Helari. Ich hab gemeint, es wollt mir das Zechenhäusl gar forttragen.«

Darauf forschte der Helari, wann's gewesen sei, daß der Mali das Herz gebrochen. Der Alte schlug den Deckel der Pfeife auf und drückte mit der Spitze des Mittelfingers auf die Glut. »Klapp« machte der Beschlag des Pfeifenkopfes und »hm« sagte der Zachenhesselhans, »denkst etwa, die Mali hat ein Wörtl gered't? Ganz leis hat sie sich von dannen gestohlen und hat mir fei nimmer den Abschiedsgruß vergunnt. Solch ein Einschlafen – wenn einer haben könnt' ...«

Die Holzstiege herab, die auf den Hausflur führte, stieg dem Helari sein Weib. Die Resl hatte droben die Männerstimmen vernommen; nun wußte sie schon: die Mali ist in der Nacht gestorben und der Zachenhesselhans ist da und will zum Leichetragen bitten.

Die beiden Kühe im Stalle klirrten mit den Ketten, und die Schweine meinten, es wär eh Zeit zum füttern. Draußen lehnte der Morgen grau und mißmutig an den Scheiben.

»Nun haben wir wahrhaftig auf eine Pfeif Tobak beisammengestanden,« sagte der Alte vom Zechenhaus und klopfte den Pfeifenkopf am Rohr aus. Dann stopfte er von neuem, glomm an und schritt barfüßig in die Frühdämmerung. Hinter der ›Unruh‹ stieg er den Wiesenpfad empor; ein schmaler Steig war's, über den sich da und dort noch ein Streifen schmutziger Schnee spannte. Der Märzwind schlug klirrend Eis und Regen in die Bergnebel. Droben aus den Sonnenwirbelhäusern rann müdes Licht in das träge Grau der Frühe. Manchmal warfen die Nebel ihre Netze auf das Bächlein Licht, das von dort in die Graudämmerung floß. Da versiecht' es. Dann war's wieder da. Und der Märzenwind heulte über die Halden und die Nebel flatterten wie zerfetztes Linnen in den triefenden Tag.

Auf dem Sonnenwirbel erzählte der Zachenhesselhans, was ihm die Mali angetan, und bat zum Leichetragen. Der Peter, den sie den Einräumer nannten, weil ihm die Pflege und Räumung der Straße nach dem Keilberg oblag, kraute sich hinter den Ohren als er's hörte.

»So möcht' kein Frieren werden die Tage her,« hub er an, »daß wir mit dem Sarg fei heil die Halden hinabkommen.«

Und die Mahm, was die Mutter vom Peter ist und die Großmutter vom Peterl, setzt ihr Tranlämplein auf die Ofenbank und sich daneben, faltet die Hände im Schoß und spricht ein leises Gebet.

Nur die Schatten liefen lautlos über die Wände, und nur die Uhr im Kasten konnt' ein Wörtl reden: tot – tot – tot, sagte sie.

Wie die dreie eine Weile geschwiegen, gingen der Zachenhesselhans und der Peter zum Hachtl und zum Wurzltonl. Die hausten mit ihren Frauen und ihren Kindern in der andern Hütte am Sonnenwirbel. Nun wußten die Waldleute miteinander: wir haben eine Leiche und am Freitag ist der Grabgang.

Darauf glomm sich der Zachenhesselhans die Pfeife an und schritt kreuz und quer den Waldhang hinab. Der Wiesensteig durch das borstige Gras ist glitschig; da kann einer im Rauhnebel nicht zu Tale. Auf dem Nadelgrund des Bergwalds ist leichter schreiten.

Wie der Alte ins Zechenhäusl trat, lief der Tag hinter ihm drein und der Wind warf einen Haufen moderduftigen Nebel nach. Der kroch in den Flur, der kroch in die Stube.

Der Zachenhesselhans ritzt ein Zündholz an der Lederhose an und legt Feuer in den Kachelofen. Das Reisig knackt. Eine Weile kniet der Alte vor dem Ofenloch; dann wirft er eine Wurzel in den Brand und noch eine. Er geht vor die Tür, wo der Wind den Wasserstrahl vom Röhrbronnen reißt, und schöpft. Er setzt den Topf in den Ofen und geht in den Stall, die Kuh zu besorgen. Die brummt, als sie den Hans erschaut.

»Du, heut kommt ein andrer zum melken, Scheck, die Mali ist uns verstorben. Und wir zweibeide werden nimmer lang mitsammen hausen.«

Wie der Zachenhesselhans so redet und der rotweißen Kuh das Heu in die Raufe wirft, zittert ihm die Stimme.

»'s ist fei anders worden übernacht. Vielleicht, daß sie Dich beim Hachtl auf dem Sonnenwirbel brauchen können.«

Dann schwenkt der alte Mann am Röhrtrog den Melkkübel aus, der draußen auf ein Zaunlättlein gestülpt ist, setzt sich unter die Kuh auf den Schemel und die weißen Milchbrünnlein zischen in die Gelte.

»Wenn die Mali erschaut, daß sie Dich aus dem Zechenhäusl treiben, tut ihr meiner Seel noch einmal das Herz weh. Aber dies Leid müssen wir ihr fei antun, der Mali, Scheck! Wir zwei – das tät eh kein gut.«

Der Zachenhesselhans schob das Türlein empor, durch das die Hühner schreiten. Die lauerten schon lange vor dem verschlossenen Pförtlein; denn durch das Fenster über der Stalltüre schaute der lichte Tag.

Im Hausgang spann der Nebel, spann um die unteren Stiegen, kroch aber nicht die Treppe hinan – weil ein Toter droben ist?

Der Zachenhesselhans schloß die Stubentür hinter sich und brach Brot in die Milch, zum Frühsüpplein. Während er den Löffel am Schüsselrand abstrich, gingen seine Augen hinaus in den Nebel. Die Bergfichten schwankten, und die Wipfel quirlten in dem triefenden Grau. Alle Gipfel waren verhängt. Der alte Mann fand keinen Weg in die Weite.

»Daheimbleiben, Zachenhesselhans,« sagte er, »daheimbleiben! Was Du zu sorgen hast, ist im Zechenhäusl. Wird eh wieder ein Sonnenstrahl kommen? Wohl, wohl. Aber bis in die Tage der Sonne ist ein langer stiller Weg.«

Dann wischte der Alte den Blechlöffel am Joppenzipfel sauber und hing ihn in den Einschnitt am Zinnbrett. Er schwenkte das braune Schüßlein am Brunnentrog und stürzt' es auf den Ofen, damit's ablaufe. Dann stieg er die Holztreppe empor.

Da liegt die Mali auf dem Stroh wie vorhin, und der Tag

streichelt ihr mit der kalten Hand die bleiche Stirn.

An der anderen Giebelwand, an der auch die alte Harfe lehnt, die die Mali in ihren jungen Jahren gezupft hat, weil sie mit den Ihrigen landfahrend war, steht der Sarg. Es ist allerhand Holz und sind mancherlei Abfälle darum- und darübergestapelt.

Der Zachenhesselhans trägt alles beiseit – leise, leise; denn die Mali schläft. Mit dem Gansflügel streicht er den Staub zusammen und die Spinnweben, die das Leben um den Sargdeckel gewoben. Dann trägt er den Deckel und hernach das Sargbette die Holzstiege hinab, richtet den Sägebock und den andern, auf dem er des Winters den Hafer ausschlägt, und stellt den Sarg darauf. Hier soll die Mali liegen die drei Tage. Und er tut ihr das schwarze Feierkleid an und nimmt die tote Frau in die Arme. Er trägt sie die Stiege hinab und bettet sie.

»Nun ist Ruh',« sagt' er, wie er sie hingelegt hat, »nun will ich Dir den Schlaf nimmer stören, Mali.«

Und er faltet ihr die Hände über den Schoß und geht hinaus, bricht grünes Fichtenreis einen Armvoll und breitet's um die Tote.

»'s ist die letzte Lieb', die ich Dir tun kann, Weiberl, fei die letzte,« sagt er und drückt der Toten die stillen kalten Hände. Und wie der Zachenhesselhans die harzduftigen Reiser um sie legt, fallen seine Tränen in das frische Grün. –

Am Freitag klang von St. Joachimsthal herauf das Sterbeglöcklein. Das gab dem stillen Zuge das Geleite durch den Wald. Wie sie über die Pfarrwiese schritten, setzten sie den Sarg ab und hinter dem Forsthäuslein noch einmal. In den Wipfeln rauschte der Frühlingssturm; der Frühlingssturm sang um das Grab, und der Frühlingsregen sprühte hinein.

So haben sie die Mali aus dem Zechenhäusl begraben.

Nun war der Zachenhesselhans allein mit sich und seiner Einsamkeit.

Die rotweiße Kuh trieb der Hachtl am selben Abend in das Sonnenwirbelhaus.

»'s wird Dir eh schwer werden, Dich von dem Vieh zu trennen,« sagte die Resl, die mit dem Helari von der ›Unruh‹ herabkam, als der Tag in den Wipfeln auslöschte. Die beiden waren dem Hachtl beim Auftrieb zum Sonnenwirbel begegnet. Die Resl tat eine Handvoll Reiser in den Brand und der Zachenhesselhans nahm aus dem Wandschränklein einen Trunkelbeerschnaps.

»Mögt's einen?« fragte er.

»Gib her einen!« sagte der Helari und tat einen Zug. Der Alte steckte das Tranlämplein an. Aus den Kacheln spann wohlige Wärme.

»Seid alle Weil mitsammen im Zechenhäusl gewesen,« meinte die Resl.

»An vierzig Jahr.«

»So geht die Zeit! Da ist mein Vater selig noch angefahren.«

»Wohl, wohl. Und dann war's mit dem Bergbau zu End'. Aus den vierhundert Bergleuten wurden vierzig, aus den vierzig vier, – und dann hat das Klöppeln angefangen und das Landfahren der Männer. Sind alle heimatlos worden! Damals ist der Zachenhesselhans gekommen und hat die Mali gefunden. Das ist fei nix, hab ich gesagt, Mali, wir bleiben daheim und schaffen im Wald; ich geh pechen oder meilern, und Schwämme und Beeren und Holz hat der Wald für uns zwei genug. Da haben wir uns das Zechenhäusl erstanden, weil's ja doch verfallen wär so mitten im Wald, wenn kein Schichtglöckl mehr ruft, und sind mitsammengangen vierzig Jahr. Aus dem Hans Günther vom Zechenhäusl ist der Zachenhesselhans worden und aus der Zachenhesselmali ein totes Weib. Gott geb Dir ruhsamen Schlaf, Weiberl! Am Ende find't einer Deinen Weg auch bald.«

Der Zachenhesselhans goß einen neuen ›Beißer‹ ins Kelchlein, und der Helari trank ihn. Dann schüttelte er sich bis ins Herz hinein.

»So einer hält warm,« meint' er. –

Als der Alte vom Zechenhaus am andern Morgen aus der Türe trat, rann vom Bornständer ein silberner Strahl gleichmäßig in den Trog. Wenn das Wasser so im Gleichmaß fällt, ist der Bergwind in den Wald gelaufen und verschläft sich. Die Fichtenwipfel schwangen ganz leise und die Nebel hingen träge darin. War auch ein sanftes Zirpen im Geäst.

Der Zachenhesselhans, wie er das vernahm, spitzte die Ohren und ging ein Stück hinüber in die Fichten. Da war das Zirpen wieder, in allen Bäumen war's. Der Hans tat die Hand vom Ohr und sagte:

»Nun hat einer keinen Leim im Haus! Wart ein bißl – den werden wir gleich haben.«

Er ging eilig zurück in die Hütte.

»Ein Flug Märzenzeisige ist am Sonnenwirbel ein rar Ding; aber gut sind sie und dauerhaft; denn sie haben den Bergwinter überstanden. So ein Sommerzeisig, der keinen ordentlichen Rauhreif aufs Röckl gekriegt hat, der ist für die andern.«

Während das Leinöl und das Fichtenharz im Tiegel über den Flammen kochte, trennte der Alte einen Ast vom Vogelbeerbaum hinter dem Zechenhaus, säuberte den von den Zweigen und tauchte diese in den verkühlenden Leim aus Harz und Oel. Dann steckte er sie sorgsam von neuem in den Ast.

»So, damit wären wir fertig. Und nun Hansl, jetzt hilf Du,« sagte der Alte und nahm den spannenlangen Käfig vom Fensterstein. Er spitzte den Mund – ›piep‹ machte der Vogel.

»Schön, schön,« sagte der Zachenhesselhans, »sehr gut. Dich setzen wir im Käfig oben ans Aestlein. Siehst Du, soo – und wie lockst Du?«

Der Vogel antwortete.

Auf den Zehen schlich der Alte über den Schlag und steckte den Ast in den Waldgrund. Hinter der niederen Fichte, hinter welcher der Wind vor Tagen den Stamm umgelegt hatte, hockte und lockte der Hans. Der Vogel im Käfig antwortete.

»Gut so,« und »brav«, lächelt der Mann auf der Lauer und tut sich sein Pfeifl an. Am Ende könnt einer sein Morgensüpplein dabei kochen, denkt er.

Und weil der Wald still und nur der Lockruf des Gefangenen hörbar ist, eilt der Vogelsteller in die Hütte. Milch – ja so, eine Milch ist nicht mehr im Zechenhaus; denn die Rotscheck steht auf dem Sonnenwirbel. Jetzt – einen Kaffee haben wir im Waldhaus und auch eine Zichorie. Tut der Hans die Kaffeemühle vom Wandbrett und hebt an zu mahlen, ein Viertel Kaffee und drei Vierteile Zichorie hinzu. Wie das Wasser im Topf brodelt und ungebärdig gegen das Stürzlein schlägt, denkt der Mann: jetzt ist der ganze Strich Zeisig auf den Leim gegangen! Nun meiner Seel, wo sind denn alleweil so viel Käfige?

So, noch ein Schub siedend Wasser über das Seihtüchlein, aus dem der braune Trank rinnt, und dann hinauf unter das Dach. Da hängen sie – eins, zwei, drei – neun Stück. Wird ohnehin nicht nothaben.

Der Zachenhesselhans tut die Gebauer von der Wand und vom Gebälk und bläst einmal herzhaft durch jeden hindurch.

Da kommt die Sonne wahrhaftig über den Berg! Dort, wo

der Nebel über dem Walde brennt und das goldene Wirbeln und Wogen in der Frühluft ist, dort kommt sie. Die Zeisige haben das früher gewußt als der Hans und sind darum durch den Bergwald gestrichen der Sonne entgegen. Sieh da, schon einen Haufen Gold wirft sie an das Giebelfenster!

Und so oft der Zachenhesselhans durch die Stäblein eines Käfigs bläst, geht eine Wolke Staub heraus: die Mali hat ihr Tag einen Zorn gehabt auf das Vogelstellen, darum hat die Zeit die Käfige eingestaubt.

Unten in der Stube hat der Hans die neun Gebauer auf den braunen Tisch gestellt, probiert die Türlein und gießt Wasser in die Schalen und gibt Körner daneben. Ueberdem nimmt er einen Schluck Kaffee und tut auch einen Zug am Pfeiflein. Und jetzt – die Wohnhäuslein sind bereit, wenn wir nur erst die Vögel hätten!

Schon auf dem Flur und über die Schwelle der Haustür geht der Zachenhesselhans auf den Zehen – als ob uns einer das Vogelstellen lernen müßte!

»Kruzitürken!«

Der Zachenhesselhans hält den Atem an und tut die Hand um das Ohr. Da ist besser lauschen. Die Fichten haben doch immer ein Wörtl mit dem Wind zu reden oder eins untereinander und vor allem jetzt, wenn der Bergwind der Sonne vorausläuft und die Nebel in das Gras und die Gräben drückt.

»Jetzt – da!«

So schnell ist der Zachenhesselhans seintag nicht über den Hau in die Fichten gelaufen. Der Locker schreit, und auf dem Leim sind sie – eins, zwei, drei, sechs muntere Zeisighähne! Und da unten im Gras kreischt noch einer; der ist mit dem Rütl zu Boden gefallen. Und da – ja was ist denn das? Auf dem Rücken liegt einer, mit beiden Flügeln am Leim – das ist ja ein Grünetz, das ist ja ein Kreuzschnabel!

18

»Ei, Freundl, wie bist denn Du da auf den Leim gekommen? Auf Dich hab ich lang genug gepaßt.«

Der Zachenhesselhans hält einen Augenblick inne – »März? Ach was, Du hast jetzt keine Arbeit mehr in der Familie. Die Kleinen sind schon im Februar flügge geworden, gelt, Bürschl, und jetzt hast Zeit, ein Gelehrter zu werden. Frei kommst mir nimmer.«

Mit dem Kreuzschnabel eilt der Hans zuerst in die Hütte.

»So, da hinein, das ist Dein Häusl fortan.«

Dann nimmt der Hans unter jeden Arm drei Käfige und ist schon wieder drüben beim Fang. Einer nach dem andern wandert hinters Gitter.

»Wart, Du kommst eh dran.«

Und einen nach dem andern tut der Hans in der Hütte aus dem Käfig und säubert ihn.

Ein Schreien und Flattern gibt's und der Zachenhesselhans sucht die schönsten Wörtlein hervor. Weil die Vögel aber nicht Ruhe geben wollen, rückt er die Käfige voneinander und deckt jeden mit einem dunklen Tüchlein zu. Dann sinnt er auf das beste Flecklein in der Stube – das soll der Grünetz haben. Und der Grünetz soll brav Kunststücke lernen.

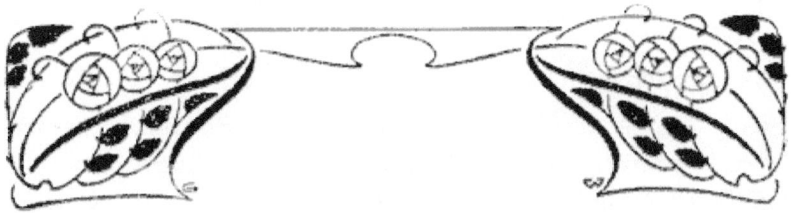

2. Kapitel.

Der Zachenhesselhans hat sich ein fichtenes Stämmlein im
Walde geschlagen. Dazu muß einer ausgehen, wenn der
Waldheger unlängst des Weges gezogen. Hat eh seinen Zorn
auf die Waldheger, der Hans! Vordem sind so Leute weithin
nicht gewesen im Gebirg, und der Forst ist dennoch
gewachsen wie heut auch, nur daß den Leuten, die daherum
in der grünen Bergeinsamkeit daheim sind, das Leben ein
wenig lustiger erschienen ist, als heutzutag. Aber –:
verzürnen wir uns nicht über die Heger, denkt der Hans. Es
ist noch Raum genug für einen rechtschaffenen Wäldler
trotz derlei Leut, und ist auch Zeit genug, zu treiben, was
einer mag.

Freilich, vordem, da ist einer wie der Zachenhesselhans
wohl auch einmal auf das Rehböcklein gegangen und hat
rechtschaffen genau gewußt, wo und wann das Böckl auf
den Hau heraustritt. Wenn der Hans aus dem Zechenhäusl
einmal den Stutzen hochgebracht, dann: gute Nacht Du
liebes fröhliches Waldleben! Ein Krach – und noch ehe das
Echo in den Schründen sich verlaufen, hat der Bock auf dem
Rasen den letzten Schnaufer getan.

Wenn einer jung ist! denkt der Hans. Aber halt der
Schnee, der einem ins Haar schneit, und das Augenlicht! Ist
nicht alles mehr wie vor vierzig Jahren. Und just auch das
Denken – ein Bürschl von zwanzig Jahren denkt anders als
eins von sechzig.

Der Zachenhesselhans, der gerade dabei ist, mit der Axt die Aeste von dem Fichtenstämmlein zu trennen, hält ein wenig inne.

Ist da nicht einer durchs Holz gegangen?

An solch einem Abend, wenn die letzte Sonne rot in den Wipfeln brennt und der Heuduft von den Halden ganz leise hereinschwimmt in den Harzhauch der Wälder, da hört einer die Gräser reden und die goldenen Tropfen des Abendlichts aus den Fichten ins Moos fallen.

Der Zachenhesselhans lehnt die Axt an den Hackstock und schleift das Fichtenstämmlein an die Hüttenwand, wo der Graben herniederläuft. Dann schiebt er mit dem Fuße das Brett darauf, das auch sonst den Graben deckt.

Er geht ein Stück über den Schlag bis in die Fichten und glimmt sich sein Pfeifl an. Die Flamme am Zündholz drückt er sorgsam mit Daumen und Zeigefinger aus.

»Der hätt's eh sagen können,« meint der Hans und schaut dem Mann eine Weile zu, der durch Heidekraut und Schwarzbeeren den Waldhang herauf sich einen Weg sucht.

»'s geht eh schwer, Mannl, mit so einem Hücklein Jahre auf dem Rücken. Da hat sich einer gewöhnt, bergein zu laufen.«

»Wohl, wohl,« sagt der Mann und hält im Steigen inne, indem er sich auf seinen Wanderstock stützt.

Der Zachenhesselhans sieht: der Alte kommt aus dem Niederland, denn sein Stock hat die Tage daher noch als junge Erle an einem Wiesenbache gestanden. Und Erlen wachsen im Waldgebirg nimmer.

»Grüß Gott,« sagt der aus dem Zechenhaus, »grüß Gott!« und reicht dem Alten die Hand entgegen. »Kommst fei weit her und hast Dich zum ersten Mal ins Waldland verlaufen?«

»Fei nit,« antwortet der andere, tut die Gitarre vom Rücken und setzt sich ins Moos.

»Hui,« sagt der Zachenhesselhans, wie er so reden hört, »bist gar ein Waldleutl und landfahrend gewesen die Jahre her?«

»'s mag wohl sein,« darauf der andere.

»Leicht auch so einer von denen, für die 's Waldland zu arm war und die draußen ums Geld singen und Saiten schlagen? Mannl, die finden sich alle wieder heim ins Gebirg! 's geht ihnen am besten da, wo sie daheim sind. Wohin willst denn noch diesen Abend?«

»Je nun,« sagt der andere, »auf's Zechenhäusl und die Mali wiedersehn.«

»Wen willst sehn? Die Mali? Da bist ein wenig zu lang außen geblieben. Die Mali ist mittlerweile davongegangen.«

Der Zachenhesselhans faßte sich an die Stirn.

»Davongegangen sagst?« fragte der andere.

»Freilich. Der Frühling hat sie mir umgebracht, wie er ins Waldland fuhr. Im fünften Monat schläft sie nun. Aber Du – ich besinn mich, bist doch nicht der Mali ihr Bruder, von dem sie gesprochen hat, als wär er tot?«

»Der dürft ich wohl sein. Jessesmaria, der Weg war weit! Und nun – er ist doch nur gegangen worden, daß einer wieder drauf heimkommt ins Stückl Welt, auf dem er jung geworden. Und so bist Du der Hans Günther, der die Mali gefreit hat?«

»Der bin ich, der Zachenhesselhans. Wie sie drinnen in Gottesgab das Häusl verkauft haben, aus dem die Mali heraus ist und das dem Schmied-Seff gehört hat, haben wir uns das Zechenhäusl im Bergwald gekauft. Wirst Dich fei wundern: allerhand andere Leut sind wohnhaft im Waldland und nur hin und her ist noch einer, der von Dir, dem Josef, redet. Sie heißen Dich, weil Du der Sohn vom Schmied-Seff bist, den Schmied-Seff-Pepp. Sind ihrer aber nimmer viel, Alter, die von ihm wissen. Wenn einer länger

22

als vierzig Jahr mit dem Singspiel durch die Welt gefahren, zählt er im Bergwald zu den Toten. Na, weil der Schmied-Seff-Pepp sich nur wieder heimgefunden! Er wird woltern Hunger haben, der Seff?«

»Wohl, wohl,« entgegnete der Alte, nachdem er eine Weile sinnend aufs Waldmoos gestarrt, »Hunger, daß es einer haußen hört.«

»So komm, Mannl! Reichlich war's im Zechenhäusl nie, aber für zwei hat's noch immer gelangt.«

Der Zachenhesselhans reichte dem müden Manne die Hand und zog ihn vom Waldboden empor.

Die Nacht kroch hinter den Schreitenden drein, kroch aus den Tälern über den Fichtennadelgrund und drückte die Sonnenflämmlein aus, die in dem Heidelbeerkraut brannten oder goß silbernen Tau über das goldene Licht, das da und dort aus dem Geäste geronnen. Sie hing ihre Schleier in die Bergfichten. Sie blies die Sonnenfeuer aus, die noch auf den Wipfeln wehten.

Aus dem Schornstein des Zechenhauses stieg ein Wirbel bläulichen Herdrauchs. Stieg auch einer über dem Schindeldach der Unruhe. Die kräuselnde Rauchsäule droben auf der Unruh stand kerzengrad gegen den reinen Sommerhimmel. Aber das Schindeldach der Hütte hielten die Fichten dem Zechenhäusl verborgen – »'s möcht neidisch werden sonst, das Zechenhäusl,« sagte der Zachenhesselhans, »denn von den Schindeln sieht einer auf dem Zechenhaus fei nix mehr. Die hat ein grünes Moos weich übersponnen, aus lauter Lieb zum Zachenhesselhans, damit im Winter der Schnee nicht auf sein Strohbettlein stiebe.«

An jenem Abende tat der Alte vom Zechenhause das Schwammsäckl vom Balken über dem Ofen und kochte dem wegmüden Landfahrer ein duftig Pilzsüpplein.

»Die Schwämme hat die Mali im letzten Herbst noch eingebracht, Mannl,« sagte der Zachenhesselhans. »Hat eh nicht geglaubt, daß sie dem heimkehrenden Bruder ein Nachtmahl bereitet damit.«

Dann ging die Stille durch die Stube, weil sich Herzen mit einer Toten beredeten.

Sie hatten ihr viel zu sagen; denn das Schweigen war lang und tief. − −

»So,« hub der Hans nach einer Weile wieder an, »die Gitarr will ich derweil an den Nagel hängen. Nicht, weil ich ein Liedl nicht möcht, sondern weil ich mein': ihr zwei versteht Euch wohl miteinander aufs Fahren, aber nicht aufs Seßhaftsein. Und jetzt, wenn Du Dein Schwammsüppl weghast, möcht sie wohl gar zu Dir ein Wörtl reden und Dich gemahnen: Sepp, fahren wir heut nimmer? Einer, der heimatlos worden, und sein Lebtag kein Stückl Land gebaut und liebgehabt hat, der kann solch ein Reden nicht hören. Für den ist das ein Locken, unwiderstehlich, mein' ich. Aber, ich denk, Mannl: wir zwei bleiben eine Zeit mitsammen im Zechenhäusl. Und eh die Gitarr und Dein landfahrend Herz auf Deine verlaufene Seel einreden, vergunnst mir wohl ein Wörtl. Wenn's ein wenig poltert, na – so laß Dir's nix machen. 's ist nit bös gemeint, Mannl. Aber weißt Du, eine Lust mach ich mir drauß. Jetzt – auf so einen, wie Du einer bist, hab ich fei lang gepaßt. Nu läuft er mir justament in die Quer. Und wenn ich nicht gedacht hätt, Du wolltest Dich erst mit der Mali ein wenig bereden, weil Du so vierzig Jährlein keine Zeit dazu gehabt hast, hätt's schon begonnen – ich mein': das, was wir zwei miteinander zu reden haben.

Ich hab mir nämlich da in meiner Bergeinsamkeit ein Exempel gemacht. Wie ich zwanzig war, hab ich mit rechnen angefangen und hab damals gedacht: Hansl, hab ich gedacht, Dein Exempel stimmt nicht. Und hernach, so oft's

24

mir schlecht gegangen ist im Wald – 's läßt sich zählen, Mannl! – hab ich wieder gemeint, die Rechnung stimmt nicht. Aber: die Rechnung stimmt doch, stimmt, und Du bist mir die Probe darauf. Siehst Du, hast 's woltern weit gebracht: bist die Probe auf das Exempel, über dem der Zachenhesselhans sein Leben lang gerechnet hat. Und was dabei rausgekommen, Mannl? Viel is fei nit.«

So, die Gitarr hängt in der Ecke am Nagel. Der Landfahrer sagt: dort könn' er sie sein Lebtag nimmer entdecken.

»Hui,« macht der Zachenhesselhans, »warum denn nicht?«

»Ja,« antwortet der Musikmann, »von dem allen, was ich dermaleinst mit aus dem Wald genommen, hab ich nicht viel wieder mit heim gebracht. Zwei frohe blanke Augen sind auch dabei gewesen – sind aber draußen geblieben. Und die, die ich wieder hereingetragen, die mögen fei nimmer wert sein, daß einer sich noch lang damit schleppt.«

»Hui,« sagt der Zachenhesselhans noch einmal, »Mannl, Du hebst mir nit fein zu singen an! Und deswillen bist landfahrend worden?«

»Wenn einer am End vom Wege steht, ist er alleweil klüger als am Anfang,« entgegnet der Sepp und zuckt wehmütig mit den Achseln.

»Ich denk, heut ist eine Nacht, die man vorm Häusl verbringen kann. Sind nicht viele daheroben, wo der Bergwind König ist. Und wenn der Wind sich irgendwo verschläft, so ist's ein Nachttau, der fällt, daß die Fichten triefen,« sagt der Alte vom Zechenhaus und schreitet mit dem wandermüden Manne hinaus vor die Hütte.

Auf der braunen Holzbank ließen sich die beiden nieder. Der Zachenhesselhans glomm sich die Pfeife an, guckte noch einmal nach dem Dach, über dem noch immer die

Rauchsäule stand und meinte:

»Zu dritt rauchen sie ihr Abendpfeiflein: der Zachenhesselhans, das Zechenhäusl und die Unruh. Das Zechenhäusl aber möcht 's ausgehen lassen vorm schlafenlegen. Plauschen wir ein bißl, mittlerweile raucht 's aus.

Und Du, Mannl, Du hast 's vor mehr denn vierzig Jahren gar nimmer aushalten können im Waldland, in dem Du zuerst auf Deinen Beinen gestanden? 's ist Dir damals schlecht gegangen, gelt, fei schlecht?«

Der Zachenhesselhans zwickt Dich, Schmied-Seff-Pepp! Jetzt – wenn Dir's weh tut, halt still; denn der Zachenhesselhans will Dir Einstand geben. Der Mali ihr Platz ist noch leer, und ein Oertl, auf dem Du daheim bist, tät Dir not und wär Dir schon recht. Jetzt – Seppl, wenn der Alte vom Zechenhäusl wieder zwickt, halt still!

»Dein Vater selig is der Schmied in Gottesgab gewesen und sein Jüngl, das sie auch Josef nannten, das war der, dem an seinem Vater das rußschwarze Gesicht nit gefiel. Ei, hat der gedacht, das Saitenschlagen ist eine feinere Kunst als das Eisenschlagen und das Liedlsingen leichter als das Hammerschwingen. Und dem Seppl ward's zu eng im Waldland; denn er war klüger als seine Leut.

Da nahm er eines schönen Tags das Singspiel auf den Rücken: ade, Vater, und: lebt's schön wohl, Mutter, tat sich sein neues grünes Hütl auf, gab noch ein paar schöne Federn drauf und fort ging's. 's führen viel Wege vom Gebirg.

Und wie der Seff-Pepp in die Stadt kommen ist – beim Karlsbad wird's angefangen haben, und dann hinein ins Deutschland; denn das Waldland zwischen Fichtelberg und Keilberg, Plessen und Spitzberg ist ja so gar eng – jetzt, hat er gedacht: das grüne Hütl aus dem Bergwald taugt nix, und die Joppen aus der Waldöde ist nicht fein. Da muß ein neues Hütl sein und ein glattes Jäcklein; denn des Abends spielt der Seppl auf in den Gasthäusern. Jetzt – da hat er sich mit andern zusammengefunden, die nirgend und überall daheim sind. Seine Sprache hat ihn verraten. Und da haben die Leutlein aus dem Erzgebirg eine »Wiener Damenkapell« zusammengestellt. Sowas klingt großartiger im Deutschland. Wer weiß denn, daß so Leutlein, wie ihr, aus dem Waldland kommen? Na, und jetzt – da habt's gehockt bis nach Mitternacht und habt's den feinen Leuten eins aufgespielt als die »Wiener Damenkapell« oder »Die Veigerl vom Donaustrand«. Seht's, da habt ihr Euch Eurer Heimat zum andern Mal geschämt.«

Seppl, halt still! Der Zachenhesselhans zwickt Dich. Weh tut's, aber recht hat er. Halt still, Seppl, auf dem Zechenhäusl ist der Mali ihr Platz leer!

Dem Zachenhesselhans ist die Pfeife ausgegangen. Er weiß es nicht, saugt am kalten Rohr und meint: nicht einmal mehr vor einer Pfeif Tobak hat das Mückenvolk Respekt.

Der Wald steht schwarz und still wie eine Mauer. Ein Käuzlein ruft aus dem Grund herauf, und aus den Wipfeln im Tal spinnen sich die Nebel hervor. Die legen sich in weißen langen Streifen über die Gründe. Das Wässerlein klingt in gleichmäßigem Fall in den Brunnentrog. Der Himmel ist blank. Stehen nur wenige Sterne darin. Die Engel haben heut im Waldlande zu tun, so himmelstill ist's dort, und haben keine Zeit, die Lichter droben herauszustecken.

Das Zechenhäusl hat sein Abendpfeiflein ausgeraucht, justament wie der Hans auch, – und merkt's keiner als die Mücken.

»Jetzt« – der Zachenhesselhans saugt am Pfeiflein und meint: er sitz' in einer dichten Wolke Tabakrauch – »jetzt: da ist die »Wiener Damenkapell« in die Brüche gegangen … Willst etwas sagen, Weltfahrer? Sie hat gehalten? Gut. Hat

sie – so ein Jahrer sechs oder zehn, i, was red' ich! Also: der
Seppl hat sich gewöhnt, um die Morgenfrüh in die Federn
zu kriechen und dem Herrgott seine Tage zu verschlafen.
Des Nachts hat er gewacht, hat gesungen und Bier
getrunken – hat eine verkehrte Welt gemacht. Jetzt – da hat
sein schöne Singstimme einen Riß gekriegt, und die Gitarr
hat nichts mehr recht gemacht. Von da ab ist der Seppl auf
die Dörfer gezogen und hat auch wieder manchmal an's
Waldland gedacht.

Warum ist er denn damals nicht heimgekommen?«

»Er dachte: er wollt's schon noch zu was bringen,« sagte
der fahrende Mann.

»Recht so: geschämt hat er sich, weil er treulos geworden
seinem Heimatland. Auf dem Stroh hat er geschlafen, all
Nacht in einem andern Dorfgasthof. Auf einmal, da hat er
sich wieder auf sein grünes Hütl besonnen und auf die
härene Joppen und auf sein harzduftiges Tannenland. Und
hat sich besonnen auf die Schwester, die daheim irgendwo
hausen mag. Gott geb ihr die ewige Ruh! Schlaf sanft,
Weiberl! Und wie er heimkommen ist, haben sie die Mali
begraben gehabt. Und nun?«

»Nun will der Seppl sein Stückl Weg zu Ende laufen,«
sagte der Musikmann leise.

»Recht so. Und das ist mein Exempel: Tut's draußen, was
ihr wollt – ihr kommt zu nix und seid nix. Jetzt, wenn Du
zusammenzählst, Seppl – was kommt heraus?

Null kommt heraus, Seppl! Null! Das is fei nix. Und da
rechn' ich noch gut. Die Studierten sagen zu solch einem
Sümmlein: ›minus‹. Das ist noch weniger als Null. Und
wenn Du rechnen könntest, Seppl, ich glaube, das *ist*
›minus‹: verlorene Heimat, verlorene Jugend, verlorenes
Leben, verlorene Heimat – verloren, alles verloren!

Und nun?

Jetzt bist wieder da und tätest justament gerne von vorn anfangen – 's is fei spät, Seppl, und lang hast nimmer Zeit, mein' ich. –

Nun hab ich doch auf das Fichtenstämml vergessen. Ich hab damit die andere Giebelwand stützen wollen. Na, so ist's eine Arbeit für den neuen Tag.«

Der Landfahrer ist ganz still in sich zusammengesunken.

»Wir reden noch, Seppl, ein ander Mal. Heut, wenn Du willst, kannst Du's aber schon wissen: Im Zechenhäusl ist ein Platz frei. Wird Dir freilich fei nicht gut genug sein, weil Du's besser gewöhnt sein magst ... Nein? ... Jetzt – so leg Dich neben mich aufs Stroh und denk: beim Zachenhesselhans bin ich fortan daheim. Schlag ein!«

Da reichten sich die beiden Alten die Hände.

Die Nebel gingen um das Haus, und ein sanfter Bergwind sang um den Giebel und sang um das Moosdach.

Der sanfte Bergwind hat die beiden in Schlaf gesungen.

3. Kapitel.

Die Nebel standen noch still über den Tälern und hinter dem Keilberg ging das Morgenfeuer der Sonne auf.

Da schritt der Zachenhesselhans zum Hackstock, um den Fichtenstamm zur Stütze für die östliche Giebelwand zu glätten. Wie der Schlag der Axt erklang und aus dem Walde zurückrief, lief ein Lächeln über des Alten Gesicht:

»Fei recht wär's, wenn drüben noch so einer stünd', aber justament einer wie der Zachenhesselhans. Wir täten ihn schon brauchen im Waldland, und just um diese Zeit!«

Während er noch redete, schlürfte der Landfahrer über den Hausgang und heraus zum Brunnentrog. Er schöpfte mit den hohlen Händen und goß sich den Bergquell über Gesicht und Nacken. Dann tat er einen kalten Trunk.

»'s ist schon recht,« rief der Zachenhesselhans aus dem taunassen Gras herüber, »solch ein Wasser vom Stein heraus macht lustig und mag besser sein für zwei Augen als Bierdunst und Tabakrauch. Waldwasser und Harzhauch haben noch keinem das Augenlicht trübe gemacht. Hast einen Schlaf gefunden im Heimatland, Mannl?«

Darauf hatte der Seppl keine Antwort, dachte: dem bin ich fei zur richtigen Zeit in die Hände gelaufen, und goß sich von neuem die morgenkalte Flut über die Stirn.

»Ich versteh Dich schon, Landfahrer,« lachte der Zachenhesselhans, »und eine rechtschaffene Freud' hab ich dran. Jetzt – 's wär möglich, wir zwei halten eine gute Freundschaft.«

Ueber den Wipfeln des Bergwalds stand wirbelndes Morgenlicht und mitten drin die goldene Scheibe der Sonne. Wie silberne Ströme liefen die Frühnebel in die Täler – verliefen sich.

»Gelt, da schaust, Mannl? So eine Sonne hängt der Herrgott fei nur über dem Waldland auf. Die Leutln da draußen, wo Du daheim gewesen bist die Zeit her, sind da noch nit fertig mit dem Ausschlafen und ans Bett trägt sie ihnen der Herrgott nit.

Hörst, 's geht einer den Hau herein drüben? Der kommt vom Sonnenwirbel und möcht gradewegs nach St. Joachimsthal.«

Die Männer lauschten eine Weile auf die gedämpften Schritte. Da klang ein Juchezer aus den Fichten.

»Der hätt' die Sonne wachgerufen, wenn sie nit eh schon guckete,« lachte der Zachenhesselhans. »Mannl, so sonnenfreudig sind die Leute daheroben. Draußen im Land meinen sie: die Sonn'? Wer wird die Sonn' rufen? Die kommt von selber schon immer zu frühzeitig und bringt einen um die Faulheit. Der den Juchezer getan hat, den kennt das Musikmannl nit, denn der war noch nit auf der Welt, als der Seppl aus dem Waldland geflohen ist. Da ist er schon: grüß Gott, Hans-Tonl!«

»Grüß Gott, Zachenhesselhans! Hui, da is ja einer bei dem Hans!«

»Na,« sagt der Zachenhesselhans, »und fei ein rar Mannl! Ist seine vierzig Jahr nicht am Sonnenwirbel gewesen und kommt, ein wenig auszurasten von der Wegfahrt und die Mali besuchen.«

»Dei Weiberl?« fragt der Hans-Tonl.

»Dieselbige,« meint der Zachenhesselhans.

So haben die beiden miteinander geredet. Ueberdem ist der Hans-Tonl den Hau herübergeschritten und reicht dem Zachenhesselhans die Hand.

»Hast schon vom Schmied-Seff-Pepp sagen hören?«

»Von dem, der sich verlaufen hat?« fragt der Hans-Tonl.

»Da steht er. Er hat eine Sehnsucht gekriegt ins Waldland.«

»Willkommen in der Heimat, Seppl,« sagt der Hans-Tonl und nimmt des Alten Hand.

»Der da, Mannl,« hebt der Zachenhesselhans von neuem an, »der da ist der Taler Hans-Tonl. Was mein Bruder ist, der Hans Georg Günther in Joachimsthal, den sie den Taler Hans heißen, das ist dem sein Vater. Er selber *schreibt* sich: Anton Günther von Gottesgab, *heißen* tut er aber: der Taler Hans-Tonl. Das ist sein Steckbriefl ... Wo willst denn hin, Tonl?«

»Auf Joachimsthal.«

»Von Gottesgab übern Sonnenwirbel? Das ist fei ein närrischer Weg!«

Der Hans-Tonl lächelt und streicht sich sein blondes Schnurrbärtl.

»Gelt,« sagt er und: »'s muß einer nachschau'n, ob am Sonnenwirbel die Leut schon munter sind.«

»Oha,« macht der Zachenhesselhans, »oha! Wie's die Resl von der Unruh erzählt hat, hab ich gemeint, die Resl red't nixnutzig Zeug. So is also doch an dem: der Taler Hans-Tonl geht um das Wawrl (Eva) vom Sonnenwirbel. Is fei ein fesches Madl, das Wawrl! Und singen tut's, wie a Zippen. Jetzt – hat denn der Hans-Tonl den Grünetz im Zechenhäusl schon pfeifen hören? Nimmer? Na, auf dem Heimweg kommst ein wenig hutzen (plaudern), gelt?«

»Ja,« meint der Hans-Tonl. Und wie er im Wald

verschwunden ist, läuft ein Juchezer heraus, der fliegt in alle Winkel im Gebirg und läuft den Hang hinan, und läuft auf die Unruh. Auf der Unruh ist das Wawrl nicht. Also hinauf auf den Sonnenwirbel! So läuft der Juchezer auf den Sonnenwirbel, und das Wawrl, das am Klöppelsack sitzt und sich vom Morgenwind im goldenen Stirnhaar spielen läßt, wie der Juchezer zu ihm kommt, schaut auf und lacht hell in den jungen Tag. –

Wie's gegen Mittag ging und die goldene Sommerluft über den Hängen flirrte, und wie die Lerchen im blanken Himmel standen und ihre Lieder in den Tag warfen, stieg der Hans-Tonl wieder den Waldsteig herauf.

»Grüß Gott,« sagt er, tut einen Schnaufer und setzt sich auf die Bank an der Schattenseite des Zechenhäusls.

»Seppl,« hebt der Hans-Tonl nach einer Weile an, »im Tal sagen sie, Du müßtest fei von den Toten aufgestanden sein. Im Märchen sind auch so zweie, die sind nach hundert Jahren wieder aus dem Berge gekommen. Tot ist er nit gewesen, hab ich gesagt, bloß verlaufen hat er sich gehabt. Nur gut is, daß der Seppl den Weg noch gefunden hat, der ihn wieder in den Bergwald führt. Hast woltern Sehnen gehabt, Seppl?«

Der Seppl tut einen Brummer, der heißt: ja und recht hast, Hans-Tonl.

»O, ihr Leutl, ihr Leutl,« fängt der Zachenhesselhans zu reden an, »daß ihr Euer Heimatland für nix hinwerft, rein für nix! Wenn's nur eine *Kunst* wär, um die ihr treulos seid! Aber das wär mir auch eine Kunst! So was bringen wir daheroben mit auf die Welt. Aber das langt fei zu für's Häusl und für den Wald, aber nicht für's Reisl und für die Welt. Und die feinen Stadtleut, die hören sich rasch satt daran und haben andere, die ihnen für ihr Geld schon eine bessere Musik machen. Aber so was könnt's Ihr nicht, Leutln, dazu braucht's ein Stu–di–um. So heißt man das, Landfahrer.

Wirst's eh wissen.«

Der Zachenhesselhans glomm sich sein Pfeiflein an. Das sagte dem Hans-Tonl: wir sitzen beisammen solange die Mittagsstunde über die Bergwiesen geht. Und der Hans-Tonl tat sein Jöpplein an, das er den Berg herauf unter dem Arm getragen hatte, legte ein Bein über das andere und kreuzte die Arme über der Brust.

»Daherauf auf den Sonnenwirbel hab ich fei immer ein Sehnen gehabt,« meint der Tonl, »schon wie ich mit den Ziegen auf den ›kalten Winter‹ getrieben bin …«

»Der ›kalte Winter‹ ist der Berghang jenseits vom Sonnenwirbel,« fügt der Zachenhesselhans hinzu und schaut den Landfahrer dabei an, »der liegt im Widerschein (an der Schattenseite), und dort kann einer fei um Walpurgis probieren, ob er's Hörnerschlittl noch lenken kann oder die Hitschen (kleiner Schlitten).«

Der Seppl stand von der Holzbank auf und setzte sich ins Gras, mit dem Blick nach der schattigen Hauswand. Die Augen liefen ihm über. So blank ging der Mittag durch die Welt. Der alte Mann schließt die geröteten Lider. Hernach geht er zum Brunnentrog und netzt sie mit dem glasklaren Quell.

Ueberdem steht der Hans-Tonl von seinem Sitz auf und geht einen Steinwurf weit hinüber auf die Halde. Wo der Grenzstein ist, steht er still und überschaut das Gelände. –

Es ist ein sanftes Wehen im kniehohen Gras: der Mittagswind hat sich mit den Halmen zu bereden. Das ist ein heimlicher süßer Zwiespruch und alle Hälmlein und Rispen erheben ein sanftes Singen. Und der Wind läßt seine weiche Hand darübergehen. Darum ist ein Wiegen im Berggras und ist ein warmer Duft darüber. Der ist herabgeschwommen von den Wiesen um die Unruh und um den Sonnenwirbel. Dort sind sie heuen.

Warum ist denn noch kein Heu ums Zechenhäusl? Warum kann denn dort der Wind noch mit dem hohen Gras reden?

»Jetzt,« sagt der Zachenhesselhans, der dem Tonl eine Weile zugeschaut hat, – »der Tonl sieht sich das Seinige an und denkt: da könnt einer daheim sein! Ein Häusl für zwei und die noch kommen hat an der Berghalde Platz. Und luftig und lustig ist's daheroben wie nirgend sonst im Waldland. Und der Zachenhesselhans ist auch in der Nähe. Da können die beiden mitunter ein kluges Wörtl reden.«

Aber der Tonl hört's nicht. Der legt den Finger an die Nase.

»Der Grund ist der seinige; den hat sein Vater selig gekauft,« sagt der Zachenhesselhans zum Seppl, der sich die Hand schützend über die schmerzenden Augen hält. Wie der Tonl die Haldenfläche so mit den Augen mißt, ruft der Alte vom Zechenhaus hinüber:

»Tonl, meinst etwa, 's wär zu klein? Wenn Du eh willst, mir ist das meine feil!«

Ueberdem kommt der Tonl herüber, damit er besser hören kann.

»Jetzt – wenn ich seh, daß ich noch kein Heu gemacht hab im Juliausgang,« sagt der Zachenhesselhans, »weil ich's fei nicht mehr brauchen kann und weil niemand ein Geld dafür geben mag, jetzt ist mir das Grasland feil. Aber ein anderer als der Tonl kriegt's nit. Und das beding ich mir: ein Gärtlein ums Zechenhäusl bleibt auch für mich. Aber das andere, wenn Du magst, kannst haben.«

»Dem Zachenhesselhans wär sein Grasland feil?«

»Hast's eh gehört.«

So kauft der Tonl dem Zachenhesselhans sein Grasland bis zur Unruh hin ab, rechnet das seinige hinzu und sagt:

»Das trägt sechs Kühe. Meint der Zachenhesselhans

dasselbe?«

Er meint's und der Kauf ist fertig.

Einen Schriftsatz braucht's nicht. Im Waldland gilt das Wort.

Wie sie noch reden, kommt der Helari den Steig von der Unruh herüber.

»Grüß Gott, Helari! Hast fei auch vom verlorenen Sohn gehört, der wiedergefunden worden ist?«

Der Helari reicht dem Landfahrer die Hand.

»Auf Dich kann ich noch denken, Schmied-Seff-Pepp. Ich bin dazumal so ein Bübl gewesen.«

Er macht mit der Hand ein Zeichen in die Luft und muß sich ein wenig dabei bücken.

»Und noch eins, Helari: der Hans-Tonl hat sich ein Astl gesucht, worauf er sein Nest bauen will.«

Im Umkehren wußte der Helari: der Hans-Tonl nimmt sich zum Herbst das Wawrl vom Sonnenwirbel, der Wurzltonl wird dem Hans-Tonl sein Schwiegervater und der Hans-Tonl baut sich sein Haus neben die Unruh und das Zechenhäusl. Eh der Bergwind Flocken treibt, haust der Tonl mit seinem jungen Weib darin.

Und das Wawrl, das auf dem Sonnenwirbel im Heu ist, weiß noch gar nicht, was der Hans-Tonl zwei Steinwürfe weit an der Berghalde zurechtmacht.

Wie der Tonl nach dem Bergstock greift, den er neben die braune Bank an die Schattenwand der Hütte gelehnt hat, schlägt sich der Zachenhesselhans vor Freude auf das Knie, daß ein Echo aus dem Wald ruft.

»Leutl, das g'freut mich! Jetzt – warum hat denn der Tonl das Meinige noch gemocht? Vieh will er halten. Das ist der Richtige, der Tonl! Ihr versteht's all nicht, Leutln, das Wirtschaften; auch der Helari nicht.«

»Hui,« sagt der Helari und: »so wird mich der Zachenhesselhans der selber kein Stückl Vieh im Stall stehen hat, belehren müssen.«

»Wird er, wird er,« lacht der Zachenhesselhans. »Und jetzt trinken wir einen. Setzt Euch fei noch auf eine Pfeif Tobak. Ich bring einen und Ihr nehmt's einen, und der Zachenhesselhans sagt Euch, wie er über das Viehhalten denkt und warum er meint, daß Ihr im Waldland mit der Viehwirtschaft auf dem Holzwege seid.«

Der Zachenhesselhans springt wie ein Junger, bringt das Steinkrüglein mit dem Trunkelbeerschnaps, den die Mali angesetzt hat, und schenkt ein.

Wie ein jeder getrunken, und wie der Beißer einen jeden herzhaft abgeschüttelt hat, nimmt der Zachenhesselhans den seinen, stellt den Steinkrug unter die Bank und stülpt das Glasl dem Krüglein auf den Kopf.

»Nimm eine Pfeif Tobak,« sagt der Hans zum Helari, reicht ihm die Schweinsblase und raucht sich sein Pfeifl an. Der Helari tut's ihm nach.

Der Helari, wie sein Pfeifl brennt, hockt sich ins Gras und schlingt die Arme um die Knie. Der Hans-Tonl setzt sich noch einmal auf die Holzbank neben den Zechenhäuslmann.

»Ihr sollt's was ganz neues hören, Leut! Wenn einer so sechzig Jahr in der Bergeinsamkeit gesessen, finden sich allerhand Gedanken zu ihm. Wenn der Schnee auf den Wald fliegt und der Hans-Tonl hat unter dem Schnabeln Zeit, zu reden, nachher will ich mit ihm fei auf manch guten Plan denken. Jetzt – von dem Vieh wollt' ich Euch ein Wörtl reden.

Ich frag Euch: Warum ist denn noch kein Heu ums Zechenhäusl?«

»Weil der Zachenhesselhans kein Gras wird gemäht

haben.«

»Und warum hat er nicht?«

»Weil er Erdäpfel und kein Heu frißt.«

»Warum hat er das Gras nicht an die Leute vom Sonnenwirbel oder von der Unruh verkauft?«

»Weil's denen justament so geht, wie dem Zachenhesselhans.«

»So. Und nun, Landfahrer: hast eh im Niederland gesehen, daß die Bauern das Gras auf den Wiesen stehen lassen? Die hau'n woltern nach dem *Grummet* noch einmal! Und im Waldland gibt's solche, die mögen das *Heu* nicht. Müssen fei reiche Leut sein, die im Waldland!«

»Wenn sie kein Vieh haben, dem sie's füttern können!«

»Jetzt – warum haben sie denn kein Vieh? ... Pah,« macht der Zachenhesselhans, »seht's, Leutln, seht's, das will ich Euch sagen: weil Eure Mahm auch keins gehabt hat und keins Eure Väter. Jetzt – meint ihr, so können *wir* auch keins brauchen. Nun war das aber eine andere Zeit, da die Mahm im Hüttlein saß. Da machten draußen in den Städten die Maschinen keine Spitzen, die ganz feinen, was die Valanzen (Valenciennes) sind, nun gar nicht. Die eisernen Hände der Maschinen arbeiten billiger, als die flinksten Finger unsrer Frauen. Gegen die Maschinen – das ist ein ungleicher Kampf. So. Und was heut das Wawrl ist und das Fanele und die Gabi, ja was Dein Resl is, Helari, Klöppeln die etwan eine feine Spitze, so, wie's ihre Mütter gekonnt haben?«

»Fragt sie denn einer danach? Bezahlt sie denn einer dafür?«

»Keiner! Justament deswegen. Der Verdienst ist geringer. Das ist wie ein Quell im Waldland: einmal, da ist er hell und stark gesprungen und hat das ganze Gebirg gespeist, heut rinnt er trüb und müde, und 's lohnt fei nimmer, das Krügl drunter zu halten. Da muß man sich nach einem andern umsehen. Schau'n wir einmal! Das haben wir nahe. Bergwiesen, Grasland allenthalben auf dem Kamm des Gebirgs. Dann der Wald, und mittendrin manch Streiflein, manche Au mit einem Graswuchs, jetzt, daß einem das Herz weh tut, weil man zu diesem Waldgras nicht das Oechslein worden ist.«

Weil der Zachenhesselhans grad mit der Linken den Beschlag vom Pfeifenkopf aufgeklappt hat und mit dem Spitzfinger der Rechten ein wenig nachdrückt und dabei an der Nase hinabschaut, wirft der Helari dem Hans-Tonl einen Blick zu, der fragt: Glaubst das, Hans-Tonl?

Der Hans-Tonl macht wahrhaftig ein Gesicht, als wär die Weisheit vom Zachenhesselhans auch die seine. Er ist justament dabei, sich alles noch einmal durch den Kopf gehen zu lassen, was der Hans von Zechenhäusl zum besten gegeben hat.

Da merkt der Helari: er hat keinen zur Seite und – will er in den Kampf gehen, muß er sich fei auf sich selber verlassen. Er hustete ein wenig und rückt ein Stückl weiter im Gras.

»Zachenhesselhans,« sagt er hernach, »weißt noch mehr? Sonst, wenn das alles ist, möcht ich Dir schon sagen, daß ich von dem kein Wörtl unterschreib.«

»Hab ich eh gewußt,« entgegnet der Zachenhesselhans, der sich mittlerweil sein Rauchzeug in Schuß gebracht hat, »daß der Helari eine andere Ansicht hat; denn wär er der meinigen, so hätt er der Unruh längst ein Stückl angebaut und ein Stücker drei oder vier Kühe mehr eingestellt. Aber, der Helari wird sei Gegenred machen müssen, sonst läßt sich der Zachenhesselhans nicht überführen.«

»Na,« sagt der Helari, »zuerst: was da an Mahd stehen bleibt, ist weiter nichts wie borstig Gras ...«

»Halt!« fällt ihm der Zachenhesselhans ins Wort, »und

warum ist ein Gras daheroben überhaupt borstig?«

»Weil kein Dünger da ist, der langete für das Grasland.«

»Und warum ist denn kein Dünger da?« fragt der Hans vom Zechenhäusl, und in seinen Mundwinkeln geht ein listig Wirbeln und Zucken. »Schaust, Helari, die Antwort magst nicht gern geben, weil sie heißt: es ist nicht genug Vieh heroben, nicht so viel, daß es hinreicht, den Dünger zu geben für den Wieswuchs, der da ist. Freilich: für das, was in Euren Ställen steht, langt's eh, was wächst, langt fei reichlich. Nun ist aber die Rechnung die: ist es gescheiter, wir schaffen uns ein Vieh ins Gebirg und nützen den Graswuchs besser, oder ist es gescheiter, wir lassen die Hälfte borstig und bescheiden uns mit der ersten Mahd? Denn das muß ich Euch schon sagen: daß kein Grummet daheroben wächst, daran ist wieder einmal nicht der Herrgott schuld, der an dem Waldland vorbeiläuft und keins macht, weil er etwa müde ist von der Arbeit anderswo oder weil er seine ganze Herrlichkeit im Niederland gelassen hat und dem Waldland fei nur einen Reif gibt, wenn sie drunten noch lustig ernten. Nein, Leutln, daran ist kein anderer schuld, als die Männer um den Sonnenwirbel selber. Aber: fei allein, wie im Paradiesgarten, laßt der Herrgott nichts mehr wachsen. Seit die Sünd' in die Welt gekommen, heißt's: auch ein bißl mittun, Leutln! Und schwitzen müßt ihr schon ein wenig dabei, sonst wachst nix. Hernach könnt ihr auch Euer Brot essen.

Und weil ich einmal dabeibin,« fährt der Zachenhesselhans fort und gießt seinen Pfeifenstiefel aus, »da muß ich Euch doch noch sagen: 's gibt höhere Berg, als am Sonnenwirbel, und 's gibt ärmeres Land, als das Waldland, und 's gibt kältere Winde und längere Winter, als daheroben, und doch treiben die Leute darinnen nichts weiter, als Viehwirtschaft. Wir aber um den Sonnenwirbel haben eine abgegriffene Weisheit, so abgegriffen, sag ich

Euch, wie ein alt Geldstückl, daß fei keiner mehr achten dürft, und doch ist sie noch immer im Umlauf und fein in Ehren. Die heißt: das Waldland im Gebirg trägt seine Leute nicht! Darum müssen die Männer fort auf den Handel und auf das Musikmachen – gelt, Landfahrer? – und lassen ihre Heimat imstich, wenn ihnen gleich das Herz dabei wehtut, so weh, daß sie dem Schneewind vorauflaufen und mit ihm wieder in das Heimatland einziehen.

Aber während der Bergwind sich über den Wäldern sein Liedl singt und die Wangen sich rotläuft, sitzen sie daheim und hungern sich bleich.

Das is fei nix, Leutln! Ich halt's mit dem Sprüchl: gibt der Herrgott ein Hasl, so gibt er auch ein Grasl. – Machts Euch das Waldland zurecht und sehts: es ist stark genug, Euch alle zu tragen und noch einen Haufen mehr obendrein.«

Der Zachenhesselhans langt unter die Bank, setzt dem Steinkrug sein Käpplein ab und läßt noch einen Beißer herausrinnen – aber nur den einen. Der ist für den Zachenhesselhans; denn der meint: er hab ihn sich redlich verdient.

Der Helari sagt:

»Zachenhesselhans, darüber müssen wir noch einmal reden. Manchmal denk ich, Deine Rechnung ist richtig. Manchmal mein' ich: sie ist falsch.«

Wie der Helari so gesprochen hat, richtet er sich aus dem Gras auf. Seit er die Pfeife in die Lederhose geborgen, kaut er an einem süßen Halml.

»Warum denkst denn, 's wär' falsch?« fragt der Zachenhesselhans.

»Sonst,« meint der Helari, »warum hat sich denn *vor* dem Hans keiner auf derlei Dinge besonnen? Sind doch vor ihm auch kluge Leute im Waldland gewesen.«

»Sind auch,« sagt der Alte. »Aber: einer *muß* sich doch

zuerst darauf besinnen. Und justament: auf die einfachsten Dinge kommen die Menschen immer am schwersten.«

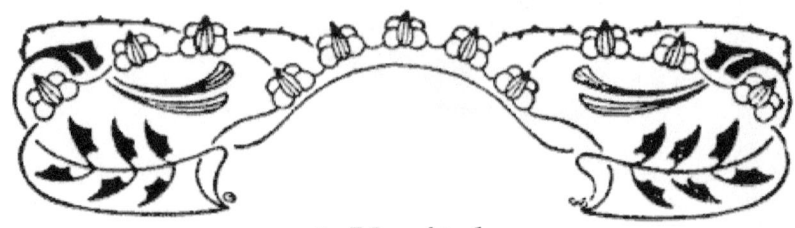

4. Kapitel.

Der Wurzltonl vom Sonnenwirbel ist zu Wald gegangen. Er sucht allerhand Kräuter und gräbt mancherlei Würzlein, die trocknet er am Wäschestängel über dem Kachelofen und bringt sie dürr oder auch grün in die Apotheke – nach Oberwiesenthal, nach Joachimsthal oder sonst in ein ›Thal‹. Werden noch einige ›Thal‹ daherum sein. Vom Sonnenwirbel aus ist alles ein Tal.

Der Peterl aus dem andern Haus am Sonnenwirbel ist mit der Mahm auf dem ›kalten Winter‹ im Heu. Und der Peter, sein Vater, hat die Mütze auf, an der der k. k. Reichsadler sich befindet, und räumt, kratzt oder hackt die Abschläge an der Staatsstraße nach dem Keilberg aus. 's möcht' ein Wetter kommen übers Waldland! Ist alles knüppeldürr im Gebirg. Und wenn's dann die Wasser mit einem Mal herunterschüttet – hui, hui, das ist ein Strömen und Brausen, und wehe, wenn das Strömen und Brausen die Rinnsale nicht findet, die der Peter instand zu halten hat! Das reißt fei dort ein Stückl Straße ein und da noch eins, und der Peter muß alles wieder aufbauen, und seinen Rüffel kriegt er noch obendrein. Darum hat er den k. k. Adler an der Einräumermütze; und den Rüffel kriegt er »von *amts*wegen«, – »von *rechts*wegen« nicht immer. Das heißt: das meint der *Peter*.

Das alles erzählt sich der Hans-Tonl wie er die Halde heraufsteigt und sieht alles mit einem Blick, wie er über die

Unruh hinauf ist, dem Helari die Hand geschüttelt und gesagt hat: behüt Gott, Helari, und auf ein Wiedersehen.

Das erschaut der Hans-Tonl alles mit einem Blick; denn es ist auf dem Sonnenwirbel nur das Wawrl im Heu. Und wie das Wawrl immer so wendet mit dem Rechen und wie ihm der weiche Bergwind das blaue Kattunröcklein so sanft um die Hüften drückt, wie er das goldene Ringelhaar über der Stirn vom Wawrl sich um die Finger wickelt und ihm ein leises Lied singt, hört das Dirnlein den Hans-Tonl gar nicht über das wolleweiche Gras heraufkommen.

Der Tonl, wie er ganz nahe ist, bleibt ein wenig stehen und denkt: dem Wind, der es so gut mit dem Wawrl meint, und ihm das Röcklein so glatt über die Hüften streicht, daß man erschauen kann, wie weich und rund die sind, dem Wind schau ich ein Weilchen zu.

Wawrl, sagt der Wind zum Mädl, Wawrl, da steht einer stocksteif im Gras und in der Sonne, lacht so in sich hinein und läßt kein Aug von Dir schmuckem Ding. Hast dem fei gar etwas gestohlen?

Das Wawrl denkt grad an etwas und hört nicht auf den Wind. Der weiß den ganzen Tag etwas zu erzählen! Hat einer, wenn er im Heu ist, nicht immer Zeit, hinzuhören.

Wawrl, sagt der Wind wieder, die Sach' ist mir nicht richtig. Am End hast Du dem doch etwas gestohlen und nun hat er Dich ertappt?

Das Wawrl hört nicht hin.

Wawrl, singen wir zwei uns eins, sagt der Wind, zupft das Dirnlein am Kopftüchl und hebt dem Mädl die weiße Jacke unter dem Gürtelband. Er möcht' ein bißl gucken, der Wind.

Ach wo, sagt das Wawrl, beim Heuwenden singt ein Dirnl nicht und gleich gar nicht, wenn der Hans-Tonl nicht dabei ist.

Darüber ärgert sich der Wind, springt um das Wawrl herum und wirbelt ihr das blaue Kattunröcklein überm Knie in die Höhe.

Pst, macht das Wawrl, was das für Dummheiten sind!

Und wie sie dem Wind den Saum vom flatternden Röcklein aus der Hand nimmt, und sich dabei dreht: – – meiner Seel, da ist ja der Hans-Tonl! 's war nur gut, daß das Wawrl dem neugierigen Wind fei fest auf die Finger geschlagen. Das hätt' eine Sach werden können! Der Hans-Tonl hätt' ja einen Juchezer gemacht, daß das ganze Waldlandl aus dem Mittagsschlaf aufgewacht wär, wenn der Wind dem Wawrl unters Röckl guckete.

Jetzt – wie der Hans-Tonl auf das Dirnlein zugeht, es in die Arme nimmt und sich mit ihm und dem Rechen dreimal herumwirbelt wie ein Kreisel, jetzt ist das Zuschauen an dem Wind. Das Wawrl ist ganz außer Atem gekommen, wie es der Hans-Tonl endlich wieder auf seine Beine gestellt hat.

»Na, Tonl, da hast mich fei tüchtig geschreckt,« sagt es und läßt sich auf das knisternde Heu fallen, damit der süße Duft, der auf dem Grund ist, ihm ganz sacht die Stirn und die Wangen streicheln kann.

Der Hans-Tonl sagt:

»Du, Wawrl, wir plauschen ein bißl – 's ist so niemand, mit dem man ein Wörtl reden könnt'. Bei der Hitzen dörrt das Heu auch ungewendet, daß es der Wurzl-Tonl bieren[1] (in Haufen auf dem Rücken eintragen) kann; und ich helf Dir hernach, das Versäumte nachholen, gelt, Wawrl?«

[1] Wohl von dem englischen to bear = tragen.

Das Wawrl, weil's den Tonl so lang nit gesehen hat, nickt ein kleines bißl mit dem Kopf, um den die goldnen Haarringlein klingen. Aber der Tonl versteht's schon.

»Wawrl,« sagt er, »es is fei so viel sonnig hier. Ich denk, wir machen uns ein Berglein aus Heu, das einen Schatten gibt.«

»Tonl,« meint da das Wawrl, »wenn mein Vatter aus dem Wald die Halde herauskommt und sieht uns fei ausrasten von der Arbeit, die nicht getan ist, nachher –«

»Da werd ich zu ihm sagen: jetzt, Vatter, setzt Euch auf ein Viertelstündlein daher und schaut zu, ob sich's hinter dem Heuberg uneben rastet.«

Das Wawrl muß hell auflachen.

»Halt ein, Wawrl,« sagt der Tonl und schleppt einen Haufen Heu heran und noch einen darauf. Er steckt einen Rechen hüben daran und einen drüben: »so, ihr zwei, ihr haltet das Mäuerlein und habt's fein acht, daß es uns nicht zudeckt!«

Dann setzt sich der Tonl auf die Schattenseite hinter das Heu und rückt so dicht an das Wawrl heran, daß nicht ein einziges dünnes Halml neugierig zwischen den beiden heraufschauen kann, um zu sehen, was sich denn da am helllichten Tag auf der Bergwiese zuträgt.

Der Wind schlendert überdem auf dem dörrenden Grase herum. Er bückt sich da einmal und dort einmal, hebt ein Bündlein Heu auf und wirft's wieder fort. Um das Wawrl und den Tonl kümmert er sich gar nicht, der Wind. I, der tut bloß so! Wie die beiden im Schatten sitzen, geht er auf den Zehen hinter den Heuhaufen und lugt heimlich um die Ecke. Seht doch einer, was der Tonl mit dem Wawrl anfängt! Er nimmt dem Wawrl seine roten Wänglein in die Hände und zieht das Köpferl zu sich herüber – »ein Zwickbusserl,« sagt der Tonl und lacht hellauf, – natürlich wie das Busserl vorbei ist.

»Gut war's,« sagt der Tonl. Dem Wawrl fliegt ein Feuer in die Stirn. Es guckt hinunter auf das Kattunröcklein, auf dem seine Hände mit einem trocknen Bergblümlein spielen.

»Du, Wawrl,« hebt der Tonl wieder zu reden an.

»Was meinst?« fragt das Wawrl und schaut immer noch nicht auf.

»Auf den Herbst heiraten wir zusammen.«

»Bist fei zum spaßen aufgelegt heut?«

»Wahr und wahrhaftig!« sagt der Tonl.

Der Wind, der wieder um den Heuhaufen guckt, denkt: jetzt nimmt der Tonl dem Wawrl seine Hand in die Linke und legt ihr den rechten Arm um den Hals. Der Wind wirft von dem lockeren Heu eine Handvoll herab. Aber das Wawrl kann's gar nicht sehen, denn der Tonl küßt ihr mit seinen roten Lippen die Augen zu. Jetzt – wenn ein solcher kommt, tut das Madl keinen Mux. Wenn es dagegen der Wind zaust, wird es nicht fertig mit schelten den ganzen Tag.

Mit einem Kuß ist es justament wie mit einem Grenzstein, denkt der Wind – immer, wenn der Tonl eine Weile erzählt hat: wie das Häusl unterm Sonnenwirbel ausschauen soll, wie die Halde, wie das Dächl, wie das Kammerl, dann drückt er immer einen Kuß hin: hernach redet der Tonl wieder kurz, dann busselt er wieder lang. Immer hübsch das Grenzsteinl nit vergessen, damit's keine Verwechslung gibt und nicht eins in das andere geplauscht wird ...

Der Wurzltonl, wie er mit seinem Hücklein den steilen Berghang herauf gekraxelt ist und die Straße hereinkommt, läßt seinen Blick über das Grasland gehen und denkt: es hat fei gut gedörrt heute, und das Wawrl ist fleißig gewesen; denn es hat schon zu schobern angefangen. Das denkt der Wurzltonl, weil er drunten an der Halde den mächtig großen Heuhaufen sieht.

»Jetzt,« sagt derweil der Tonl zum Wawrl, »Dirnl, wir sitzen da im Schatten, bis die Sonne das Heu fertig hat. Um Vesper schau ich einmal; dann bieren wir, und eh das erste Tröpfl Abendtau auf den Berg fällt, ist die ganze Mahd unterm Dach auf dem Sonnenwirbel. Du aber tust fei langsam dabei, Dirnl, und läßt *mich* dreimal laufen, während *Du* einmal gehst.«

Nun schau' einer, denkt der Wind, der justament wieder um den Heuhaufen lugt, nun schau' einer, jetzt – auf so eine Red hin kriegt der Tonl vom Wawrl ein Bußl und ein Zwickbußl. So was läßt sich der Tonl gefallen!

Weil im Gras droben auf der Halde ein sanftes Schlürfen ist und der Wind den Tag über doch ganz still war, springt das Wawrl auf einmal auf seine Beine, streicht sich die Goldlöcklein unter die weiße Kopfhülle und schreit nach dem Rechen. Sie dreht sich wie ein Hexlein im Wind, aber der Rechen ist nicht da.

Der Tonl tut gerad, als hätt' er auf den Vater gewartet, lacht hell auf und sagt: »Wawrl, geh suchen den Rechen! Wie kann denn einer beim Heuwenden sein und den Rechen nicht wissen?«

Dem Dirnlein brennt ein heißes Feuer auf der Stirn; so heiß hat es sein Lebtag noch keins gespürt. Wo der Tonl jetzt bloß sein Lachen hernimmt?

Ueberdem ist der Wurzltonl herangekommen und gucket hinter das Heu.

»Gebaut habts Euch das Dingl nit schlecht,« sagt der Wurzl-Tonl und geht zweimal im Kreis um den Berg. Da schaut das Wawrl auch einmal hin und denkt: was an dem Heu wohl so wunderlich ist? – Ei, da sind ja die Rechen!

Weil aber der Wurzltonl ein Gesicht macht wie der Himmel, wenn sich ein Gewitter daran heraufschiebt, denkt der Hans-Tonl: »Jetzt ist's Zeit« und sagen tut er: »Grüß Gott, Vatter, und ich hätt gern ein Wörtl mit Euch geredet.«

»Mit *mir* auch?« fragt der Wurzltonl. Es ist spitzig gefragt, dieses: mit mir auch.

»Ja,« sagt der Tonl wieder, »denn mit dem Wawrl hab ich

fei nit zuviel geplauscht, 's hat so allerhand Arbeit gegeben.«

»So red ein Wörtl,« sagt der Wurzltonl.

Was nun kommt, kann der Hans-Tonl schon auswendig: zuerst hat er's dem Zachenhesselhans erzählt, dann hat er's dem Wawrl erzählt – dabei hat er auch gleich die Grenzsteine aufgestellt, und nun sagt er's auch noch dem Wurzltonl.

Der hat's eh schon gewußt, was ihm der Tonl heut sagen will, denn der hat ihm, wie er vorhin über das Grasland hergegangen ist, zugerufen: Grüß Gott, *Vatter*.

»So,« sagt der Tonl und schließt seine Rede, »und jetzt tragen wir mitsammen das Heu ein. Der Vater braucht nicht mit zu helfen, das Wawrl nur so viel, damit es dabei ist, und den Rest nimmt der Hans-Tonl auf sich. Eh' der Abend taut, mag sich der Wind ein Halml auf der Sonnenwirbelwiese suchen, mit dem er spielen kann. Er wird fei gut zuschauen müssen, will er eins finden.«

Da hat der Wurzltonl nicht mehr viel zu schaffen auf der unteren Wiese. Mit dem Hans-Tonl kann er nicht um die Wette, und wenn der seine jungen Arme und Kräfte herleihen will und nicht einmal etwas dafür mag, wenigstens nicht vom Wurzltonl – denn ganz umsonst tut er's doch am End' nicht – da kann der Wurzltonl gehen und das Wawrl mag den Jungen fei abfinden.

Der Wurzltonl hat noch einen Hang Gras stehen nach der Schlauderwiese zu – ist schon gut: so wird der Wurzltonl sich jetzt auf den Sonnenwirbel in den Schatten setzen, wird das Dengelzeug hervorholen und die Sense schlagen. Morgen früh, wenn's dämmerig wird, kann er dann den Grashang mähen. Liegt der Tau noch, schneidet's eh besser, insonderheit bei der Dürre.

Während der Wurzltonl beim Aufwärtsschreiten noch da und dort eine Hand voll Heu aufgenommen und zwischen den Fingern gerieben hat, ob's trocken genug sei, meint er: auf solch einen Sommer, in dem kein Tröpfl Regen auf die Mahd gegangen ist, könn' er gar nicht denken am Sonnenwirbel.

Und der Wurzltonl ist vor dreiundfünfzig Jahren auf dem Sonnenwirbel jung geworden und ist diese Zeit her nur einmal auf einen Tag im Karlsbad gewesen. Damals hat er das Sterbekleid für die Mutter vom Wawrl gekauft.

Sind fei zehn Jahre darüber ins Land gegangen.

Und jetzt – jetzt will ihm der Hans-Tonl auch sein einzig Kind nehmen. Wie er so denkt, hat er die Sense vom Balken genommen und setzt sich auf das Gras vor dem Vorhaus. Er stößt den Dengelstock in das Erdreich und hebt an zu schlagen.

Sein Herz schlägt mit, und der Wurzltonl setzt den Hammer so fest auf, damit der Hachtl nicht hört, wie sein Herz geht.

Was soll einer nun tun in der Bergeinsamkeit?

Das wüßte der Wurzltonl schon: fei das, was er immer getan hat. Aber: daß er nun auch die zwei Stück Vieh aus dem Stall geben soll, das ist's, was ihn so hart angeht.

Die rote Kuh hat er dem Wawrl als Heiratsgut versprochen; denn die Rote hat er angekauft von dem Geld, was die Wawrl von der Mutter selig geerbt und auf der Sparkasse gehabt hat. Aber die Schwarze?

Wie der Wurzltonl so sinnt und das Herz doch nicht in Ordnung bringt, so daß ihm ein verräterisch Zucken um Lider und Mund läuft, kommt ein Weiberl die Straße herauf.

Der Wurzltonl hält einen Augenblick inne und denkt: das ist ja das Harfenweiberl vom ›Neuen Haus‹. Wird sich ein Maßl Schwarzbeeren suchen wollen im Wald.

Der Mann hebt schon wieder den Hammer, um mit dem Dengeln zu Ende zu kommen.

Hui, denkt er, da kriecht etwas zusammen hinter dem Spitzberg! Und weil der Tonl grad mit einer Biere Heu die Halde heraufschnauft, ruft er ihm hinüber: »Tonl, es kommt ein Wetter!«

Der Tonl hat aber nicht Zeit zum reden. Erst will er das Heu vom Rücken haben.

Während er um das Haus geht und sich in der Panzel die Biere losbindet, ist das Harfenweibl vollends herangekommen. Wie die Alte vorm Sonnenwirbelhaus ist und ihr der Wurzltonl sein »Grüß Gott, Weiberl« hinübergerufen hat, sagt er noch:

»Da schau Dich um, Harfenfraule. Siehst Du etwan auch, daß hinter dem Spitzberg ein Wetter sich zusammenbraut? Wo hast denn das Krügl gelassen, wenn Du in die Schwarzbeeren willst?«

Das Harfenweibl schaut sich um. Wie es das Wetter brauen sieht, sagt es: »Wenn der Herrgott auf das Mal nur gnädig kommt.«

Es geht über die Straße her, bis dorthin wo der Wurzltonl im Grase sitzt und stellt sich vor ihm auf. Der Tonl schaut schon wieder hinab auf das Sensenblatt, das über dem Dengelstock liegt, und greift mit den Spitzen der Finger die Schneide ab, ob ein Stein etwa noch eine Scharte geschlagen hat.

»Grüß Gott, Wurzltonl,« sagt das Harfenweibl, weil es sich besinnt, daß es ja dem Mann vom Sonnenwirbel den Gruß noch schuldig ist. »Wollts das Heu noch einbringen vor dem Wetter?«

»Fei wohl,« entgegnet der Tonl, »und 's wird nicht nothaben, wenn solch einer die Sach in die Hand nimmt.«

Der Wurzltonl deutet mit dem Daumen nach rückwärts über die Achsel. An der Giebelwand entlang kommt der Hans-Tonl gerade zurück, hat die Stricke zur neuen Biere in der Hand und trocknet sich mit dem blauen Sacktüchl die Stirn.

»Da treff ich's gut und schlecht,« sagt das Harfenweibl und lächelt. Aber dem Lächeln ist ein wenig Mißmut beigemengt. Warum denn?

»Gut und schlecht?« fragt der Wurzltonl zurück.

»Weil ich den Hans-Tonl auf dem Sonnenwirbel treff, das is fei gut. Weil er aber auch nicht ein Minütl Zeit hat, mit mir zu reden, das ist schlecht.«

»Wenn sich das Harfenweibl ein Stündl verhalten will, dann kann es schon reden mit dem Hans-Tonl,« sagt der. »Aber das Heu muß erst unters Dach – ja, wenn einer wüßt, ob das Wetter hinter dem Spitzberg bleibt.«

Wie der Hans-Tonl das sagt, geht er schon wieder über die Straße, springt die Böschung hinab und die Halde – das Wawrl wird die neue Bier' schon gebunden haben, denkt er, und die Halde mit dem kurzen Gras ist fei glatt wie ein Tanzboden. Da käm' einer schier im Sitzen rascher hinab, als im Laufen.

Da ruft der Hans-Tonl schon wieder dem Wawrl zu, legt sich mit dem Rücken auf das große Bund Heu, fährt mit den Armen unter die Stricke, mit denen das Wawrl die Biere geschnürt, fängt an zu wippen und – da steht der Hans-Tonl auch schon auf seinen Beinen.

Das Wawrl zupft an den Seiten der Biere das Heu noch ein bißl zurecht und: »Noch zweimal, dann ist's getan!« lacht das Dirnlein. Es ist schon wieder an der Arbeit. Der Hans-Tonl geht kreuz und quer die steile goldene Halde hinan – bei der trockenen Glätte kommt einer da nicht anders aufwärts, und der grade Weg ist in diesem Falle nicht der beste. Der Schweiß rollt in silbernen Kugeln von seiner Stirn.

»Was willst denn von dem Hans-Tonl?« fragt der Mann

vom Sonnenwirbel, der überdem noch eine Scharte dem Sensenblatt ausgeschlagen und bindet den Hammer wieder an den Dengelstock.

»I nun,« meint das Harfenweibl, »dazu muß der Hans-Tonl fei selber her.«

Dabei dreht sich das Weibl um und schaut nach dem Wetter.

»Hui,« macht der Wurzltonl, »Harfenweibl, der Tonl hat die Seinige.«

Dann lachen die beiden. Aber die Luft ist so schwer, daß sie wie eine Last auf der Brust liegt. Der Mann richtet sich mit einem Schnaufer an dem Dengelzeug empor.

Da kommt ein Wind über den Kamm geflogen und weckt die Vogelbeerbäume längs der Straße aus dem Schlaf. Jetzt ist er schon unten an der Halde – wie das Fanele (Franziska) von der Unruh noch ein kleines Dirnl war, hat es sich mit dem Wind so die Halden hinabgekugelt. Na, na, denkt der Sonnenwirbelmann, fei bloß damals? Das Fanele ist heut noch toll genug, und es könnt einer wetten: wenn kein Mensch in der Nähe ist und das nußbraune Mädl ganz allein mit dem Wind und dem Wald an der Graslehne steht, da klemmt es noch heute das Röcklein zwischen die Knie und kugelt sich kopfüber den Hang hinunter. Da muß der Wind rasch sein, daß er mitkommt. Und drunten im Heuhaufen, in den sie hineinrollen, bleiben sie mitsammen eine Weile liegen und kichern, der Wind und das Fanele. Dann bläst ihm der Wind die Halme aus dem nußbraunen Haar, das dem Dirnl so wild um die Stirne weht, und putzt ihm die Augen wieder blank.

Der Hans-Tonl ist mittlerweile wieder die glühende Halde heraufgeschnauft. Der Vater und das Harfenweibl stehen vorm Haus und gucken gegen den Spitzberg. Zwischen dem und dem Plessen geht von unten her eine Wand empor. Die steigt über den Wald herauf und ist scharf abgeschnitten gegen den Himmel – der Wald darunter: eine Wand aus schwarz und grün, die Wolkenmauer, die totstill hervorkriecht, eine aus schwarz und blau. Und oben ist ein schmales Rändlein daran, ganz glatt und blank wie eitel Gold.

Der Wind, der über den Kamm gelaufen ist und die Halde hinunter, ist fort, aber man sieht ihn noch. Da schau hin, Harfenweibl, da schau hin! Wo die Wipfel quirlen, über den Bergwald – da läuft er, läuft immer weiter, und es wogt unter ihm wie dunkelgrüner Bergsee. Und immer, wenn er weg ist, schwankt sich der Wald wieder grollend in die vorige Ruhe. Dann fängt die Sonnenluft über den Wipfeln wieder zu zittern an.

Jetzt ist ein Rumoren drüben in der schwarzblauen Wolkenwand. Das klingt herauf auf den Sonnenwirbel, als lief's unter der Erde, oder: als wär' der Plessen eingefallen und der Spitzberg dazu und wären beide hineingesunken in das blauschwarze drohende Meer.

Der Himmel, der vorhin wie ein blauer Vorhang still hinter den umgoldeten Bergen stand, ist schon ganz silbern und das schwarze Meer, auf dem er ruht, steigt – steigt. Und ab und zu ist das Rollen darin.

Nun paßt auf!

Aber der Hans-Tonl hat noch keine Zeit zum Hinschauen. Das Wawrl hat die letzte Biere so groß geschnürt, wie noch keine zuvor. Da muß der Tonl, wie er sich mit dem Rücken daraufgelegt hat, einmal mehr wippen – schau, er kommt aber doch auf die Beine!

Jetzt hebt er an, zu Berg zu schreiten. Das Wawrl zieht das weiße Kopftüchl durchs Gürtelband, nimmt die beiden Rechen über die Schulter und guckt sich noch einmal um auf dem Grasland, ob's auch nichts vergessen hat. Wahrhaftig schaut ein blankes Käpplein aus dem Heidelbeerbusch hervor, der auf der Wiese um den

Grenzstein gewachsen ist. »Da ist ja noch mein Kaffeekrügl,« ruft das Wawrl und läuft hinüber zum Rainstein. Es bindet sich das Gürtelband auf und streift das Krüglein daran. Das Band bindet es vorn. Das Krügl hängt ihm hinten. Es ist so besser, als wenn einer mit vollen Händen die glatte Halde hinanschreitet; leicht gehen einem darauf die Beine aus. Das Wawrl tut ein paar Sprünge, damit es dem Hans-Tonl wieder nachkommt. Wenn's auch nicht gut plauschen ist, den steilen Hang hinauf – Liebesleute gehören zusammen.

Während die beiden so mit der letzten Last duftigen Heus dem Sonnenwirbel zusteuern, hat sich das Harfenweibl auf die Schwelle zum Vorhaus gesetzt und guckt in das schwarze Meer, das vor dem Westhimmel wogt.

Der Wurzltonl hat das Dengelzeug an den Nagel und die Sense über den Balken gehängt. Jetzt geht er durchs Häusl, um fei gemächlich die Lucken zu schließen, oder zu sehen, ob nicht etwa eine Schindel in der Dürre der Tage herausgesprungen oder sonst ein Türlein geschaffen ist, durch welches das Wetter hereinfahren kann. Der Wurzltonl tut die Schiebfensterlein vor und rüttelt da ein wenig und schüttelt dort einmal. Alles ist klapperdürr. Der Regen wird durchlaufen. Die Rähmlein müssen erst wieder ein wenig anziehen.

Aus dem Dachfenster sieht der Wurzltonl: auf dem ›kalten Winter‹ eilen sich der Peterl und die Mahm, daß sie das Heu in Schober kriegen. Dort kann die Sonne nicht den ganzen Tag über im Grase liegen. Da müssen sie halt versuchen, das bißl Wieswuchs vor dem Wetter zu bergen so gut sie können.

Jetzt, während das Wawrl und der Hans-Tonl das Heu in die Panzel drücken und der Hans-Tonl aus Versehen mit der Biere auch das Wawrl packt, ist wiederum ein Kollern und Rollen im schwarzen Meer, daß dem Harfenweibl das Herz stillsteht, weil es hineinhorchen muß in die Drohungen, die da tief zwischen den Bergen branden. Das Harfenweibl faltet die Hände im Schoß und bewegt leise die Lippen. Bewegt auch das Herz. Es hat sich auf ein frommes Sprüchlein besonnen und sagt's leise vor sich hin. Wie's aber noch nicht damit fertig ist, kommt der Wurzltonl wieder um die Hausecke, geht an dem Holzvorbau, auf dessen Schwelle die alte Harfnerin sitzt, vorbei und guckt durch das Fenster, das links zunächst vom Vorhaus ist. Er hebt die Hände zu beiden Seiten des Gesichts, weil er das Licht abdämmen muß; denn er will den Hachtl drinnen sehen. Der Hachtl war doch vorhin noch daheim.

»Wo ist er denn geblieben?« fragt der Wurzltonl von draußen die Gabi (Gabriele), dem Hachtl sein Weib. Die Frau sitzt am Klöppelsack und hat sich die Kattunjacke ausgetan.

»Es ist so viel warm heut,« sagt die Gabi, »und fei gewitterig.«

»Der Hachtl, na, wo wird er denn sein?« – Die Gabi schaut sich um: im Fenstereck ist die Pfeife fort und am Nagel die Mütze vom Hachtl. »So wird er fei ein Stückl nach dem ›kalten Winter‹ hinüber sein.«

Der Wurzltonl meint: »Ich frag nur, weil das Wetter kommt.«

»Na, so wird er es wohl aufziehen sehen und wird sich heimfinden zur rechten Zeit.«

»'s scheint, die Gabi hat's auch noch nicht rollen hören?«

»Fei nit,« sagt die Frau und fährt in die Jacke; denn sie hat vorhin ein bißl durchs Fenster geschaut, um zu sehen, mit wem der Wurzltonl eigentlich so eifrig zu reden hat. Jetzt tritt die Gabi heraus vor's Häusl. Sie geht aber gleich wieder zurück in den Flur und tut die Tür auf, die der ihren gegenüberliegt. Die führt in die Stube vom Wurzltonl. »Franz!« ruft sie. Aber der Mann ist nicht drin.

»Franz?« fragt das Harfenweibl den Wurzltonl verwundert. »Schreibt sich der Hachtl denn Franz?«

Der Wurzltonl nickt und lacht; dann sagt er halblaut: »Hachtl (Hecht) heißen sie ihn doch nur wegen seiner scharfen Nasen, Weiberl.«

»Soo!« macht das Harfenweibl und schaut sich nach der Gabi um.

»Jetzt,« sagt die, »der Hachtl wird mir doch nicht zu einem Abendmahl Blaubeeren in den Wald gelaufen sein? Wenn das Wetter kommt, läßt sich's von denen im Wald nicht sehen und hören, bis es da ist.«

Weil die drei bei der Schwelle auf den Hachtl denken, und weil der Peterl mit der Mahm vom ›kalten Winter‹ herauf über das Gras kommt, vergessen sie ganz auf den Tonl und das Wawrl. Den beiden ist das fei recht: ein bißl warm ist's schon im Heu, aber auch dämmerig und weich, und ist ein süßer Duft darin. Und ist immer ein heimlich Flüstern, jetzt – man weiß nicht, ob der Tonl und das Wawrl sich etwas zu sagen haben oder ob's justament nur die trockenen Hälmlein sind, die miteinander reden und in denen noch der klingende Sonnenschein aus der Sommerwelt rinnt.

Wie sie sich miteinander freuen über ein goldenes Band aus Sonnenstrahlen gewebt, das durch ein Astloch in der Holzwand hereinfällt und justament dem Wawrl auf die Schürze, rennt ein Wind draußen ums Haus, so ein Vorreiter vom Wetter, legt die Spitzen seiner Finger in die Ritzen der Tür und reißt die Tür auf. Der helle Tag läuft herein in die Heukammer, und das Wawrl, das gerade seine Arme dem Hans-Tonl um den Hals gelegt hat, schlägt die Arme herunter und die Hände vors Gesicht, damit der Tag nicht sehen kann, wie's rot wird.

Der Hans-Tonl geht heraus in die Sonne, das Wawrl durch die andere Tür aus der Heukammer in den Hausgang. Der Tonl läßt sich den Quell vom Stein heraus über die heißen Arme laufen und taucht den Kopf in das blanke Bergwasser. Das Wawrl geht und trägt ihm ein Leintuch hinaus.

Während der Tonl die Arme und das Gesicht sich trocken reibt, schaut er auf und sieht, wie der Peter Einräumer die Straße herabkommt gegen den Sonnenwirbel zu. Nicht wie ein anderer Mensch kommt er, nicht wie einer, der die Mütze mit dem k. k. Adler nicht auf dem Kopf hat, nämlich: indem er ein Bein vor das andere setzt und auf sein Ziel zugeht, was nötig wär', weil das schwarze Meer zwischen Plessen und Spitzberg schon gar so hochgeht.

Ein k. k. Einräumer, wie der Peter einer ist, geht auf einmal nur immer von einem Vogelbeerbaum zum andern, läuft bald einmal hüben an der Straße, bückt sich bald einmal drüben. Ueberall setzt er sein Häcklein an, hackt die Baumscheiben locker, zieht die Abschläge aus. Und ist noch irgendwo ein Loch am Straßenrand, wo ein Maulwurf heraus oder ein Mäuslein hineingefahren: ein richtiger Einräumer zieht das Löchlein zu; denn wenn das Wetter auf dem Sonnenwirbel darübergegangen, ist an der Stelle, an der das Mauslöchlein im Straßenrand war, ein Brunnenloch gerissen. So –, wenn einer meint, der Peter ist ja gleich daheim, zwei Steinwürfe weit auf der Straße sieht man ihn ja schon hereingehen, da ist er noch lange nicht auf dem Sonnenwirbel, sondern braucht fei noch sein Stündlein.

Jetzt: wenn sie ihn nur sehen, – 's ist bloß, weil das schwarze Meer gar so gefährlich tut!

»Will denn das Harfenweibl das Gewitter auf dem Sonnenwirbel erleben?« fragt der Wurzltonl. »Ich mein', das ›Neue Haus‹ läg ein wenig mehr im Geschützten?«

»Is fei schon recht,« sagt darauf das Harfenweibl, »wenn einer nicht so wackelig wär', ich lief noch hinüber. Aber – man weiß nicht, wie's Wetter heranfliegt, mit einem – und es ist da. Wenn es mich auf dem Weg überfiele – 's wär' mein

Tod.«

»'s is eh recht,« darauf der Wurzltonl, »hat auch noch nicht mit dem Hans-Tonl reden können, das Harfenweibl! So mag das Wawrl heut Nacht am Heu schlafen, weil der Tonl auch noch da ist, der ein Bett braucht; denn leicht: der kann auch nicht auf ein Heimgehen denken heut und wir alle nicht an ein Schlafen.«

Wie sie noch reden, ist der Hans-Tonl ein Stück über das Grasland hingegangen bis an die Fichten, wo der Peter den Abschlag räumt. Der Hans-Tonl hat ein Häcklein mitgenommen und denkt: wenn zwei sind, dauert die Arbeit halb so lang.

Das schwarze Meer steigt, steigt.

Es schaut nur noch ein Spitzlein vom Spitzberg heraus. Und der Plessen ist schon ganz drin ertrunken; nur seinen Turm streckt er noch wie einen Finger in die Höhe.

Darauf hat das Wetter gewartet.

Schwarze Schlangen kriechen aus dem schwarzen Meer in die Täler, kriechen über den Wald. Der Himmel darüber ist ganz aus Silber und die Luft ist wie Bleiglanz. Die Sonne will auslöschen. Nachtschwarze Arme langen aus dem Meere herauf; die wollen sie packen und vollends hineinziehen. Ganz bleich hängt sie in dem silbernen Himmel.

Und die Schlangen kriechen weiter in den Tälern, kriechen die Hänge herauf.

Der Wind hebt an zu laufen. Die Wälder wachen auf.

Ein Baum stößt den andern. Ein Knarren, ein Schlagen ist in den Wäldern. Staubwirbel rasen auf allen Straßen über das Gebirg, rasen beim Sonnenwirbel vorbei, gehen auf den Keilberg tanzen. All die weißen Wege, die durch die Wälder laufen, rauchen, rauchen vom Staub, den der Wind hochwirbelt. Wie schmutzige Säulen stehen die Staubwirbel im Waldland.

Die Schlangen, die aus dem schwarzen Meer in die Täler kriechen, ringeln sich heran.

Der Wind braust.

Die Wälder brüllen.

Es heult um die Berggipfel.

Der Sturm fährt unter das Heu, das noch auf den Wiesen ist, und wirbelt's empor – jetzt: wo ist Staub, wo ist Heu?

Alles ist grau.

Alles ist lebendig.

Die Vogelbeerbäume an den Straßen biegen sich und schlagen den Sturm. Der heult. Und alle Täler sind schwarz.

Ueber das Zechenhäusl und die Unruh ist das schwarze Meer geronnen und peitscht den Wald. Der ›kalte Winter‹, das ›Neue Haus‹ – alles im Dunkel des Wetters ertrunken.

Und der Sturm heult und die Wälder brüllen und alle Täler sind ein Brausen, ein Brausen, das die Berge stürzen möchte.

Auf dem Sonnenwirbel ist noch Sonne, bleiche, müde, letzte Sonne.

Und das schwarze Meer kriecht heran und reckt seine Arme und drückt die Sonne aus. Und die bleiche Scheibe drüben zwischen Plessen und Spitzberg ist in das gährende schwarze Meer gefallen.

Nun ist es Nacht. Und noch ist kein Abendläuten aus den Tälern heraufgeklungen.

Der Peter und der Hans-Tonl sind daheim. Sie sitzen um den Kachelofen und lauschen, wie das Rollen an den Bergwänden herauf läuft.

Der Wurzltonl, der den Pflock noch einmal fest vor die Stalltüre gestoßen, weil der so leicht herausspringt, denkt: ich will noch einmal nach der Gabi schauen.

Wie er die braune Tür öffnet, liegt die Gabi auf den Knien vor dem Kruzifix in der Ecke und betet ein Gebet.

Das ist für den Hachtl, denkt der Wurzltonl und schließt die Tür ganz leise. – –

Keine drei Rehsprünge weit kann einer sehen ins schwarze Meer hinein.

Da – der Herrgott schlägt mit einem Flammenschwert die Wolkennacht mittendurch, und in die Kluft, die er gehauen, stürzen die wallenden Täler und Berge der Luft krachend hinein. An den Sonnenwirbelhäusern zittern die Fenster und der Kachelofen erbebt, daß der Rost darinnen klappert und das eiserne Türlein aufspringt. Das Vieh brüllt in den Ställen.

Und es geht einer mit einer goldenen Peitsche über die Berge und schlägt damit knallend um sich. Kreuz und quer und durcheinander – überall fliegendes Feuer. Darüber und darunter das Rollen und Knattern.

Es ist, als will der mit der Feuergeißel in der Hand Schleusen in die Erde schlagen, damit der rauschende Regen hinein- und nicht darüberhinwegströme. Denn die Erde ist am Verdursten. Und immer der Sturm, der um den Sonnenwirbel rennt und mit wilden brausenden Schwingen die Erde schlägt. Wirbelnd kreisen die Wolken.

Da kommt einer aus dem Walde von der Schlauderwiese herüber. Der Hans-Tonl ist aufgesprungen. In den Sonnenwirbelhäusern stehen sie und schauen durch die Fenster.

Und die Wolken wehen um ihn, und die Blitze flattern um den tollen Läufer.

»Da, hast Du's gesehen, Wurzltonl?«

»Hast Du's gesehen, Wawrl?«

»Jetzt hat ihn der Blitz erschlagen, den Hachtl!«

»Ein Flämmlein sprang ihm auf die Mütze, stand einen

Augenblick, ganz blau. Hast Du's gesehen, Hans-Tonl?«

»Jetzt – wo ist denn der Hachtl?«

Das schwarze Meer braust über ihn hinweg, und wie ein Strom stürzen die Wasser dröhnend die Straße herein und die Halden hinab. –

Nun wird die Nacht dämmerig. Der Tag guckt, ob er noch einmal kommen darf. Die Wolken haben sich ausgeschüttet. Und der mit der Feuergeißel ist fort. Nur fern in den Wald fährt noch ein Strahl. Aber das Krachen verzieht eine Zeit – jetzt erst dröhnt's dem Strahl hinterdrein.

Auf dem Sonnenwirbel wird's Tag.

Der Hans-Tonl stülpt sich die Kappe auf den Kopf und knöpft sich die Joppe über der Brust fest zusammen. Der Wurzltonl geht mit ihm hinauf nach der Höhe. Ein Regen rauscht in die Welt, aber kein Sturm heult hinein. Die Männer lassen den Regen durch ihre Kleider sinken und gehen der Stelle zu, an welcher dem Hachtl die blaue Flamme auf die Mütze sprang.

Da liegt er still und tot. Und das Blaubeerkrüglein ist ein Stück weiter im Gras vom Blitz zerrissen.

5. Kapitel.

Der Tag kommt. Ein goldener Tag, dem die weißen Opferdämpfe der Täler entgegenrauchen.

Im Gras ist ein Knistern von berstenden Schollen, in denen junge Kraft ringt. In den Wäldern ist ein Tropfen und Klingen von goldenem Licht und silbernem Tau. Hoch oben schlägt ein Bussardpaar seinen Morgenflug – still, königlich: wie die Welt ringsum in sonnevoller Pracht.

Und auf dem Grasrücken, der aus dem Wald hervorspringt und um den die blendenden Ströme des Lichts gehen, hackt der Peter Einräumer die Erde. Wie das Loch fußtief ist, stellt der Hans-Tonl eine Steinsäule hinein. Er hat mit dem Meißel ein Kreuz in den Block geschlagen und die Jahreszahl 1903 darunter. Man kann die Steinsäule von weither sehen. Und der Hachtl liegt daheim still und tot auf dem Stroh und weiß es nicht: jetzt weihen ihm die Sonnenwirbelleute ein dauernd Gedächtnis. Wo das Flämmlein gelaufen ist, über dem Hachtl seine Stirn und an der Wange herab, hat es seine Bahn gezogen. –

Wie sie den Hachtl in die Sommererde gelegt hatten zum ewigen Schlaf, war die Gabi in dem einsamen Stüblein am Sonnenwirbel allein mit ihrer stillen Trauer. Die Klöppel, die durch die Finger der Frau liefen, klapperten gedämpft ihr eintönig Lied. Die Stäublein schwammen blitzend in dem blanken Strom, der durch die Scheiben auf die Diele ging, und die Fliegen summten hindurch.

Auf dem ›kalten Winter‹ sind sie dabei, das Heu zu bieren. Während der Peter und der Peterl die raschelnden Lasten schleppen, schreitet der Hans-Tonl die Halde zur Unruh hinab. Er ist aber nicht allein und kann darum nicht so flott den Hang hineinstampfen, wie er das sonst zu tun pflegt.

Neben ihm geht das Harfenweibl. Jetzt muß der Hans-Tonl der Alten die Hand hinüberreichen.

»Der Grund ist fei wieder so glasglatt,« sagt das Weibl, »daß einer den Hals brechen könnt', wenn er nicht fleißig unter sich schaut.«

Auf der Unruh möcht' sich das Harfenweibl ein wenig verschnaufen: »Es ist gar so viel Sonnenschein in der Welt in diesem Jahr. Und die Pilzlinge werden fei auch wachsen,« meint das Weibl.

»Gelt?« sagt die Resl, dem Helari sein Weib. »Das Fanele hat schon ein ganzes Säckl voll Pfifferlinge heimgetragen.«

Das Fanele, wie es die Mutter reden hört, guckt aus der Stalltür.

»Hui, da ist ja auch der Hans-Tonl! Grüß Gott, Tonl!«

»Grüß Gott, Fanele!«

»Das ist fei zum ersten Mal, daß ich den Hans-Tonl seh, seitdem die Red' ist, daß er so schnell auf ein Hochzeiten denkt.«

»Oha,« sagt der Hans-Tonl und »wenn einer mit so einem Beispiel vorangeht, sind auch immer Leut, die 's alsbald nachtun.«

»Denkst etwa auf *mich*?« fragt das Fanele, »weil Du fei gar so listig mit den Augen redest?«

»'s mag wohl sein, Fanele.«

»Weißt mir einen, so wollen wir die Sache schon machen. Aber ich seh mir keinen.«

Ueberdem ist das Fanele aus dem Stall zum Brunnentrog geschritten und schwenkt die Gelte aus. Sein Röcklein hat es bis zu den Knien geschürzt, und das Kattunjäcklein hat keine Aermlinge. Nun guck' einer, was das flinke Fanele für dralle Arme hat!

Wie der Tonl dem Fanele eine Weile zugeschaut hat und das Dirnlein den Milchkübel auf das Zaunstaket stülpt, sagt er:

»Hast denn auf den Peterl ganz vergessen, Fanele?«

»Hui,« macht das Mädl, »der Peterl!«

Und gelacht hat's dabei ein goldenes Lachen, das ist in den Wald hineingeflogen, wer weiß wie tief. – Da hören die Frauen zu reden auf und horchen hinüber, was denn am Zaunlattl und am Milchkübel so herzhaft spaßig ist, daß sich das Fanele ausschütten möchte vor Lachen.

's ist fei gut, daß der Brunnentrog nicht weit ist. So geht das Fanele zwei Schritt zurück, setzt sich auf den Rand des Steins und lacht: »Der Peterl vom Sonnenwirbel!« Und lacht.

Der Röhrbrunnen speit seit dem Wetter einen stärkeren Strahl und hat die Steinkufe, auf deren Rand das Fanele sitzt, gefüllt zum Überlaufen?. Und das Wasser, das darin plätschert, plätschert dem Fanele ans Stück Röckl, auf dem es sitzt. Und weil außer dem Kattunrock nicht mehr viel auf dem Dirnlein ist – –

Das Fanele hat's eiskalte Bergwasser schon gemerkt.

Aber der Tonl auch.

Und jetzt ist das Lachen am Tonl und an den Frauen. Lehnt sich das Fanele an den moosgrünen Lattenzaun. Aber ärgerlich ist's doch, weil der Tonl gesehen hat, wie das Wasser ist fürwitzig gewesen.

»Hans-Tonl, warum sorgst Dich denn um das Fanele? Wenn's einen Mann braucht, wird sich's einen suchen. Und wenn der Peterl erst auf die eignen Beine gestellt wär und hinter der Schürze von der Mahm hervorgehen wollt' – der Peterl wär gar kein Unrechter.«

»Fei nit, fei nit,« sagt der Tonl, »aber das Fädlein, das der Peterl und das Fanele mitsammen spinneten, das möcht' ich noch sehen.«

»Darum brauchst Dich fei nit zu grämen,« ruft das Fanele spitz.

»So kann einer wohl dem Peterl was ausrichten? Leicht, daß ich ihn eher zu sehen krieg', als das Dirnl.«

»Wenn Du magst,« sagt das Fanele und in seinen Augen ist ein spitzes Licht, »so sag ihm: wenn er auch nicht viel taugete, so wär' er mir doch hundertmal lieber als der Hans-Tonl mit sein'm wilden Schnäuzl.«

Jetzt – das ist schad', daß das Mädl so flink durch die Stalltüre gefahren. So muß der Hans-Tonl dem Fanele schuldig bleiben, was er ihm hat zahlen wollen.

»Das Harfenweibl ist am End' fertig mit ausrasten, daß wir mitsammen aufs Zechenhäusl kommen?« fragt der Hans-Tonl.

Das Harfenweibl nimmt seinen Korb von der Bank: »B'hüt Gott, Resl. Und wenn nur auf der Unruh das Wetter nix zuschanden geschlagen hat.«

»Fei nit und 's ist dasmal gar gnädig umgegangen mit uns. Ja so – auf dem Zechenhäusl hätt's auch nix getan, wenn nicht der Seppl meinete: der Schreck und das Aengsten, weil's so gar wild gekommen ist, hätt' ihm das Augenlicht völlig ausgeblasen.«

Der Tonl, der noch einmal nach der Stalltüre schaut, ob das Fanele nicht um die Ecke lueget, lauscht auf, wie er das von dem Landfahrer hört.

»Das Augenlicht ausgetan?« fragt er, »dem Seppl? So ist's eh ein Glück, daß er daheim ist und sich aufs Zechenhäusl gefunden hat. Bis in die Heimat haben sie ihm den Weg justament zeigen mögen, dann sind ihm die Lichtlein ausgegangen.«

Neben dem Steig in den Wald, der fußbreit den Hang hinabläuft, hat der Regen einen Graben gerissen und da und dort hat das Strömen das Erdreich fortgetragen. Da ist's gut, daß drunter die braunen Wurzeln das Geflecht bilden. Dem hat das Strömen den Berg herein nichts anhaben können. Die Wurzeln halten den Stein umsponnen und haben sich eingebissen in den Fels seit achtzig Jahren.

Als die beiden den halben Weg gegangen sind und schweigend an das Unglück vom Seppl gedacht haben, dem der Sturmwind das Licht in den Augen ausgeblasen hat, sehen sie auch schon den Zachenhesselhans.

»'s muß einer fei das Wegl wieder zusammensuchen,« sagt er, läßt die Schaufel ein wenig ausruhen und gießt bei dieser Gelegenheit den Pfeifenstiefel um.

»Wenn einer solch einen raren Besuch bekommt,« sagt der Zachenhesselhans, »so muß er auf Feierabend denken. Grüß Gott, mitsammen und willkommen beim Zechenhaus!«

»Schön Dank!« ruft ihm das Harfenweibl mit seiner dünnen Stimme zu.

In der ist ein Restl von dem Singen hängen geblieben, mit dem das Weibl die Stadtleut auf dem ›Neuen Haus‹ verlustiert. Das sagt der Zachenhesselhans immer, wenn er das Harfenweibl wiedersieht. »Wohin wollts denn miteinander?«

»Justament aufs Zechenhäusl,« sagt der Tonl.

»Das Weibl auch?«

»Freili,« entgegnet das Weibl.

»Na, da paßt auf! Das wird was geben. Werden wir uns ein bißl in den Schatten machen? Mögts ein Bier oder einen Kaffee?«

»Einen Kaffee, wenn der Zachenhesselhans hat, möcht' ich schon,« sagt die Alte.

»So wird er einen machen.«

Ueberdem sind sie hinter das Zechenhäusl gekommen. Da sieht der Hans-Tonl: der Mann hat den fichtenen Stamm unter den hinteren Dachbalken zur Stütze aufgestellt. Einige Rinnlein laufen über das grüne sammetweiche Dach. Da ist der Regen heruntergefahren – als hätt' er im Wald nicht genug gehabt zum zerreißen. An der Schmalseite der Hütte, die nach Abend zu ist und an die der Wald dicht herantritt, sitzt der Schmied-Seff-Pepp auf der braunen Bank.

Während der Zachenhesselhans drinnen im Ofen ein Feuer anzündet und den Topf in die knackenden Reiser stellt, macht sich das Harfenweibl mit dem Seppl bekannt. Der hat den Kopf weit zurückgebeugt als die alte Frau sich vor ihn hinstellte.

»Jetzt – auch der Schimmer ist fort, der ehegestern noch in den Augen gewesen ist. Jetzt is es verspielt! Aus is, gar aus is!«

»Wie hat der Schmied-Seff-Pepp denn das angedreht?« fragt das Weibl.

»Wie hat's denn das Harfenweibl gemacht, daß es wackelig worden ist?« fragt der Zachenhesselhans durch das Fenster aus der Stube heraus.

»Also: fei von selber ist das gekommen.«

»So sei dem Herrgott Dank, daß er mich noch einmal hat das Waldlandl anschauen lassen. Hinunterblicken in die Täler, hinausblicken in die Welt – das hab ich fei nit gewollt. Ich hab nix mehr zu suchen draußen und will nix mehr suchen, wie gern nicht! Aber an dem Grün der Bergwälder hat sich der Seppl noch einmal das Herz frohgeschaut, Weibl! Und daß ich nur daheroben bin! Hier im Heimatland werd' ich auch ohne die beiden Augen mein Stückl Brot finden. Aber draußen blind den Weg zu fremden Türen – das möcht' einem sauer ankommen, Harfenweibl.«

»Seppl,« sagt die Alte, »so könnt's Dich fei g'freuen – – da kommt erst der Zachenhesselhans und bringt den Kaffee! Vergelt's Gott, Mannl!«

»Jetzt,« sagt der Zachenhesselhans und setzt sich neben den Hans-Tonl ins Gras, »was wollts, Leutln, was mögts?«

»Wir zwei bereden das Unsrige später,« sagt der Hans-Tonl. »Jetzt – da wirst lauschen!«

»Na, Harfenweibl, prosit, trink einmal und dann fang zum singen an. Wir Männer, wir tun uns derweil einen Beißer ein und gießen das Feuer, das darüber angeht, mit einem Bier aus.«

Der Zachenhesselhans füllt ein Glas aus dem Trunkelbeerkrüglein. Brr! macht er, wie er getrunken.

»Hans-Tonl, da hab' ich zwei Krügeln Braunbier in den Röhrtrog gestellt – die bringst uns. Wenn einer so von der ersten Sonne an bei der Halde kratzt und schaufelt, klebt ihm die Zung' am Gaumen.«

Wie der Hans-Tonl nach dem Röhrtrog geht, ruft ihm der Waldmann nach: »Leicht nimmst fei erst das eine und läßt das andere noch im Eis!«

»Wenn der Zachenhesselhans und seine Seel sich einmal scheiden, macht er erst noch ein G'spaßl mit ihr und sagt: so, das nimm mit auf den Weg und nun: b'hüt Gott, liebe Seel, haben uns fei immer mitsammen verstanden, Du und ich, gelt?« lacht das Harfenweibl.

»Und das Harfenweibl singt der ihren erst noch eins, auf daß die gleich in den Himmel tanzet,« sagt der Zachenhesselhans. »Und nun red'ts Eure Sach, Leutln! Für umsonst hast doch die alten Beine nimmer den Berg hereingeschickt?«

Der Zachenhesselhans gießt einen Becher schäumendes Braunbier aus dem Tonkrug und reicht ihn dem Hans-Tonl.

»Seppl,« hebt das Harfenweibl wieder an, »ich hätt' eine Tür, an die Du anklopfen könntest um ein Stückl Brot und ich weiß: gekargt wird dahinter nit.«

»So 'was hört der Seppl gerne,« wirft der Zachenhesselhans ein, »jetzt – das Harfenweibl wird mir meinen ›Zimmerherrn‹ ausspannen.«

»Wo meinst denn?« fragt der Landfahrer.

»Justament auf dem ›Neuen Haus‹. Dort spiel ich, dort sing ich seit drei Jahren für die Stadtleut, die da einkehren, wenn sie über das Gebirg fahren. Aber: die Harfe ist noch hundert Jahr älter als das Weibl, das sie rupft, und die Stimme zum singen hat einen Riß gekriegt die Zeit her – fei einen so großen Riß. Wenn wir ihrer zwei wären – etwan eine Gitarr dazu und eine Männerstimme – und noch dazu ein Blinder ...«

»Das tät dem Weibl so passen,« meint der Zachenhesselhans.

»Das ›Neue Haus‹?« fragt der Landfahrer und sucht, indem er den Kopf hintenüberbeugt, noch einmal nach dem Schein, der voreh in den Augen war.

»Jetzt weiß der ›Zimmerherr‹ vom Zachenhesselhans das ›Neue Haus‹ nit! Das ist noch im Sächsischen, Mannl, eine ›Sommerfrischen‹, wie sie's neumodisch nennen – vom Sonnenwirbel über den ›kalten Winter‹ in einer kleinen Viertelstund zu ergehen; für einen, der die Augen auf der Wegfahrt gelassen hat, ein wenig länger.«

Der Landfahrer sinnt einen Augenblick in sich hinein. Durch das offene Fenster vom Zechenhäusl klingt das Rufen und Zirpen der Käfigvögel. Die sind dem Zachenhesselhans seine guten Freunde.

Da steht der Seppl von seinem Sitz auf und greift sich an

der Giebelwand entlang.

»Gib her die Hand,« sagt das Harfenweibl, »ich will Dir derweil meine Augen borgen auf das Stückl Weg. Willst was?«

»Die Gitarr möcht' ich,« sagt der Landfahrer, »fei nachschauen, ob sie dem blinden Manne nicht gram geworden ist.«

»Die zwei fangen an, sich nit schlecht in einander zu schicken,« sagt der Zachenhesselhans.

Auf dem Fichtenwipfel setzt eine Zippe ihre Silberflöte an. Der Alte aus dem Zechenhause wendet den Kopf danach. »Du,« sagt er, »auf Dich hab ich einen Mai und einen Sommer lang gepaßt; aber Dein Häusl im Wald hast mir nimmer verraten.«

Es ist ganz still. Nur die Fliegen blitzen durch die blanke Sonne droben in den Wipfeln, und ist ein sanftes Wehen im Sommerwald.

»Blas ein bißl, Vögerl! Jetzt kann Dir der Zachenhesselhans fei nit mehr an die Kleinen. Aber nächstes Jahr, wenn wir zwei noch das Leben haben, Vögerl, da wirst dem Zachenhesselhans einen Jungen für sein einsames Stübl im Wald vergönnen, gelt?«

Ueberdem kommen die Musikleute wieder um die Ecke vom Zechenhäusl. Der Landfahrer hält kosend das Spiel in den Armen, und das Harfenweibl leitet ihn am Aermel seiner Joppe.

»So,« sagt es, »nun setz' Dich, Mannl.«

Und der Landfahrer läßt die Finger zitternd über die Saiten gehen. Ein Sonnenschein fällt auf sein Gesicht; der kommt aber nicht vom Himmel und durch die Fichtenwipfel hindurch – der kommt aus dem verstürmten Herzen, in dem die Tage der Sorge und Heimatsehnsucht daheim gewesen sind. Jetzt ist gerade der Friede und eine stille heimliche

Freude hineingegangen.

Der Landfahrer dreht die Wirbel am Spiel, die knarren, und er prüft die Saiten.

»'s stimmt, Mannl! Aber: halt noch einmal!«

»Was willst denn sagen, Zachenhesselhans?«

»Jetzt, wenn Du draußen säßest am Straßenstein mit den ausgelöschten Lichtln im Kopf, und ein fremder Wind säng Dir sein Liedl, und ein fremder Wind griff mit der Hand in Deine Saiten, der nicht den herben Harzruch aus den Wäldern bringt, und die Tritte fremder Menschen klängen an dem Almosenmannl vorüber und – Freundl: Du hättest ein Sehnen in der Brust nach dem Waldland und tätest Dich drehen und wenden und fändest nicht einmal so weit, daß Du sagen könntest: dorthinaus liegt's, dort heißen sie's ›Am Sonnenwirbel‹, dort bin ich jung gewesen – – Mannl, wenn Dir das geschehen wäre – das wär ein Leid, das wär ein Leid! Du bist einer, mit dem's das Schicksal nit schlecht meint, sonst hätt's Dir die Augen draußen ausgetan. Nun hier, da läßt sich das Hücklein leichter tragen, das es Dir aufgehängt hat. Und fei, ohne daß Du einen Schritt getan, kommen sie Dir im Wald und sagen: »Grüß Gott, Herr Seppl, und wenn Sie Hunger haben, hier gibts zu essen. Lassen Sie sich's gefällig recht wohl sein!« Mannl, und weißt Du, wo Dir das geschieht? In demselbigen Land, aus dem Du gefahren bist, weil's Dir zu schlecht war. Jetzt –: Du hast nach Deinem Mütterl einen Stein geworfen, Landfahrer, und das Mütterl tut Dir wieder seine Tür auf und küßt Dich dafür.

So, das wollt ich Dir noch sagen. Nun sing Dein Sangl!«

Dem Harfenweibl ist ein Körnlein ins Auge geflogen. Es nimmt sein Sacktüchl und macht sich die Augen wieder blank. Ein silbernes Küglein rollt ihr unter dem Sacktuch hervor in den Schoß. Das hat es nicht fangen können und das hat es verraten.

»Brauchst Dich nit zu schämen, Harfenweibl. Dem Seppl ist fei selber ein Wasser in die blinden Augen gegangen!«

Aber der Landfahrer greift schon wieder die Saiten. Jetzt hebt er zu singen an. »Ein bißl staubig ist die Stimme. Das kommt vom langen Fahren im Niederland,« meint der Zachenhesselhans. Und der Landfahrer singt:

> Dort, wo die Grenz von Sachsen ist, im Wald
>   die Schwarzbeer blüht,
> Dort, wo man heut noch Klöppeln tut, im
>   Winter hutzen gieht,
> Da steht nit weit vom Wald davon, sieht klein
>   und ärmlich aus,
> Ein Hüttlein, nur aus Holz gebaut, das ist mein
>   Vaterhaus.

Weil der Landfahrer immerfort seine Griffe greift, denkt der Zachenhesselhans auf die andere Strophe des Heimatlieds. Das hat er den Seppl gelehrt; gestern abend haben sie's mitsammen schon probiert, wie die rote Sonne so durch die Fichtenwipfel herniedergegangen und der Wald gar so viel feierlich gewesen ist.

Und nun – alle vier heben sie an zu singen; ganz oben darüber, ›auf den Zehen‹, sagt der Zachenhesselhans, geht das dünne Stimmlein vom Harfenweibl:

> Da draußen in der fremden Welt, da find' ich
>   halt kei Ruh,
> Die Häuser sind dort ganz aus Stein und die
>   Menschn ach a su.
> Ein jeder singt ein andres Lied, doch immer
>   klingt's heraus,
> Es mahnt und ruft: vergiß fei nit am Wald dei
>   Vaterhaus.

»Kennst's fei auch schon, das Sangl, Hans-Tonl?« fragt

der Seppl, wie er die Gitarr auf den Schoß und die flache Hand auf die Saiten gelegt hat, weil die gar nicht ausklingen können nach den Tagen beschaulicher Ruhe im Waldwinkel. Schier ein Staub hat sich auf dem Griffbrett breitgemacht, als gehör' die Gitarr fortan ihm und gar nimmer dem Schmied-Seff-Pepp.

»Was fragst?« wendet sich der Zachenhesselhans an den Singspieler, »ob's der Tonl auch könnt? Mannl, wie der das fei schon gewußt hat, ist an Dich justament noch nicht zu denken gewesen im Waldland. Der Hans-Tonl, das ist nämlich, was man draußen in dem Land, in dem Du fei ein Leben lang auf das Glück vergeblich gepaßt hast, einen *Dichter* nennt. Einen ›Dichter‹ – so fein geben wir's freilich im Waldland nit. Wir sagen: das Versl, das wir justament gesungen haben miteinander, das hat sich der Hans-Tonl ausdenkt. Da is fei nix dabei, als das: so klug, wie Du erst in Deinem sechzigsten Jahr hast über Dein Heimatland denken lernen, so klug ist der Hans-Tonl schon mit seinem vierundzwanzigsten.«

»So ist der Hans-Tonl ein Dichter,« sagt der Seppl.

»Und fei, was man einen Kom–po–nisten nennt, das ist der Hans-Tonl auch noch dazu. Mannl, nu sag aber: Du bist doch ein Leben lang unter gescheiten Leuten gewesen – hast dort nicht derlei Dinge auch lernen können?«

Schmied-Seff-Pepp, der Zachenhesselhans zwickt Dich wieder!

»Da muß einer fei stille sein,« sagt der Seppl.

»*Muß?*« fragt der Mann vom Zechenhaus, »*müssen* tut er nit – aber wissen muß er fei was Gescheites, sonst: besser is's, er halt's Maul. –

Die Melodie, was man hierzuland sagt ›die Weis‹, die hat der Hans-Tonl mit dem Reimlein auf dieselbige Stund zur Welt gebracht.

Seppl, draußen im Land, da is ein Dichter ein toter Mann, den sie zum Zeichen, daß er ganz tot is, als Bildsäul' aufstellen. Aber, Seppl, und das ist wieder ein Unterschied zwischen dem Draußen und dem Waldland: im Waldland is ein Dichter ein Lebendiger, der fei immer gleich die Melodie zu seinen Liedln gibt, daß ma 's auch singen kann. Aus demselbigen Grund setzt man den Hans-Tonl auch nicht als Bildsäul' an die Landstraßen, wie einen maustoten Heiligen etwan, zu dem kein Mensch aufschaut, sondern dem Hans-Tonl seine Lieder, die er auf den Feierabend sich ausdenkt, die kennen wir alle, die singen wir alle, die machen uns alle froh. Und die Gebirgsfahrer, was die Tou–ris–ten sind, die singen mit auf dem ›Neuen Haus‹, so viel ihrer hinkommen.

Der Hans-Tonl, Mannl, hat für derlei Leut, die von ihren eigenen Dichtern, von den gelehrten, gar nicht wissen, daß sie da sind, der hat für die seine Lieder und die Noten dazu auf Postkarten drucken lassen. Da haben wir »Die Ofenbank,« »Der Vogelbeerbaum,« »Das Vaterhaus« – dasselbig, das wir vorhin mitsammen haben gesungen. Und andere auch noch. Soviel hat der Hans-Tonl fei schon losgelassen, daß einer lang zählen muß, voreh sie all zusammenwären.

Und manchmal, da ist der Hans-Tonl mitten unter den Stadtleuten gestanden, die auf dem ›Neuen Haus‹ beim Bier gesessen haben, und die alle seine Lieder singen helfen, wenn's Weibl die Harfe rupft, und wissen nicht, daß der, der's gemacht hat, fei so nah dabei ist. Einmal, da hab ich die Pfeif aus dem Mund getan und die Mütz herunter und hab mich mitten in die Stube gestellt: »Meine Damen und Herrn«, hab ich gesagt, »und das Bürschl, das die Sangln zurechtgemacht hat und sich ausdenket, das is hier.«

Da sollst schauen, Mannl – ganz still sind sie worden und haben die Mäuler aufgetan. Wie sie fei noch lauscheten, hat so ein klein's Dirnl hinterm Tisch anfangen zu reden:

75

»Nicht wahr, Mama, der alte Mann lügt, das dort ist kein Dichter, ein Dichter hat doch einen Lorbeerkranz.«

Da hab ich gesagt, »Madame«, hab ich gesagt, »dem Kindl sagen Sie gefällig: Lügen tun's bei uns heroben überhaupt nicht. Wenns anderswo nicht ohne das auskommen: wir brauchen's fei nit. Und wenn Sie's nicht glauben wollen, für den Fall sehn Sie gefällig auf das Kärtl, von dem Sie da abgesungen haben. Da steht: ›Melodie, Text und Zeichnung von A. Günther‹; denn auch das Bild hat er gemacht, das soll die Unruh vorstellen. ›A. Günther‹ schreibt sich der Mann aber bloß, heißen tut er: der Taler Hans-Tonl.« Das hab ich gesagt. Dann bin ich meiner Weg.

Hans-Tonl, das muß ich Dir fei schon heut sagen: wir nehmen Deine Sach so hin, wie das täglich Brot. Ich hab aber darüber so meine Gedanken, wie überhaupt über manches daheroben. Wenn die Zeit kommt und die langen Nächte sind, und wenn wir im Schnee sitzen im Wald bis ans Moosdächl, hernach, Hans-Tonl, da reden wir noch einmal darüber. Und das Harfenweibl und der Landfahrer dürfen auch dabei sein.«

»Hm, hm,« macht der Hans-Tonl, »leicht, Zachenhesselhans, kommen wir gar nicht zusammen.«

»Waas?«

»Fei seit der Hachtl nicht mehr hat leben wolln, seit derselbigen Zeit ist das anders. Wohnen zwei einsame Leut im Sonnenwirbelhaus seitdem. Der Mann hüben, das Weibl drüben. So hören sie, wie die Zeit immer ein Bein vor das andere setzt. Im Uhrkasten, da kann man's hören: Links, rechts, links, rechts. Und so läuft die Zeit, Zachenhesselhans. Weiß einer, wohin?«

»Seht's, Leutln,« unterbricht der Waldmann den Hans-Tonl, »auf dieselbig Art find't der Hans-Tonl seine Liedlein – er hat immer so Gedanken. – Was, nicht beim Zechenhäusl willst hausen, Tonl?«

»Wollen möcht' ich wohl, aber der Wurzltonl meint, und das Wawrl ist auch der Ansicht: warum sollen wir zwei uns ein Häusl bauen im Wald, wenn auf dem Sonnenwirbel ein Platz leer ist?«

»Bist doch halt auch einmal ein Tschapperl, Hans-Tonl: zweimal zwei ist vier, gelt?«

»Nu, und?« fragt der Hans-Tonl.

»Der Wurzltonl und dem Hachtl sei Gabi sind einmal zwei und sind auf der einen, das Harfenweibl und der Landfahrer sind die zweiten zwei und sind auf der andern Seite. Da ist das Sonnenwirbelhaus voll. Und das Wawrl und der Tonl und ...«

Weil das Harfenweibl sein blaues Sacktüchl fei nicht schnell genug finden kann und nun so herzhaft hineinlacht und weil auch über die Stirne vom Landfahrer wieder ein Sonnenschein läuft – diesmal ist der Zachenhesselhans die Sonne, die den Schein wirft – hören sie nicht, was der Zachenhesselhans noch gemeint hat.

»Ich sag's ja immer,« kichert das Harfenweibl, »der Zachenhesselhans, das is einer! Mit dem hat der Herrgott voreh was anderes vorgehabt, eh' er ein Waldmannl draus gemacht hat.«

»Wird aber danach drauf vergessen haben, der Herrgott,« sagt der Zachenhesselhans. »Das heißt, gesagt will ich nichts haben: er hat's fei redlich gut mit mir gemacht, und der Tag soll erst noch kommen, an dem ich nicht zufrieden gewesen bin mit dem Herrgott. Ich wollt', Leutln, der Herrgott tät das auch sagen von mir.«

»Zachenhesselhans, ein *Weg* wär das! Wie denkt denn der Seff-Pepp darüber?«

»So müssen wir das Harfenweibl fei auch mitreden lassen.«

»Machts   keine   Umständ,   Leutln!«   ruft   der

Zachenhesselhans. »Jetzt: Seppl, – gehst singen aufs ›Neue Haus‹ und die Gitarr spielen oder nit?«

»Ich geh.«

»So wirst fei nit jede Mitternacht, wenn sie droben Feierabend machen, die Steile über die Unruh in den Bergwald hereinsteigen können, weil Dir ein Stalllämpl fei doch nit den Weg zeigen könnt. Nun, und das Harfenweibl?«

»Mei Herrgott,« sagt das, »was soll denn einer dazu sagen so schnell?«

»Na, so paßts auf: es sind zwei Männerleut und zwei Weiberleut und sind zwei Kammern. So führt das Harfenweibl den Landfahrer bis vor die Tür vom Wurzltonl und schläft in einem Stübl mit der Gabi. Und der Musikmann versingt dem Wurzltonl hin und her seine Einsamkeit, wenn das Wawrl mit dem Hans-Tonl in den Bergwald gezogen ist.«

»Und der Hans-Tonl baut sich sein Nest in die Fichten.«

»So schlag ein, Hans-Tonl!«

Da reichte der Junge dem Alten die Hand.

»Ich sag's ja: fei nur drei Leut sind anders im Waldland. Nicht vom alten Schlag. Das wär falsch. Leicht vom *ganz* alten – weiß man nicht. Sicher aber: vom *ganz neuen* – wenn fei auch ein Alter dabei ist. Und die drei heißen: der Hans-Tonl, das Fanele und der Zachenhesselhans.

Warum justament die drei?

Das wird sich weisen und darüber reden wir noch, Leutln.«

6. Kapitel

Jetzt ist dem Zachenhesselhans der Grünetz zum Fenster hinausgeflogen!

Droben auf dem Fichtenast sitzt er, spaziert wie ein Seiltänzer gegen die Astspitze, an der das halbgrüne Zäpflein sitzt, und hängt sich daran. Er pocht ein wenig mit dem Schnabel – ist aber noch kein Samen darinnen, von dem sich ein Kreuzschnabel ein Frühstück machen könnt.

Der Zachenhesselhans, da er den Käfig leer findet, weil er das Stäbchen nicht herabgeschoben, wie er den Vogel ein neues Wasser in die Schale geben wollte, steht vor der Tür vom Zechenhaus.

»Jetzt – da sitzt der Ausreißer und guckt sich die Welt an!«

Der Zachenhesselhans ist dabei, den Flüchtling mit guten Wörtlein herunterzulocken, wie der Fuchs im Märchen den Hahn.

Aber der Grünetz pfeift dem Zachenhesselhans eins. Weil der Alte alle Sprachen versteht, die um ihn herum gesprochen werden: die vom Wald, die von den Vögeln, vom Wind und von den Gräsern, so weiß er, das, was jetzt der Grünetz ihm gepfiffen hat, das heißt: Freundl, wir zwei, wir kennen uns! Wir sind zwei Philosophen, Du und ich, und unsere beste Weisheit ist: Leutln wie uns, kann's im Waldland nimmer schlecht gehen.

Weil der Grünetz so redet, und der Zachenhesselhans so sorglich drauf hingehorcht hat, ist ihm sein Morgenpfeiflein zwischen den Zähnen ausgegangen; er muß fei so still in den Fichtenwipfel schauen, von dem das klingende Gold der Frühsonne tropft.

Da sieht er, wie der Vogel hinanflattert auf die äußerste Baumspitze. Die ist ein wenig gebogen, weil sie just zu dünn ist für den schweren Goldschmuck der Sonne, den jeder neue Tag daranhängt. Dort sitzt der Grünetz, schaukelt im Licht und guckt sich sein Röckl an, hierhin und dorthin.

Der Zachenhesselhans denkt: oha, ist etwan nicht alles in Ordnung? Jetzt hebt der Grünetz an, das Röcklein auszubürsten. 's ist fei gar so viel Staub gewesen im Hüttlein; da muß einer eine gründliche Säuberung vornehmen mit dem Flaus.

Der Grünetz hat's gar nicht eilig. Er hält, wie er mit dem Ausputzen fertig ist, erst eine Umschau im Waldland – da ist er auf und davon ...

»Ich hab Dir fei immer ein schönes Fichtenzapfl in das Häusl gehängt,« ruft ihm der Zachenhesselhans nach, »und nun tust mir das an und gehst davon!«

Warum nun auf einmal auch das Pfeifl nicht mehr mittun mag? denkt der Alte, wie er über die Schwelle zur Hütte geht. Er ritzt ein Zündholz an, und wie's wieder raucht und der Deckel zugeschlagen ist am Pfeifenkopf, nimmt der Zachenhesselhans das verwaiste Vogelhäuslein vom Fensterstein und schüttet, was noch daringeblieben ist, in den Morgenwind. Frischgrüne Fichtenreiser stecken daran.

Der Zachenhesselhans schaut bei dieser Gelegenheit noch einmal den Waldrand ab – nur die Sonne geht lautlos hindurch. Dann stellt er das stille Vogelhaus auf das Wandbrett.

Währenddem sind draußen Schritte hörbar. 's kommt einer bis ans Fenster und steckt den Kopf herein.

»Grüß Gott, Zachenhesselhans!«

»Grüß Gott. Was will denn der Helari?«

»Nachschau'n, ob der Herr vom Zechenhäusl heut gar nicht auf den Bau kommen mag.«

»Wird eh noch werden heut,« sagt der, »'s ist fei einer waldfahren gegangen, Helari, der ein Stückl von meinem Herzen mitgenommen hat. Jetzt – wer so etwas nicht gewöhnt ist ...«

»Der Zachenhesselhans führt eine tiefsinnige Red',« meint der Helari.

»Will's der Helari nit verstehen, so werd ich's ihm nit brauchen zu erklären,« murmelt der Alte und guckt noch einmal die sechs Zeisighäuslein ab. »So, ihr bleibts hübsch daheim! Der Hans geht jetzt, dem Hans-Tonl das Haus mit bauen helfen.«

Die beiden gehen miteinander. Auf der Halde, die in einer sanften Wölbung von oben in den Fichtenwald sich hereinschiebt, bleibt der Zachenhesselhans stehen und schaut den Helari an. Zwischen den beiden Männern und dem Zechenhaus ist jetzt ein schmaler Keil Wald, der in der Talmulde bis da heraufgestiegen ist.

»Weißt Du, wie's heißt, wo wir jetzt stehen mitsammen, Helari?«

»Einen Namen wird ihm der Hans-Tonl geben müssen,« antwortet der Helari.

»Einen Namen hat der Hans vom Zechenhäusl justament gefunden: das ›Stachelschwein‹.«

»Waas?« fragt der Mann von der Unruh, »jetzt – auch ein Stachelschwein hätten wir?«

»Weil fei so viel Borsten daraufstehen,« hebt der

Zachenhesselhans an.

»Ich hab mich meintag geärgert über das Stückl Land – liegt faul da wie ein Zigeuner. Ein lumpig bißl borstig Gras macht's in jedem Sommer, und es könnt einer seinen Kopf wetten: es ist noch keine Sense darübergegangen, seit sich's dahingelegt hat. Wenn einer doch einen recht hundsmiserablichen Namen erdenken könnt für das bißl faules Land! hab ich immer gedacht, wenn ich darüber bin. Und justament heut, wo mir gleich früh der Grünetz is flöten gegangen ins Waldland, heut muß mir das noch einfallen.

Darauf tu ich mir eins zugut, Freundl! Seitdem ich weiß, daß Menschen in der Welt herumlaufen – hat einer sogar gemeint: die meisten – denen das ganze Leben lang nit das geringste bißl einfallt, seitdem, Mannl, tu ich mir etwas zugut darauf. Ja, so sag einmal, Helari, is Dir denn schon Deitag auch was eingefallen?«

»Ich könnt mich fei nit besinnen.«

»Was lachst denn hernach über das ›Stachelschwein‹?«

»Weil der Name halt so viel g'spaßig ist.«

»Soll er auch, Mannl! Jetzt schau her, weil wir jetzt wieder lehnein gehen, kanns einer sehen: erkennst die Stacheln, Helari, die's in die Welt schiebt?«

So schaut sich der Helari das Stachelschwein an.

Drüben auf dem Bau – sie haben schon die Grundmauer heraus, denkt der Zachenhesselhans – schauen sie auch; wissen aber nicht, was da zu sehen ist.

»Es ist nit um den Namen, Helari, und doch ist es wieder darum. Ich freu mich, daß es just der ist. Das ist einer, auf den der Hans-Tonl nit vergißt. Und das ist die Hauptsach': es ist ein Spott darin, Helari. Wenn einer Dein Grasland ein ›Stachelschwein‹ nennete – na, Helari?«

»Da dächt ich: der Kerl is mir ein Richtiger und ließ ihn

schimpfen.«

»Jetzt, der Helari gehört auch zu den vielen, denen nicht jeden Tag etwas einfällt. Wenn ich der Helari wär, da tät ich sagen zum Zachenhesselhans: Mannl, mit dem Spott im Namen, da hast wieder das Richtige getroffen. Unter dem stacheligen Gras ist totes Land – das werden wir gleich lebendig machen. Wenn einer da im Herbst die Borsten abhaut und dann mit einem guten Dünger darübergeht und über den dünnen Neuschnee mit einem Faßl Jauche, dann Helari, sollst sehen, wie das in der Frühlingssonne die Augen auftut und sich reckt. Da is's lebendig worden, Mannl, mit einem Mal.

So hätten wir wieder eine Probe gemacht!

Na, Dich geht's dasmal nichts an, und wenn Dir nichts über dem Stachelschwein eingefallen ist, so kann Dir das der Zachenhesselhans zugute halten, weil das Stachelschwein nicht das Deinige ist.

Aber: die *richtige* Probe, Helari, die machen wir jetzt mit dem Hans-Tonl, der das Stachelschwein im Stall hat.«

»Der Helari ist verärgert, weil der Zachenhesselhans die Probe an ihm gemacht hat, daß ihm nix einfällt,« sagt der Alte zum Hans-Tonl, wie sie auf den Bau kommen.

»Verärgert?« lacht der Helari. »Fei nit, fei nit. Lustig is er, weil er was neues weiß.«

»Was weißt denn?« fragt der Hans-Tonl.

»Ein Stachelschwein hast im Stall. Der Zachenhesselhans hat's entdeckt und nimmt Dich darum so aufs Korn, Hans-Tonl.«

»Ein Stachelschwein?« fragt der Hans-Tonl. »*Ein* Stachelschwein? Eins, zwei, drei – ihrer vier werden's fei sein,« sagt der Hans-Tonl.

»Aber das fetteste ist das da,« meint der Zachenhesselhans und deutet auf die Halde mit dem borstigen Gras.

»Schaust, Helari, schaust, was der Hans-Tonl für einer ist? Wir zwei mitsammen, wir werden die Borsten fei schon herunterkriegen im neuen Jahr.«

»Im neuen Jahr, sagst?« fragt der Hans-Tonl. »Nein, Mannl, damit wird schon angefangen, wenn wir Dich nit mehr auf dem Bau brauchen.«

»Hui,« macht der Zachenhesselhans, »wieso denn das?«

»Jetzt gib acht: Wo dem Helari sein Grasland vom Sonnenwirbel herunterschneidet, läuft ein Abflußgraben die Halde herein und läuft in den Wald.«

»Weiß ich.«

»Links von der Schleuse ist dem Wurzltonl sein Grasland. Und auf demselbigen wird der Zachenhesselhans ein Wasser suchen.«

»Etwan mit der Wünschelrute?« fragt der Helari.

»Dummes Zeug,« sagt der Zachenhesselhans, »ein Waldleutl wird auch ohne die Rute fei noch ein Wasser finden da auf dem Berg. Ebensogut, wie der Helari vor der Unruh, wie ein jeder sein Wasser vor dem Haus hat, ebensogut wird dort oben eins warten, daß es aus dem Stein herauskann, gelt, Mannl?«

Der Helari sagt mit den Augen: so selbstverständlich, wie das der Zachenhesselhans meint, sei das nun doch nicht.

»So werden wir eins suchen, ein Wasser. Und dann?«

»Na, Zachenhesselhans, siehst denn noch nichts?«

»Fei noch das Stachelschwein seh ich.«

»So werden wir das Brünnlein lassen laufen in den Abfluß. Aber der Zachenhesselhans wird da einen Schützen in das Bergbächlein stellen und dort einen, daß wir's dämmen können.«

»Helari, merkst was? Der Hans-Tonl will die Halden wässern.«

Der Helari hat sich in das Gras gesetzt, stützt das Kinn in die Hand und schaut gegen den Sonnenwirbel.

»Der Helari sucht schon das Brünnl,« sagt der Zachenhesselhans.

»Und im Winter gibt's ein Eiskrüstlein. Läuft darüber wieder ein Wasser. Der Abflußgraben ist ausgefroren. So läuft das Eis auf die Wiesen und vom Ausgang Oktober bis in den halben April oder bis in den Maianfang haben wir was ganz neues im Waldland: einen großmächtigen Gletscher, so groß, daß die Spitzen der Waldbäume nicht mehr darüberschauen können.«

»Da hat nun wieder der Helari recht.«

»Jetzt – dem Helari ist etwas eingefallen! Aber halt: so werden wir einen Stamm bohren und das Brünnlein durch das Rohr in die Welt laufen lassen. Und wenn die Sonne tot ist, da setzen wir dem Rohr einen Spund auf, so ist's aus mit dem Wasser. Und kommt die Sonne, lassen wir das Sonnenwirbelwasser wieder hineinlaufen in das warme Licht. So – *die* Sach' ist fertig, denk ich.« –

»Hans-Tonl,« sagt der Zachenhesselhans, wie er den Helari eine Weile angeschaut hat, »ich glaub', dem Helari will fei noch eins einfallen. Verzieh ein bißl! Na, Helari?«

»Und wenn das Wasser den Berg herunter breit über die Halden läuft, werden auch bald die Wände anfangen zu laufen im Hans-Tonl seinem Haus, das sie neben dem Stachelschwein aufstellen.«

»Helari, fei recht hast,« sagt der Hans-Tonl.

»'s sind alles Sachen, denen einer beikommen kann; aber recht hat er schon, der Helari, dasmal. So muß das Wasser, das über die Halde herabschwimmt, hinter dem Haus wieder in einem Quergraben gefangen und einer links, einer rechts um das Haus geleitet werden. Und der linke, von obenher gesehen, der bringt das Wasser zum Saufen für das

Stachelschwein.

Na, Helari, was denkst nun?«

Da geht ein Zucken um den Mund vom Helari und ein Glänzen in seine Augen:

»Wenn Eure Sach gut is,« sagt er, »so wird der Helari im andern Jahr von Eurem Wasser ein Bächl sich herüberleiten auf das Seinige.«

»Jetzt – über den Wasserzins, Helari, wirst reden mit dem Hans-Tonl, gelt?« –

Wie der Augustmonat den wenigen Kornbreiten des Gebirgs reife Aehren brachte, war man daran, auf die meterdicken Umfassungsmauern den Holzbau zu setzen.

Mit einer Kraxen trug der Mann aus dem Zechenhaus auf dem Rücken die Schindeln herüber, die er die Sommerwochen hindurch fertiggestellt hatte. Und wie der September die weißen Seidenfäden in die glasklare Herbstluft warf und an den Fichtenwipfeln aufhißte – Siegesfahnen, die hinter dem scheidenden Sommer dreinwehten – hing er sie auch an den First des neuen Hauses auf der Halde.

Der Zachenhesselhans fügte die letzten Schindeln am First ein, – wie ein Reiter saß er droben – und der Hans-Tonl höhlte die Traufe, die den Regen am unteren Dachrande hinleiten sollte.

Das Brünnlein, das sie vor dem Hause gesucht, plätscherte in die Fassung, die seit drei Tagen aufgestellt war; und die Sonne und der Wind liefen gemeinsam durch die Höhlen der Türen und Fenster. Sie hatten Arbeit im Haus.

»Hans-Tonl,« rief der Zachenhesselhans von der Höhe herunter, »Hans-Tonl, hast fei schon auf einen Namen gedacht für das neue Waldhäusl?«

Der Hans-Tonl hielt einen Augenblick in der Arbeit inne.

»Einen Namen?«

»Wir haben einen ›Sonnenwirbel‹; das ist fei der Anfang gewesen, und darum heißt's nach ihm daherum, und darum zeichnen sie die zwei Häusln sogar hinauf auf die Landkarten. Wir haben eine ›Unruh‹, ein ›Zechenhäusl‹ und ein ›Stachelschwein‹; wir haben auch einen ›Kalten Winter‹. Jeder Name hat eine Bedeutung, Hans-Tonl. Die kennen wir. Sie sagen: ›Am Sonnenwirbel‹ nenneten sie's droben, weil dort der Frühwind wirbelnd das Sonnenfeuer anbläst. Is gut, Hans-Tonl. Ich mein' aber auch, der Name könnt von dem Bergwasser kommen, das drüber an dem Stein herniederkreiselt und in das den ganzen Tag ein Licht fällt, daß ein funkelndes Gold dort aus dem Gestein wirbelt, blanker wie der Sonnenschein.

Die ›Unruh‹ heißen sie das Häusl, weil jenesmal, wie ich noch ein Bübl war, Bergleute darinnen gehaust haben, die jede Stunde der Nacht von dort auf die Schicht gegangen sind und fei keine zwei Stunden Ruh ist gewesen im Haldenhäusl.

Das ›Zechenhäusl‹ hat seinen Namen auch noch aus derselbigen Zeit: sie haben darin die Gezähe (Werkzeuge) aufbewahrt. Na, und ›Stachelschwein‹ und ›Kalter Winter‹, – die Namen haben auch ihren Sinn.

Nu aber das Deinige, Hans-Tonl.

Weil wir keine Zahlen haben an den Häusern, die so nüchtern sind und die wir darum den Stadtleuten lassen, so müssen wir daheroben einen Namen suchen fürs Häusl. Bei jedem Schindlein, das ich hab eingedeckt, hab ich darauf gedacht: 's ist mir aber fei bei keinem etwas eingefallen. Und ist mir doch das Pfeifl zehnmal darüber kalt geworden. Da wird der Hans-Tonl helfen müssen. Und morgen will ich auch auf das Brünnlein denken, Hans-Tonl.«

Der Zachenhesselhans fügte die letzte Schindel ein.

»Ein ›Walt's Gott‹ geb ich Dir mit auf den Weg,« sagt er. »Mit einem ›Walt's Gott‹ hab ich die erste über den

Dachrand gehängt – 's mag heißen: sollt noch daheroben sein alle miteinander, wenn's dem Herrgott gefällt, das Lebensbüchl vom Zachenhesselhans dermaleinst zuzuschlagen.«

Dann steigt der Alte die Sprossen der Leiter, die quer über dem neuen Dach liegt, herab, steigt herunter bis wo der Hans-Tonl auf der Schnitzbank sitzt und sagt:

»Ein Pfeifl will ich mir noch antun, und dann, mein' ich, wir zwei legen die Traufe hinauf auf die Zähne. Oder: ich will die Leiter erst herabnehmen vom Dach.«

Der Zachenhesselhans bindet die Leiter, die zum First führt, los und lehnt sie an die Ecke des Hauses. Dann heben die Männer die Holzrinne hinauf unter den überstehenden Dachrand. Während der Hans-Tonl den Dachkendel anzuschlagen beginnt und an den Schreiner denkt, der kommen muß, die Fenster und Türen einzufügen, macht sich der Zachenhesselhans auf den Weg gegen die Bergwiese.

Von Ferne sieht er schon: dem Wurzltonl seine Schwarze und die Rote gehen weidend auf dem kurzen Gras. Aber der Roten hat das Wawrl das Leitglöcklein um den Hals gehängt. Und der Klang der Kuhglocke schwankt über den herbstsonnigen Berg, über den keine Schwalbe mehr fliegt, schwankt dahin und dorthin, als ging er den Sommer suchen.

Wie der Zachenhesselhans so Schritt vor Schritt die Halde emporsteigt, die Holzpantoffel in die Hand nimmt, weil er denkt: es ist wieder so goldglatt im Gras, und wie er seine Gedanken dem halbverträumten Glockenklange nachschickt, der auf der Weide umhergeht – da fährt ein blaues Päcklein mit einem schwarzen Schopf auf dem Grase talein und dicht an ihm hernieder. Wie er herumspringt, um dem wilden Ding nachzuschauen, tut das einen Fall und kugelt drei Mannslängen den Berg hinein.

»Jetzt, wenn das ein Lebendiges ist – hat das den Hals

und die Glieder gebrochen.«

Und ein Lebendiges ist es; denn im Bogen über das blaue Päcklein hinweg fliegt ein Holzpantoffel und bleibt im Grase liegen. Da kommt schon ein Lachen den Hang herauf, daß droben die Kühe die Köpfe heben und schauen, was denn da vorgeht. Und im Bergwald wacht das Echo auf, das seit dem letzten Wetter so fest geschlafen hat, und wirft das schallende Lachen wieder heraus auf die Berghalde.

»Fei bloß bis dorthin hast gewollt, Fanele? Ich denk, Du bist auf der Fahrt in die Höll?«

»Wenn's beim Hans-Tonl seinem neuen Haus ›Die Hölle‹ heißt, dann wollt ich justament in die Hölle fahren. 's muß einer doch nachschauen, wie's steht daherunten.«

Wie das Fanele also geredet hat, hebt der Zachenhesselhans ein Lachen an, das in alle Talmulden hineinrennt. Die Holzschuh wirft er auf das Gras und schlägt sich mit den flachen Händen auf die Lederhosen, hinten und auf den Schenkeln. – Das Fanele steht steckensteif in der Sonne und schaut gegen den Zachenhesselhans.

»Jetzt, bei dem Alten ist ein Rädl locker oder er ist ›tiefsinnig‹ geworden.«

Wie dem Zachenhesselhans über dem Lachen der Atem ausgegangen ist und er wieder Luft schöpft, lacht das Echo im Wald immer noch weiter.

»Zachenhesselhans, jetzt hast den Widerhall im Wald so munter gemacht, daß er fei nimmer zur Ruhe kommt.«

»Macht nix, Madl, so mag er dasein und den Leuten vom Waldland erzählen: das ist dem Zachenhesselhans sein Lachen, das er gelacht hat, wie das Fanele von der Unruh die Höll' entdeckt hat.«

Darauf überlegt sich das Fanele, ob sich's wieder das Röckl zusammennehmen, auf die Fersen setzen und auf den glasglatten Pantoffeln aus der Nähe des wildgewordenen Waldmannes fliehen soll. Weil der sich aber ganz fromm in das Gras setzt und ihm so viel lachender lieber Frohmut aus dem Herzen in die Augen fliegt, bleibt das Fanele noch ein wenig stehen, ist aber fei immer auf dem Sprung und denkt:

»Es muß einer doch noch ein bißl gucken! Die Sonn' wird's doch nicht etwa gemacht haben, die mit dem Zachenhesselhans die Tage her so viel heiß auf den Dachsparren gehockt hat, weil sie dort unten nicht hineinlaufen kann in den finstern Wald?«

Wie es so gegen die Halde schaut, sieht das Fanele: der Zachenhesselhans sitzt dort wie ein Mensch mit seinen fünf gesunden Sinnen. Er legt die Holzschuh neben sich ins Gras, rückt sich die Kappe ein wenig herein in die Stirn, damit die Sonne an dem Schirm abprallen muß, und tut sein Lederbeutlein mit dem Tabak aus der Tasche. Nur ein bißl stark schnaufen hört das Dirnl den Zachenhesselhans, just wie einen von den Stadtleuten, wenn er die Halde emporgestiegen ist. Einer aus dem Waldland schiebt sich fein gemessen empor und denkt bei jedem Schritt: wer langsam geht, ist schneller oben. Das Schnaufen wird von dem Lachen sein, das gar so viel laut gewesen ist, überlegt sich das Fanele.

»Hat denn der Zachenhesselhans gar nichts zu reden heut? Er ist doch sonst nicht verlegen um ein Wörtl.«

»Wird gleich kommen, 's muß sich einer nur erst ein bißl verschnaufen und sein Pfeifl antun. So – hmp, hmp, hmp.«

Jetzt: der Zachenhesselhans drückt das Schwefelholz justament wie sonst mit dem Daumen und Zeigefinger aus, eh er das Stümplein ins Gras wirft. So wird sich das Fanele auch nicht vor ihm zu fürchten haben.

»Madl, da geh her – das müssen wir feiern mitsammen! Jetzt haben wir fei auch eine ›Höll‹ am Sonnenwirbel. Alle Schindeln hab ich gefragt, die ich auf die Sparren aufgedeckt hab, in den Wind hab ich gelauscht, in die Sonne und in den Wald, was sie miteinander reden, um den Namen für den Hans-Tonl sein Haus. Keins hat eine Antwort gewußt und zuletzt auch nicht der Hans-Tonl selber, der nie um einen guten Rat verlegen ist. Und jetzt – da fährt das wilde Fanele den Berg herein und meint: wenn's bei dem Hans-Tonl die ›Höll‹ heißt, so fahr ich justament hinab. Blitzmadl, komm her ein bißl, darüber müssen wir reden mitsammen, weil's gar so viel klug ist!«

Da steigt das Fanele wieder die Halde empor.

»Geh schau, gleich ist auch der Wind da, wenn er das Fanele merkt, und hilft ihm heraufsteigen. Er lehnt sich von rückwärts gegen das Dirnlein.«

Das sagt der Zachenhesselhans, weil er sieht, wie der Wind dem Mädl den blauen Rock so nach vorn weht. Und der Wind bringt auch den Schall herauf vom Waldrand, wo der Hans-Tonl den Dachkendel festnagelt.

»Die ›Höll‹ heißt's von heut an beim Hans-Tonl, die ›Höll‹. Justament nicht jene, Madl, von der sie sagen, daß der Teufel tät einheizen – bewahre mich Gott! Dieselbig Höll kennen wir nicht im Waldland, von der wollen wir nix wissen und die brauchen wir nicht daheroben; denn wir sind fei so nah beim Himmel am Sonnenwirbel, daß wir, haben wir eine Lust davonzugehen, den nahen Weg dahinauf nehmen, gelt, Madl? Aber weil sie nun einmal sagen, es tät ein dämisches Feuer lodern in dieser Höll, so – weil wir woltern lustig sind auf das Stündl – können wir justament damit anfangen: ein Feuer brennt den Sommer hindurch dort im Talgrund, in den kein Wind hinabsteigt, und die Luft flackert wie leibhaftiger Höllenbrand. Stellen sich dort auch die Fichten der Sonne entgegen und fassen sich an den Händen, um ihr den Eingang zu wehren in die Harzkühle des Waldes. Darum könnt' man's heißen: die Höll'.

Aber das Richtige kommt erst, Madl! Einen Kachelofen hat der Hans-Tonl in die Stube gesetzt – so gewaltig, wie nur mein Großvater einen gehabt hat und wie sie ihn fei gar nit mehr mögen im Waldland seit die ›Kultur‹ in der Welt ist. Und weil nun einmal der Kachelofen da ist, hat der Hans-Tonl auch um eine Höll Sorge getragen – Madl, das ist die richtige: groß wie dem Zachenhesselhans sei Stübl! Der Hans-Tonl meint, wenn er so auf das Denken aus ist und ihm ein neues Lied im Herzen und eine neue Weis' in den Ohren klingt, dort hinter dem Ofen in der Höll, dort werden derlei Sachen erst recht reif. Und weil er justament auf eine feine Höll genau so viel bedacht ist gewesen beim Bau wie auf einen feinen Kuhstall, so ist der Name, den das Fanele bei seiner Talfahrt hat ausgedacht, justament so viel schön für das ganze Häusl.

Seit das Fanele auf der Welt ist, wissen sie im Waldland schier nimmer was das is: eine richtige Höll. Das ist ein Platzl im Haus, wie's kein besseres gibt. Alle Gemütlichkeit ist in einer richtigen Höll – und alle Freude, die der Herrgott für die Waldleute aufgespart hat, dort packt er sie ihnen aus; und wenn sie in der Höll liegen oder sitzen, die vom Wald – der Herrgott und seine lieben Englein sind dann mitten unter ihnen. Darum ist der Hans-Tonl fei auch bedacht gewesen auf die Höll. Und »*Die Höll*« solls bei ihm heißen: es ist das allerschönste Häusl im Waldland. Das Wawrl singt darin, der Hans-Tonl denkt auf seine Waldlieder und der Zachenhesselhans tut auch sein Teil dabei. Madl, nun laß bloß einen Winter hergehen übers Gebirg, so einen, in dem der Schnee bis ans Dachrandl liegt und der die Fenster zusetzt von außen, weil sie drinnen ja doch ein Tranlämplein haben zum anstecken – Madl, das gibt ein Zusammensein in dem Hans-Tonl seiner Höll, bei dem einer sich fei nicht bloß die steifen Glieder, sondern auch das Herz wieder richtig warm machen kann. Jetzt geh und fahr in die Höll, Madl!«

Das Fanele tut einen Lacher.

»So denkt der Zachenhesselhans, ich rutsch ihm was vor da den Berg hinein? Nein, nein,« sagt das Mädl, »das gibt's nicht, Zachenhesselhans; ich hab mich vorhin schon so viel geschämt, weil ich dem Hans schier zwischen den Beinen durchgefluscht bin. So was macht das Fanele halt bloß, wenn's ganz allein ist mit sich und dem Bergwind. Die zwei, die verlustieren sich mitunter ein bißl, aber vor den Leuten auf dem Seil tanzen – so weit hat's das Fanele fei noch nit gebracht, Zachenhesselhans.«

»Tschapperl, das Du bist,« lacht der Alte.

Aber das Mädl bückt sich, nimmt die Pantinen in die Hand – hopp, hopp springt's den Berg hinein und der Wind immer mit und zaust ihm das nußbraune Haar und bläst ihm ins Röcklein.

»So sag auch dem Hans-Tonl, warum's bei ihm fortan ›die Höll‹ heißt,« ruft der Zachenhesselhans dem Dirnlein nach.

Da springt sie mit ihren siebzehn Jahren die Halde hinein. – »Der Wind mag fei Müh haben, mit dem fixen Dirnl zu wettrennen,« sagt der Zachenhesselhans und entdeckt gar nicht: der Wind läuft ja den Berg herauf.

Auf der Unruh nimmt der Zachenhesselhans auf eine halbe Pfeif Tobak Einstand.

»Jetzt – mein Häcklein hab ich daheim bei der Tür lehnen lassen,« sagt der Hans zum Fenster hinein.

»Willst auf das Wasser gehn, das sich der Helari will ausborgen aufs Vörjahr vom Tonl?« fragt die Resl zum Fenster heraus.

Sie sitzt auf der Ofenbank und schlürft aus dem Töpflein den Nachmittagskaffee, stippt auch ein Rindl schwarzes Brot hinein.

»Freilich freilich,« meint der Zachenhesselhans, »'s bläst uns sonst noch einen Septemberschnee in die Arbeit. Der

Helari ist nicht daheim?«

»Is Korn hauen ein Restl bei dem ›Kalten Winter‹.«

»Jetzt im Septemberanfang hauen sie ein Korn auf dem Waldgebirg.«

»Ist eh früh genung, wenn ein Herbst ist, wie dasmal.«

»Die Resl hat recht. Weißt auch, wie sie's beim Hans-Tonl nennen?«

»Fei nit.«

»So laß Dir's von dem Fanele sagen. Und ich hol mir das Häckl. B'hüt Gott, Resl.«

Der Zachenhesselhans geht vor das Haus; da lehnt ja das Häcklein am Gartenstaket! Die Resl hat die Erdäpfel gehackt und da ist die Zeit zum Kaffee gekommen. Wenn aber die Zeit zum Kaffee ist, kann einer nicht mehr häckeln in den Erdäpfeln.

»So leihen wir uns das müßige Häcklein ein wenig aus und gehen damit auf die Grashalde über der Unruh und pochen mit dem Häcklein da und dort einmal an die Steile, ob ein Wasser heraus will.«

Der Wind ist eh früh schlafen gegangen; es ist kein Lüftlein mehr lebendig in diesem Tale. Solange sich der Zachenhesselhans besinnen kann, so ein Sommer ist fei noch gar nit gewesen auf dem Gebirg. Wenns Rosen hätt' im Waldland, die könnten in dem Jahre blühen daheroben, und wenn's Fruchtbäume hätt', etwa Aepfel und Birnen, so könnten die am End' einmal ein Obst zuweg bringen. Die Kirschen nit – auch nit in solchem Bergsonnenschein. Aber: einen Holzapfel – wenn einer jung wär: probieren müßt' man's schon einmal, denkt der Hans vom Zechenhaus.

Wie er über die Halde kommt, richten die bunten Kühe die Köpfe in die Höhe, neigen sie aber gleich wieder – »das ist der Zachenhesselhans, den kennen wir,« sagt der Alte zu den Kühen.

Und nun schwanken wieder die weichen Glockenklänge durch die sonnige Bergeinsamkeit – ganz träumerisch und ganz langsam: sind wohl die seidenen Septemberfäden, die so lautlos durch das Gold des Herbstes schwimmen und die Glockenklänge ganz leise einspinnen.

Jetzt – der Zachenhesselhans steht kerzengrad im Licht und stemmt sich aufs Häcklein.

»Da läuft der Abflußgraben vom Sonnenwirbel herein, der das Wetterwasser leitet. Das ist die Grenze vom Wurzltonl seinem und von dem Helari seinem Gras. Und dort ist's, wo die Berglehne die Steinnase hat. Ist ein wenig Strauchwerk darum und was denn noch?«

Der Zachenhesselhans geht mit Meterschritten hinüber zu dem Stein, der aus dem Gras springt.

»Wenn hier ein Wasser wär' – auf siebzehn Meter könnt einer einen Graben hinüberziehen bis zum Abfluß. Wo der in die Schleuse hineinrinnt, müßt ein Schützen stehen. Ist der herunter, so läuft das Bergwasser breit und dünn über die ganze Lehne.

Aber: was steht denn da? Heide? Die blüht dasmal bis an die Spitzen hinan, ganze Reihen roter Perlen hat sie angesetzt, die Heide. Das gibt fei einen kalten Winter, sagen die Leute. Und da is ja auch die Trunkelbeere heimisch worden.«

Der Zachenhesselhans legt den Finger an die Nase.

»Die nennen sie auch die Sumpfheidelbeere. Wenn der Name, den die Gelehrten gefunden, diesmal nicht dumm ist, so müßt' hier ein Wasser stecken im Stein.«

Der Zachenhesselhans räumt mit dem Häcklein das Trunkelbeergebüsch fort.

Ein Falke schießt quer über die Grashalde, tief, fluchteilig. Die Kühe schreiten, die kurzen Halme rupfend, an der Lehne hin.

Rechts von der Steinnase hat der Zachenhesselhans ein Häuflein aufgeworfen und links auch eins. Der Stein unter der flachen Grasnarbe ist verwittert; deshalb vermag ihn das Häcklein zu spalten. Wie der Alte wuchtet und einen kopfgroßen Block aus dem Grund hebt, drängt sich drunten ein Tropfen aus dem Spalt – und noch einer.

Der Zachenhesselhans wartet – da ist schon ein ganzes Näpflein voll zusammengeronnen. »Hans-Tonl, wir haben ein Wasser!

Jetzt – da muß einer mit der Spitzhacke in den Stein und einen Schacht schlagen für die Röhre, die hineinkommt.« – Mittlerweile hat das Wässerlein im Stein einen handtellergroßen Spiegel bekommen. »Das ist genug für das erste Mal. Morgen fragen wir noch einmal an.«

Nicht lange nachher hat der Zachenhesselhans auf dem Stachelschwein mit dem Tonl geredet. Und jetzt, wie der blaue Duft des Abends über dem Walde steht und die Nebelschwaden aus den Hauen lautlos und weiß sich herausspinnen, hat der Alte einen mannslangen Fichtenstamm zwischen Eisenklammern gelegt, die sich darein verbissen haben, daß der Stämmling sich gar nicht mehr rühren kann, und macht sich daran, die Röhre zu bohren.

Wie er schon fußtief hinein ist in den Stamm, kommt der Hans-Tonl vor das Zechenhaus, das Werk anschauen. Und der Abend setzt sich still neben die beiden.

Weil das heimliche Flüstern im Bergwald ist, und alles leiser wird, wenn die Sonne fort ist und der rote Schein nur noch hinter dem Plessen brennt, so sprechen auch die Männer gedämpft.

Von der Unruh herab kommt noch ein verlorener Klang einer Kuhglocke und sucht, wo er schlafen kann.

7. Kapitel.

Wie's den Schnee zusammen mit dem Regen in den halbgrünen Hafer aufs Gebirg geworfen, hat der Pfarrer den Hans-Tonl und das Wawrl vom Sonnenwirbel zusammengegeben.

In beiden Stuben haben sie gesessen. An diesem Tage konnten auch der Seppl und das Harfenweibl nicht im ›Neuen Haus‹ aufspielen. Sie wurden gebraucht im Sonnenwirbelhaus beim Tanzen.

Wie sie am Nachmittag die Halde hinabgezogen sind, hat der Bergwind einen nassen Schnee dem Wawrl in das Myrtenkränzl getan, und weit drunten im Land, wo der Rauch der Städte steigt, ist ein Strom Sonne aus den Wolken in die Welt geflossen.

Das Harfenweibl, wie sie das sieht, hat dem Seppl einen Augenblick die Hand losgelassen.

»Da schaut hin,« hats gerufen, »das ist fei eine gute Vorbedeutung. Wenn's in die Brautkrone regnet und der Sonnenschein fallt hinein, da gibts immer ein volles Kästlein in der Höll. Das Mehl im Katt wird nit alle und dem Krüglein mag's nicht an Oel gebrechen.«

»Nur daß derselbige Sonnenschein ein Eichtl weit weg ist von der Brautkrone,« sagt der Zachenhesselhans.

»Jetzt – das Waldmannl find't fei immer etwas, das nit stimmt,« ruft das Harfenweibl und wirft dem

Zachenhesselhans einen Blick zu, der ihm noch mancherlei klar macht.

Und wie sie miteinander vor das weiße Haus am Waldsaum kommen, schau'n unter der Türschwelle drei Zipflein Rasen hervor, sind an dem oberen Türbalken mit Kreide drei Kreuze gezogen.

»Schau, schau!« Der Zachenhesselhans hat auch *das* wahrgenommen. »Da hat einer heimlich den Hexen das Handwerk gelegt. 's ist eh keine Gefahr! In der selbigen Höll hat fei nur der Herrgott mit seinen Engeln etwas zu schaffen.«

Vom Wawrl erhält der Zachenhesselhans einen frohen Blick, weil er solches gemeint hat.

Aber auch die Resl von der Unruh, die die Kreide und das Gras unter der Türschwelle hat weihen lassen in der St. Annakirche zu Gottesgab vom Priester, damit beides recht kräftig sei, bekommt ihren Dank vom Wawrl.

Die Gabi, die still vor dem Ofenloch kauert und ein prasselndes Reisigfeuer hineingelegt hat, zerdrückt sich eine Träne im Auge: sind zwanzig Jahre darüber hingegangen seit sie selber das Kränzl hat getragen. Und nun schläft der Ihrige schon und fei ein so viel grausames End' mußt er nehmen, der Hachtl!

Sieht's aber niemand, daß eine wehmütige Trauer um die Frau schleicht, die jetzt ein kienig Stockholz in das knatternde Reisigfeuer wirft. Und einen Topf stellt die Gabi über das Feuer mit dem Wasser zum Kaffee.

Mittlerweile hat der Zachenhesselhans dem Hans-Tonl seine Gitarre vom Nagel genommen, und wie er probiert hat und die Wirbel geschraubt, stimmt er einen ›Dreher‹ an. Das Harfenweibl und der Seppl fallen ein.

Jetzt – wer tanzt denn den Dreher?

Der Wurzltonl hat die Resl, und der Helari, der ganz auf

das schwarze Kleid vergessen hat, das die Gabi trägt, holt sich die hinterm Ofen vor und fängt mit ihr zu drehen an.

Aber die Freude kann nicht aufkommen in der Gabi. Da sagt sie:

»Wenn eins über die Vierzig hinaus ist, nachher ist's vorbei mit einem Dreher.«

Aber dem Helari fällt schon das Fanele in den Arm. Das geht wie ein Windwirbel im Ring, und die Lampe, die am kurzen Draht vom Balken herabhängt, dreht mit im Zweitakt.

»Nun schau mir einer den Peterl an!« ruft der Zachenhesselhans über die Gitarre herüber.

Aber der Peterl riskiert keinen Dreher mit dem Fanele und – die Mahm traut sich keinen mehr mit ihm. Wenn solch ein Bündel Jahre mit herumgewirbelt sein will, da ist das zu schwer.

Kommt dem Peterl aber doch ein Zucken in das Herz, schier deucht ihm: auch in die Beine. Aber der Peterl glaubt's nur dem Herzen und rückt dem Zachenhesselhans an die Seite.

»Gib her die Gitarr und Du geh tanzen! Hernach: wenn der Zachenhesselhans einen Dreher riskiert, wird der Peterl auch einen wagen.«

Der Alte, der so vergnügt in den Tag schaut, wartet noch ein Eichtl.

»Bis der Helari nimmer schnaufen kann, Peterl,« sagt er. – Und wie der Helari sich wirbelig gedreht, ruft er:

»Komm her, Fanele! Machen wir einen!«

Jetzt: wenn die Leutln nicht so laut sein wollten, tät man die Flammen im Ofen lachen hören.

So fängt der Zachenhesselhans zu tanzen an. Wie das Fanele merkt: es wirbelt herum wie in den Armen eines

Jungen, und wie ihm das rote Röckl fliegt gleich einem Kreisel aus loderndem Feuer, tut der Zachenhesselhans einen Juchezer, wie der Hans-Tonl, wenn er das Wawrl auf der Bergwiese weiß.

»Leutln,« ruft er, »jetzt – um vierzig Jahr rückwärts hab ich mich getanzt, mitten hinein in die Jugendzeit! Und jetzt: machts einen Stampfer, einen richtigen, zu sehen, ob's Häusl hält!«

So machen die drei auf der Ofenbank einen Stampfer, einen richtigen, und der Zachenhesselhans und das Fanele auch, – so einen, den sie justament tanzen können auf den neuen Dielen in denen der Staub der Zeit sich nicht eingenistet.

Und der Zachenhesselhans schlägt die Nagelköpflein seiner Schuhsohlen alle hinein in den neuen Fußboden. Macht nix. Der Hans-Tonl heiratet das Wawrl nur dies eine Mal. Heut muß alles hin sein, hin wie gestern nacht die irdenen Töpfe, die sie haben zu Scherben geworfen an dem Türstein vom Sonnenwirbelhaus, alles hin und wenn's selber die Steifheit in den Beinen wär, mit der sich die sechzig Jährlein fei gar so viel Mühe gegeben haben, daß sie die endlich doch zuwege gebracht.

Wie der Zachenhesselhans neben dem Fanele auf der braunen Bank sitzt, die an der Wand hinläuft und ihm die Hand streichelt, die ihn den langen Weg durch die vierzig Jahre zurückgeführt hat, lehnt das Harfenweibl sein Saitenspiel an die Ofenbank.

»Jetzt,« ruft der Zachenhesselhans, »jetzt, Weibl, komm mit dem Teller!«

»Sag ich's nit: wenn dem Zachenhesselhans einmal kein G'spaßl mehr einfallt, nachher: hadje, Du mein liebes Waldland, mit dem Hans vom Zechenhaus ist's auf die Neige!«

»Justament is's dem Zachenhesselhans ernst mit dem Teller, Weibl, – so komm! Ich hab für keinen zu spielen, Schindeln zu machen, Holz zu rucken – das Weibl aber sieht und schafft für zwei. Geh her, Weibl! Jetzt: einen halben Gülden sollst haben, weil Du dem Zachenhesselhans noch einmal hast auf die Beine geholfen, auf denen er voreh hat gestanden. Einen halben Gülden für ein Stückl wiedergefundene Jugend – das kunnt einer mit einem Tagelohn wahrlich nit zu teuer bezahlen.

Jetzt, da fällt mir ein – paß auf, Helari, eingefallen is mir eins! – etwan ist eine Verwechslung mit den Beinen geschehen: der Zachenhesselhans hat die jungen vom Peterl, und der Peterl hat die steifen vom Hans. Haben vorhin beim Musikmachen so dicht beieinandergesessen, die beiden.«

Nun, weil aller Augen auf den Peterl schauen und das Fanele heimlicher Weis' in sein Nastüchl kichert – es hat heute das aus der Lade genommen, um das es sich die feine Spitze selber geklöppelt und das sie seit der Firmung nimmermehr angerührt – da fliegt dem Peterl ein Feuer auf die Stirn.

So geht der Peterl aus der Stube, nach dem Wetter schauen, ob's noch so verdrossen hinter dem Plessen heraufzieht wie am Nachmittag. Die Erdäpfeln müssen dasmal sonst aus dem Schnee heraus, wenn der Winter fei gar so eilig auf das Gebirg läuft.

Ueberdem haben der Peter Einräumer und der Wurzltonl den weißgescheuerten Tisch wieder aus dem Flur in die Fensterecke gestellt, und die Gabi, die heut die Hausfrau auf der Höll ist, trägt den Kuchen herein und die Tassen.

»Mußt nit,« sagt die Mahm vom Sonnenwirbel, »mußt nit dem Peterl den Tag verleiden, Zachenhesselhans! Der Peterl is ein anderer, weißt's eh.«

»Hm,« macht der Alte und in seinen Augen ist ein Glanz, fei so blank wie das Feuer, das dem Fanele unter der Stirne brennt, »so werden wir auch einmal nach dem Wetter schauen, Fanele.«

Weil der Zachenhesselhans auch noch mit den Augen etwas redet, das nur das Fanele angeht, so schreiten sie mitsammen hinaus.

»Fanele, den Wind lassen wir wehen und den Schnee lassen wir schneien. Was soll sich einer um Dinge grämen, in die der Herrgott sich hat nimmer hineinreden lassen? Aber, Fanele, hör zu: Aus dem Peterl mußt ein Bürschl machen! Auf dem Sonnenwirbel meinen sie, wenn sie ihn nur auf der Welt haben, nachher – ein Mensch wird schon aus ihm werden.

Oha, ein Mensch wohl, aber ein richtiger? Bis dahin hats gute Weg mit dem Peterl. Fanele – noch ein bißl da bleib – Fanele: dem Bübl haben sie fei nur das *Herz* richtig gemacht. Aber den *Kopf* da, den haben sie ihm scheint's verhungern lassen. Was hat denn der Peterl gesagt zu Dir?«

»Keine drei Wörtl haben wir geredet mitsammen, solang ich denken mag.«

»Ich, wenn ihn in die Hand nehm', fürcht mich, er kommt mir nimmer wieder. Aber einer muß her neben die Mahm, die das Bübl mit Zucker und Milch füttert. Er muß ein schwarzes Brot beißen lernen, der Peterl.«

»Was soll *ich* denn dabei tun? Und warum just ich?«

»Hui, das sind zwei Fragen auf einmal! Was Du dabei tun sollst? Das wirst Du fei selber wissen. Und warum justament Du? Weil Du von den dreien eine bist, die von dem neuen Schlag sind, Fanele. Es muß ein neues Leben her, ein Leben, das eine andere Zeit von uns daheroben verlangen wird. Daheroben tun sie alles, ›weil's die Mahm fei aach a su getan hat‹.

Fanele das is nit mehr das rechte.«

»So soll ich dem Peterl sagen, er ist ein Lappl?« lacht das

Fanele.

»Fei nit, fei nit, Dirnl,« sagt der Zachenhesselhans und schüttelt unwillig den Kopf. »Jetzt: wenn's dem Peterl einfiel, auf die Freite zu kommen zum Fanele ...«

»Ja, Zachenhesselhans, so meinst? Nachher, Hans, so wollt ich mir den Peterl fei schon instand setzen!«

»Jetzt – da sind wir ...«

Aber das Dirnl tut einen Sprung über den Schwellenstein und fliegt vom Hausgang ins Stübl.

Ueber dem Kaffee findet sich auch der Peterl wieder von der Halde herunter. Der Wind steht droben auf dem Kamm und jagt seinen Regen herüber, auch Schneeflocken wirbeln noch darin, weiß der Himmel wo er die aufgelesen.

Der Peterl tut seine Joppe aus und hängt sie zum trocknen auf das Wäschestängl über dem Ofen.

»Auf nichts habt 's vergessen im Häusl,« sagt die Resl und schaut sich über dem Schmausen, bei dem auch ein süßer Schnaps nicht fehlt, im Stüblein um.

»Jetzt, wenn's einen Schnee auf den Wald wirft, werden's die Schwammeln (Pilze) fei bleiben lassen, das Wachsen,« denkt der Wurzltonl laut.

Aber der Zachenhesselhans hat eine Hoffnung auf Sonne. Die redet er den Hochzeitsleuten ins Herz.

Wie nur manchmal ein sanftes Schlürfen der Lippen am Rande der goldverzierten und mit Sprüchlein versehenen Tassenköpfe im Zimmer ist, hört man das Lachen der Flammen, die in den Schornstein hinauflodern.

»Und das Haldenbrünnlein läuft auch stärker als die Tage her.«

Es ist der Peterl, der dies Wort spricht. Der Zachenhesselhans schaut auf.

»Fei recht,« sagt er.

»Es ist ein Rinnen und Plätschern die ganze Bergbreite herein.«

»Soll laufen, so viel der untere Quergraben fassen kann ...«

Der Helari horcht nur mit einem Ohr hin, und der Wurzltonl ist immer noch bei den Schwämmen und denkt: die Herrenpilze wenigstens könnten noch kommen. Selbst der Zachenhesselhans, der die ›Wasserkunst‹ angelegt, ist heut lieber mit seinen Gedanken beim Fanele, als auf dem Hange. Es ist ihm just das richtige Wetter.

»So eins muß der Herrgott schicken zum Hochzeiten: vom Berg herab und über den Wald hin bläst der Wind die Trompete. Die Posaune läßt er, weil sie die Hochzeitsfreude könnt' übertönen, daheim und jagt nur einen Regen und einen nassen Nebel durch die Luft. Daß er schon einen Schnee treibt, das ist eine Verrechnung, die wir ihm nicht wollen für übel halten. Wenn er merkt: es stimmt nicht, nachher wird er den Fehler ausbessern. Und der Regen ist nit lau wie ein Sommerregen, sonst könnt einer zum Tanzen das Feuerlein im Ofen nit vertragen. Aber ein Feuer muß sein, – werden erst die Herzen richtig, wenn der Kachelofen so sanft wärmelt. Mit einem Wachsen ist einmal nichts mehr jetziger Zeit. Die Vogelbeeren? 's hat nicht Not, und Schwammeln? So viel als wir brauchen, laßt der Herrgott noch jedes Jahr aufgehen.

Jetzt, Leutln: ich denk, wir machen einen ›Vogelfänger‹!«

Da muß das Harfenweibl sein Saitenspiel wieder stimmen, und der Seppl tastet sich an der Wand zur Ofenbank hinüber; das Harfenweibl hat ganz vergessen auf ihn.

Da fängt's schon zu schlürfen an: drüben das Wawrl mit der Brautkrone, daneben das flinke Fanele mit dem Flammenröcklein und dem Feuerherzen, und wieder daneben die Resl, die auch noch einen feinen ›Vogelsteller‹ mag.

Auf die Resl fahndet der Wurzltonl. Das Wawrl hat für heut den Seinigen. Und, daß die Jugend wieder zueinanderkommt: der Zachenhesselhans stellt sein Rütlein für das Fanele. – Links herum, rechts herum, hin und her, und immer geht die lustige Vogelfängerweis von der Ofenbank herüber in süßem Locken.

Das Wawrl ist zuerst gefangen, und weil der Resl der Atem ausgeht, gibt's Vögerl klein bei und geht in den Käfig: dem Wurzltonl seine Arme.

Wie auch das Fanele dem Zachenhesselhans nicht mehr entwischen kann, wirft der dem Wurzltonl und dem Helari ein Wort hinter der Hand vorm Mund hinüber. Da wissen die beiden: jetzt wollen sie die Braut fangen.

Weil da einmal kein Entkommen ist, hat der Hans-Tonl den Peterl schon in den Keller geschickt. Jetzt rollt der Peterl einen süßen ›Ungarn‹ im Zehnliterfäßlein zur Tür herein. Und für einen ›Ungarn‹ kann der Hans-Tonl das Wawrl wiederhaben – das is fei nit zu billig.

Wie sie dem Fäßlein den Spund einschlagen, hat sich ein Nebel den Berg hereingewälzt, ganz dick, lehnt sich gegen die Fenster und drückt mit den nassen Händen das letzte Licht aus in der Welt.

»'s möcht das Feuer ausgehen im Ofen von der Höll,« sagt der Zachenhesselhans und zwinkert lustig mit den Augen. »Seht's Euch den Helari an, der meint: auf der Unruh im Stübl ist auch ein Kachelofen und auf der Unruh im Stübl ist seintag die Gemütlichkeit daheim gewesen.«

Jetzt: der Helari meint, wenn einer den süßen Ungarn tät hinauftragen auf die Unruh und nicht dabei ausglitscht auf dem heimtückischen Gras, daß das Fäßl hinab in den Waldgrund läuft, so wär's ihm schon recht, wenn die Hochzeitsleut auf die halbe Nacht mit hinaufkämen.

»Das Häusl vom Hans-Tonl hält,« sagt der

Zachenhesselhans, »darauf haben wir mit dem Stampfer die Probe gemacht. Und weil das Wawrl und der Hans-Tonl auf die Hochzeitsreis' wollen ...« Was der Zachenhesselhans noch geredet hat, hat keiner hören können. Sie haben gar so viel gelacht, weil dem Zachenhesselhans das eingefallen ist.

So haben sie keine Lampe angetan denselbigen Abend in der Höll. Und das Feuer – das im Ofen – ist langsam herniedergebrannt.

Aus der Unruh aber ist ein Lichtschimmer in den Nebel gegangen und hat der Mitternacht, als ob die ein Licht brauchete den Berg hinauf, geleuchtet – schier bis auf den Sonnenwirbel.

Der Zachenhesselhans hat ohne Stalllämplein den Weg nach Hause gefunden. Ein Licht hätt' nicht geschienen aus der Höll, wie er am Stachelschwein vorbeigegangen ist, hat er gesagt. –

Als der junge Tag über den Wald herübergeht, hört der Zachenhesselhans auf dem Strohsack ein sanftes Klingen am Dach. So klopft der triefende Frühlingsnebel, der ein gelindes Rieseln über die Schindeln schickt und dem bald die weckende Sonne folgt.

Der Zachenhesselhans reibt sich nicht lange die Augen: so ein Klopfen kennt einer, der im Waldland grau geworden ist. An dem Fenster herab geht's kling – klang – kling. Aber alle Wolken wälzen sich noch über das Grasland und drängen hinein in den Wald.

Da kann einer noch eine Eichtl an den gestrigen Tag denken und daran, wie das Fanele daheim angefangen hat, den Peterl instand zu setzen. Daheim ist eins kecker als im fremden Haus und namentlich in der Hölle, in der's dem Fanele noch zu neu gewesen ist.

»Tun wir das Fenster auf ein wenig! Wenn der Wind über

das Gebirg heult und er erspäht eine handbreite Lucke, so wie jetzt im Fenster eine ist, nachher bläst er hindurch, und mit eins, so hat er einen Haufen Nebel im Zimmer, daß einer auf dem Wolkenmantel könnt gen Himmel fahren. Aber heute haben die Frühnebel keinen weiten Weg, drum gehen sie langsam. Steht auch kein Wind dahinter, der einen Regen hineinjagt oder sie mit Eisnadeln sticht: heute früh sind sie an Ort und Stelle und brauchen fei nur niederzusitzen ins Herbstgras oder in das Grün des Bergwalds. Dort wird ein Tau daraus, Millionen Spiegel, in deren jeden hernach die Frau Sonne schauen wird.«

Ueberdem steigt der Zachenhesselhans vom Strohsack in die Lederhosen, zieht sich den Gürtel über den Hüften zusammen und bindet die Riemlein über den Knöcheln.

Die Holzstiege in den Flur hinab knarrt unter seinen Tritten und das Brunnenwasser raucht in den grauen Herbstmorgen hinein als hätt's über einem Feuer gestanden im Berg.

Wie der Zachenhesselhans die Augen sich blank geputzt hat am Brunnen und mit den hohlen Händen die Flut über das Gesicht sich gegossen, richtet er sich das Pfeiflein zurecht – weil die ganze Welt raucht in dieser Frühe, so will auch der Zachenhesselhans rauchen. Und dann: in fünf Minuten raucht der Schornstein vom Zechenhäusl, raucht auch bald das Morgensüpplein auf dem Tische.

Die Uhr ruft sechs Uhr. Da muß der Tag den Sonnenschild heraushängen über dem Keilberg.

So wird der Zachenhesselhans nachschauen, ob nicht schon ein Feuer glimmt hinter dem Wolkenvorhang. Auch das Häcklein nimmt er mit, falls unter dem Rohr, das sein Wasser über die Halden taut, etwa wieder ein fürwitzig Brünnlein in den Tag rinnt, das seinen eignen Weg in die Welt laufen will.

So stapft er hin.

Keine zwei Rehsprünge weit kann einer schauen.

Da kommt ein Poltern die Halde herein – ist aber nicht die wilde Jagd, die sich versäumt hat. Das ist der Sechzehnender, der in der Dämmerung immer auf den Hau beim Zechenhaus heraustritt. Sind drei Kühe heut hinter ihm drein, und weil sie den Zachenhesselhans haben an einen Stein schlagen hören, sind sie flüchtig. –

Auf der Unruh sagt die Resl: der Helari ist auf den Erdäpfelacker.

So geht der Zachenhesselhans auf den Acker. Wie ein Schatten steht der Helari gebückt im halbgrünen Kartoffelkraut und wühlt die kalte morgenfeuchte Erde.

»Nun, wie steht's mit den Erdäpfeln, Helari?«

»Na, so-so.«

»Fei gut ist's dasmal!«

»Na, ja. Aber wieder auch nit.«

»Hui,« macht der Hans, »warum meinst denn?«

»Werden halt nit viel sein für die Schweine.«

»Welche meint denn der Helari damit?«

»Die kleinen.«

»Jetzt – die Säue vom Helari werden auch fertig werden mit den großen.«

»Was die großen sind, die essen sie auf der Unruh selber.«

Der Zachenhesselhans hebt wieder sein Lachen an – jetzt: wenn die Sonne *darüber* nicht aufwacht!

»Schau, schau, Helari! Auf so was hab ich gedenkt, darum hab ich fei so viel dumm gefragt. Und der Helari ist justament auch auf dem Zachenhesselhans seinen Leim gekrochen. Weil Du's ihm nun aber einmal verraten hast: Helari, zum verwundern ist's nit, daß nun auch die Bauern nichts mehr wissen mögen vom Herrgott, wenn er ihnen solche Sachen zurecht macht. Laßt der Herrgott dasmal rein

110

nur große Erdäpfel wachsen und keine kleinen dabei für die Schweine! 's ist doch nicht zum glauben! Und dabei soll einer nicht meinen: jetzt – auch der Herrgott hat rein den Verstand verloren! Helari, 's hörts niemand auf den Augenblick und auch die Sonne guckt noch nit: wenn Dir der Herrgott einmal ein silbernes Kraut auf die Felder stellete und goldene Erdäpfel unten daranhing, und just *Dir* allein – weißt Du, was Dir darüber einfiel, Helari? 's ist rein nit mehr zum aushalten, dächtst Du, jetzt haben weder die Menschen, noch die Schweine auf der Unruh Erdäpfel für den Winter. Wenn's dem Herrgott einmal glückt, daß ers einem Bauern rechtmacht, nachher, Helari, – ein ganzes Faßl süßen Ungar geb ich zum besten.«

Die letzten Worte laufen so aus dem Nebel herüber und können sich durch die Dickte kaum finden bis dorthin, wo der Mann von der Unruh die großen Erdäpfel kummervoll aus dem Erdreich kratzt.

Auf den Halden ist ein Glucksen und Klingen vom Bergwasser, daß – wenn's jetzt der Sonne einfällt, über den Wald zu schauen – ein rinnendes Gold im Grase wär. Der Hans-Tonl müßt' seine Freude haben daran!

Aber der Hans-Tonl guckt noch nicht heraus diesen Morgen – ist ein Vorhang rings um die Höll, so dicht, daß man meint: kein Rufen fände sich hindurch.

Wie der Zachenhesselhans wieder dorthin schaut, wo er die Sonne auf dem Wege vermutet, da ist das Feuer aufgegangen über dem Berg. Ein Wind läuft vor dem Glühen über den Wald herein, bläst dem Alten das Jöpplein mit den Harzflecken über der Brust auseinander – aber: es ist noch ein Knopf daran in der Mitte. Da muß der Wind, der so lustig mit den Joppenzipfeln wehen wollte, sein Spiel lassen und muß die Frühnebel durcheinander jagen oder das klingende Wasser den Hang hinunterblasen.

Dem Sonnenfeuer steigt der Hans entgegen.

Die Sonnenwirbelstraße ist schon ganz blank, und die Vogelbeerbäume sind golden und geben einen Klang im Frühlicht. Und die Sonnenwirbelhäuser schauen mit goldenen Fensteraugen in die Welt. Aber unten in den Tälern spinnen die Nebel, weiß, dicht, und rinnen goldene und purpurrote Ströme hinein. Und immer schwerer wird ihnen das blanke Leuchten, das darauffällt. Die Spinnennetze am Schwarzbeerkraut sind aus silbernen Fäden gezogen und hängen zitternde Perlen und glänzende Demanten darin.

Aus den Wäldern rufen die Häher. Unter dem blauen Himmel kreisen die Falken. Und ein Dampfen ist aus den Tälern herauf.

Aber der Helari von der Unruh steckt noch im Grau, das die Nacht auf das Land gelegt. Und auch um die Höll hat die Sonne das Vorhänglein noch gelassen. Es kann kein Wind dahinein, der's wegbläst, denkt der Zachenhesselhans, und seine Augen sind blank wie die Tropfen im Gras.

»Auch auf dem Sonnenwirbel sind sie schon hinaus in die Erdäpfel. Was so ein verflogener Schnee die Leute lebendig macht!« sagt der Zachenhesselhans; denn die Türen an den Sonnenwirbelhäusern sind geschlossen.

»Jetzt – so werden wir heute noch einen Feiertag machen,« fährt der Alte fort, »das Vorhängl drunten ist fei immer noch zugezogen.«

Ueberdem schlendert der Hans die Halde hinab, lauscht im Gehen auf das schwätzende klingende Rillern des Quells, dem er den Weg ins Licht gebahnt hat und biegt auf den Hau ein, welcher bis hinab zum Zechenhaus führt. Die Hühner ziehen die Beine hoch im morgentauigen Gras. Zwischen drei Halmen und zwischen allen Stauden am Pfad sind die funkelnden Spinnennetze gespannt, und Sonnenstrahlen hängen darin und lassen sich in den schimmernden Schaukeln vom Morgenwinde wiegen.

Der Hahn steht mit hochgehobenem Kopf abseits und schaut nach dem Zechenhaus. Er hat auch etwas zu *sagen*, und der Alte hört ihn grollen. Ist auch eine Spur von Tritten quer durch den Tau gezogen; die kommt aus den Fichten herüber. Was? und aus dem Schornstein geht noch der Rauch von dem Feuer, das dem Hans seine Morgensuppe gekocht hat?

Wie der Zachenhesselhans auf den Steinfliesen vor dem Röhrtrog geht – eine goldene Tafel ist der Wasserspiegel, auf den der Quell in silbernem Bogen fällt – und wie er vor der Tür zum Hause steht, so schreitet drinnen einer auf Nagelschuhen und tritt heraus in den Flur und auf die Steinfließen.

»Grüß Gott, Zachenhesselhans,« sagt der Mann mit dem grünen Hut, an dem hinten ein Birkhahnstoß sitzt.

»So bist früh durch den bleigrauen Morgen gestapft, Winterkathlfranz.«

»Daherauf findt einer schon,« sagt der andere. »Wenn so alle Türen sperrangelweit aufstehen am Zechenhäusl und der Frühwind und die Nebel hindurchlaufen, muß einer vermeinen: der Zachenhesselmann ist daheim.«

»Es ist meitag noch nit zugesperrt worden im Waldhäusl.«

»So bist halt nit ungehalten, daß ich mir hab einen Kaffee gemacht im Ofen?«

»Nit im geringsten. Was bringst denn, Franzl?«

»Bringen tät ich fei nix. Mich selber, wenn Du willst.«

»Waas?« fragt der Alte und tritt näher an die Türschwelle.

»Einen Schuh länger bist, als der Hans und sagst: das is nix? Jetzt, wie soll einer denn das verstehen: mich selber?«

»Weil ich roden geh' in den Wald und auch bald ein Holz rucken, so hab' ich gemeint: aus dem Zechenhaus ist der

Schmied-Seff-Pepp hinaus, so wird der *Franz* einen Platz haben. Ich tät Dir gern ein paar Kreuzer zahlen die Zeit fürs Schlafen, Hans.«

»Wegen meiner, solang Du magst. Aber: wie kommt denn der Kathlfranz dazu, Stöcke zu roden und ein Holz zu rucken? Ich mein', er hat zu einer Kapelle »Tiroler Sänger« gezählt und ist weit fortgewesen von hier?«

»Fei so viel Sehnen hat er gekriegt und heimgekommen ist er. – Was schaust einem denn da so fest in die Augen, Zachenhesselhans?«

»Du, Franzl, ein Sehnen ist Dir gekommen? Wonach denn, wenn einer fragen darf?«

Der Zachenhesselhans schaut empor an dem braunen Gesellen, dem sich das Bärtlein so keck über der Lippe kräuselt und dem die Augen so heiß unter der Stirne hervorblitzen.

Aber der sucht etwas am Grund oder er hat halt eine Freud' an dem zitternden Tau, der an dem Gras hängt, das zwischen den Fliesen heraufschaut.

»Franzl, warum bist denn auf einmal fortgewesen vor zwei Jahren? Weil die Winterkathl, was Deine Mutter is gewesen, gestorben ist? Sind Dir nit die Förster auf den Fersen gewesen, Franzl?«

»Wer? Die Förster?«

»Freilich. 's is so geredet worden, besinn ich mich.«

»Is mir nit bekannt worden.«

»Weißt: wie *ich* einmal bin jung gewesen,« – der Zachenhesselhans schaut sich um und spricht halblaut – »da is das Wildern fei nit halb so gefährlich gewesen. Jetzt – seitdem so viel Heger und Grünröcke im Wald sind, wie Bäume, da is das ein höllisch Spiel, Franzl! Und gescheit wär's, Du tätest auf eine Ordnung in der Arbeit denken und auf ein festes Taglohn.«

»Ging einer sonst roden und ein Holz rucken, Zachenhesselhans?«

Der Franzl hat etwas im Blick, wie wenn der Wind in ein Licht bläst, denkt der Zachenhesselhans, geht in die Stube und schaut, während er das Kästlein mit den Sämereien für die Zeisige vom Wandbrett nimmt und den Vögeln das Futter einschüttet, in alle Winkel.

Es ist aber nichts da, was von dem Franzl herrührt, als ein Hücklein in blauem Linnen.

Währenddem lehnt der Franz draußen am Türstein. Sein Jägerhut mit dem Spielhahnstoß streift schier am oberen Querstein.

»Wie ein Tannenbaum ist der Franzl gewachsen,« sagt der Zachenhesselhans und geht, Wasser im Röhrtrog zu schöpfen. »So kann er auch eine Arbeit tun für zwei.«

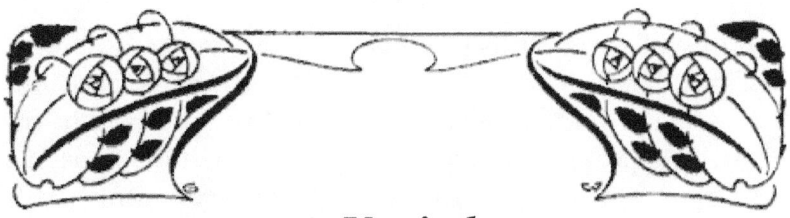

8. Kapitel.

An der Unruh lenkte der Hans-Tonl ein wenig ein und tat einen scharfen Schmitzer mit der Peitsche in der Luft.

Weil er über das weiche Gras herabgekommen war, über dem letzte Sonne lag, hatte keiner den Hans-Tonl nahen hören. Jetzt ward's hinter den Fenstern lebendig. Das Fanele war am flinksten heraußen auf der Wiese vor der Giebelmauer, dann die Resl. Zuletzt kam der Helari, die Rotschecken anzuschauen, die der Hans-Tonl erhandelt hatte.

Auf der Bank vor der Höll wartete der Zachenhesselhans schon seit einer Stunde. »Jetzt – der Hans-Tonl kommt den Steig herein!«

»Und auf das Jahr ein Simmenthaler Oechsl, Hans-Tonl! Es muß ein frisches Blut hinein in das Vieh, und wir müssen ein Bergrind aufziehen; das ist ein anderes als die Bauern im Niederland eins brauchen.«

»*Müssen?* – 's is fei recht, wenn nur einer das Geld hätt dazu.«

»Wenn auch das Wawrl gemeint hat: der Hans-Tonl hätt heute den letzten Gülden fortgetragen und ein Häuflein Schulden auch schon gemacht, um die beiden scheckigen Hundsfötter doch in den Stall zu binden – Hans-Tonl, das Simmenthaler Oechsl müssen wir aber doch kriegen an den Sonnenwirbel! Der Zachenhesselhans hilft Dir sparen den Winter über.«

»Nachher – wovon will denn der Zachenhesselhans leben im Schnee?«

»Ein bißl saure Milch wirds eh abwerfen in der Höll. Und Erdäpfel sind daheim; und Geld zu einem Kaffee und Schwarzbrot und zu einem feinen Tobak, in den wir ein Eichtl Erdäpfelkraut mischen, … jetzt vorhanden is das fei nit, aber ein Weg wird sich finden, auf dem sich's hereintragen laßt ins Zechenhaus.«

Während der Hans-Tonl die beiden Kühe in den Stall stellt, die das Wawrl so vergnügt anlacht, und während der Hans-Tonl dem Vieh Futter in die Raufen wirft, ruft der Alte ihm zu:

»Jetzt – das Haldenbörnlein werd' ich verspunden; so geht heut noch eine Sonne darüber und morgen, wenn der Frühtau fort ist, müssen die Roten mitsammen auf die Bergweide und die Neuen müssen sich in der Gegend umschauen.

Auch um den Winterkathlfranz muß einer einmal nachsehn. Gestern, wie die Hirsche haben zu brüllen angefangen gegen die Schlauderwiesen hin, da ist mir der Kathlfranz im Stübl umgegangen – ordentlich Angst kunnt einem werden dabei.

»Hast ein Leibweh, Franzl?« hab ich gefragt.

Hats nit gehört, der Franzl. Aber das Fenster hat er zur Seite geschoben und die Tür sperrangelweit aufgestoßen.

»Eine Hitzn hast im Zechenhaus, Hans, fei nit zum abhalten,« sagt' der Franzl. Dabei ist das Reisigfeuer im Ofen verloschen gewesen – kein Fünkl hätt der Sturm rausblasen können aus der Schwärze.

Aber das Lichtlein, in das der Wind bläst, das is wiederum angegangen im Kathlfranz seinen Augen.

Und in den Wäldern ist das Röhren der Hirsche. Je wilder es herauffliegt, desto fester setzt der Franzl seine Nagelschuh auf die Dielen. Der Wind stand über den Keilberg her und ein Silberschein war in den Wipfeln – vom Mondlicht. Jetzt – der Mond ist bald voll – steigt er vollends über den Kamm herauf.

»So macht den Franzl das Stockroden nit müd?« frag ich und schau von der Seite über mein Kaffeetöpfl hinüber zu ihm.

»Müd?« fragt er und lacht auf. »Jetzt – wenn ein so lichter Mondschein im Land ist, werd ich noch ein Pfeifl rauchen gehen in die Fichten.«

»Franzl,« sag ich, »Franzl, laßt's Dir keine Ruh?«

»Bei Gott nit, Hans,« sagt er, »sei nit furchtsam und mach' Dir keine Gedanken, aber hinaus muß ich!«

Er nimmt sein Jägerhütl vom Nagel am Türpfosten und hinaus ist er und hinein in den Wald.

Hans-Tonl, der Zachenhesselhans weiß, was das heißt: der Hirsch brüllt im Wald! Still ist's, nur der Mondschein ist da und ein Knacken im Holz und ein Stampfen der Hirschkuh, die der Platzhirsch treibt ...

Hans-Tonl, jetzt hätt ich bald darauf vergessen: das Röhrl wollt' ich stopfen gehn auf der Halde ...«

Und dem Alten vom Zechenhaus ist ein Feuer in die Augen geflogen und ein Feuer ins Herz.

Jetzt geht er, den Spund einschlagen vor den Bergquell.

Wie er hinter der Unruh noch einmal zurückschaut, ob der Himmel ringsum so blank ist, da schiebt sich schon die bleiche Scheibe des Mondes über die stummen Wipfel der Fichten empor, die so scharf in die klare Luft hineinstehen. Ein Reifsilber wird fallen in das Mondsilber, denkt der Zachenhesselhans.

Auf einmal tritt das Fanele mit einem Körblein am Arm aus den Fichten und wandert noch ein Stück, um sich schauend, den Waldsaum entlang. Das Fanele ist nach

Pilzen gewesen.

»Fanele, zeig her das Körbl,« ruft der Hans hinunter. »Wart, ich komm' ein Stück!«

So gehen sich die beiden entgegen.

»'s is fei nit möglich, gefüllt bis zum Deckel und Herrenpilze eine Menge?«

Das Fanele tut vergnügt – das ist kein Wunder. Wer hätt' das Dirnl einmal mit dem grauen Elend gesehen?

»Wenn vier Augen auf die Schwammeln schauen, nachher find't einer auch bei der Dürr etwelche, wenns nur die Zeit is.«

»Vier Augen?« fragt der Hans. »Ich mein': die zwei brenneten schon so viel heiß, daß sie ein Unheil anrichten könnten. Seit wann hat denn das Fanele vier? Hast etwa dem Peterl seine zuhilfe genommen?«

Der Zachenhesselhans nimmt das Fanele fest aufs Korn, und wie sich's die Hand vor den kirschroten Mund hält und vor die Augen, weil die Spätnachmittagssonne so über die Halden herglüht –: das Wörtl von den vier Augen bleibt gesagt und der Zachenhesselhans hat's gehört.

Jetzt – er läßt Dich nit los, Dirnl, wie gern Du ihm auch entwischen möchtest!

»Heim muß ich, Zachenhesselhans, laß mich aus.«

Aber der Alte hält den Henkel vom Körblein, das dem Fanele am rechten Arm hängt.

»Jetzt – erst wirst ein Wörtl reden!«

»Der Winterkathlfranz ist bei mir gewesen die zwei Stunden.«

»Der Franzl?«

»Ist auf dem Weg nach Joachimsthal gewesen.«

»Wo wär' er denn die vorige Nacht geblieben, hat er gesagt?«

»Hat eh nix gesprochen davon.«

»Ist er etwan gar nicht auf dem Hau Stöcke roden?«

Dem Fanele läuft alles Blut zum Herzen. So weiß ist seine Stirne – etwa weil das rote Licht der Sonne auf der Halde auszulöschen beginnt?

»Stöcke roden?«

Jesses Maria, danach hat der Franzl in seinem Lodenjöpplein und dem grünen Hut auf dem linken Ohr wahrlich nit ausgeschaut!

»Wir haben fei garnit viel plauschen können mitsammen,« meint das Fanele.

»Na, wenn das is,« sagt der Zachenhesselhans. Und das Fanele springt am Waldrand hin und fort wie ein geschrecktes Reh.

»Jetzt,« sagt der Alte zu sich, »jetzt, Zachenhesselhans, tu die Augen auf! Das ist ein Ungemach. Und wenn hier zwei Feuer brennen, – der soll noch kommen, der so zwei ausgießt. Jetzt – um das Dirnl wär mir's leid.« –

Nicht lange danach schweigt das Rieseln auf der Grashalde. Und anstatt des schwätzenden Bergwassers geht der Tag in Schuhen aus purpurrotem Sammt über die Hänge, die nach Abend liegen. Ein Grünen ist darauf, als ob der Frühling noch einmal heimlich darin lebendig geworden wäre.

Den Hang hinab geht der Zachenhesselhans. Er zieht mit dem Häcklein dort eine Rinne oder säubert den Abfluß von einem Gras, das darin sich breit gemacht hat.

Am Waldrand schlendert er hin, unter der Unruh vorbei und schaut, ob da ein Schwamm seinen Schirm aufspannt, einen braunen oder einen gelben. Von den korallenroten leuchtet über den Nadelgrund manchmal einer herüber.

»Die Sonne liegt zu lange auf dem Wald in diesem Jahr; wenn der Hans das Schwammsäckl neu füllen will für den

Winter und noch etlichen Vorrat mehr zusammentragen möchte, so muß er in dieser Zeit fei darauf bedacht sein. Durch den Bau ist dasmal alles aus der Ordnung geraten, die einer sich im Waldland zurechtgemacht hat.«

Da, wie der Alte den Hau hereinkommt, kreuz und quer, weil er manchmal mit der Hacke einen Pilzling umwendet, läuft ihm ein Schnaufen entgegen.

Er sieht den Hahn und die Hennen gemächlich aus den Fichten her heimziehen, und den Schnaufer tut der Kathlfranz, der heimgekommen ist, und sich den Staub und den Sonnenschein mit dem Wasser vom Gesicht spült.

Ist ihm darauf geflogen beim Roden, weil der Hau so viel sonnig ist, denkt der Zachenhesselhans, aber er sagt:

»Fei frühzeitig Feierabend ist gewesen heut, Franzl, daß Du schon daheim bist.«

»Auf einen Samstag geht's nit so lang,« antwortet der Franzl und deckt sein Gesicht und die Ohren wieder mit den hohlen Händen zu, aus denen das Wasser läuft. Und noch einmal! Darum kann der Franzl nichts weiter antworten; und er hört auch nicht, was der Zachenhesselhans zu ihm sagt.

Wie der Franzl das Tuch zum Trocknen herabnimmt, das er über den Bornständer gelegt gehabt hat, ist nur noch in den Fichtenwipfeln das Glühen der letzten Sonne und die Schatten kriechen kalt und scharf aus dem Wald.

»Die Vogelbeerbäume werfen die Blätter fort und die Birken auch,« hebt der Zachenhesselhans wieder an.

»'s hat auch fei so viel Schneekönige (Meisen) ums Zechenhaus, die den Haufen Stöcke absuchen,« setzt der Franzl hinzu. »Die sehen eine Kälte kommen von ferne.«

An den Spitzen der Fichten, die wie Kerzen brannten, gehen die Flämmlein aus.

Vor dem Ofenloch in der Stube ist es ganz finster. Der

Franzl hat sich davorgekniet und krückt und bricht trockenes Reisig. Das schiebt er in den Ofen. So vergeht die Zeit, und der Zachenhesselhans kann nit so viel fragen.

Hui, denkt der, der Franzl hat sich um die Heimarbeit voreh nit so verdient gemacht. Er geht aus dem Wege, der Franzl; wenn ihm einer jetzt in die Augen schauen könnte – das wehende Licht ständ sicherlich wieder darin.

Der Zachenhesselhans, wie er sich die Pfeife mit einem Reis aus dem Ofenloch angezündet hat – warum soll einer ein Schwefelholz verschwenden, wenn schon ein Feuer ist? – nimmt den irdenen Topf und läßt am Brunnen Wasser hineinlaufen zum gemeinsamen Abendsüpplein.

Der Mond ist inzwischen heraufgeschwommen über die Fichten, spinnt Feinsilber durch die kleinen Fenster und legt blanke Tafeln davon auf die altersgrauen Dielen. Die Haustüre steht offen und die Stubentür auch einen Fuß breit. Sie hören den Strahl in den Trog klingen, die beiden im Zechenhaus, wie sie am Tische sitzen und die Blechlöffel in die gemeinsame Schüssel tauchen. Es ist gar kein Rauschen im Bergwald und die Nebel, die die Nacht webt, sind auch noch nicht über den Tälern. Das schwerfällige Schwingen des Uhrpendels im Kasten hört man und das sanfte Zusammensinken der glühenden Reiser im Ofen. Von draußen klingt immer der silberne Fall des Quells auf den blanken Spiegel.

Da legt der Franzl den Löffel zur Seite, nimmt ihn wieder auf und geht hinaus zum Trog, den Löffel waschen. Dabei lauscht er in den Wald, tief hinein. Da – ein Brechen ist im Unterholz. Ein Rehbock tritt heraus auf den Hau. Mit einem Stein könnt einer hinüberwerfen, so nah ist er.

Der Franzl steht wie festgewurzelt am Brunnentrog und der Bock drüben scharf äugend wie ein Bild aus Stein.

Weil der Franzl sich garnicht mehr regt vor der Haustür, wendet sich der Alte und schaut durch die Scheibe.

»Da haben zweie Witterung,« sagt er zu sich, streift die Schuh ab und schleicht ans Fenster.

»Jetzt: da ist wahrhaftig ein Böckl herausgetreten auf den Hau!«

Der Zachenhesselhans schiebt das Fenster hart auf. Der Franz stampft heftig mit dem Nagelschuh auf die Steinfliesen.

»'s hätt Dir nix nutz werden können, Franzl! 's is dem Grafen, das Böckl. Und 's is fei gut getan, wenn einer wie Du nit zu lang nach einem solchen schaut. 's macht begehrlich, Franzl, und fei in der Nacht – in den Traum tät Dir's kommen.«

Nun kann auch der Franzl seine kurze Pfeife anstecken. Der vergrämte Bock läßt sich eine Woche lang nicht mehr sehen auf dem Hau. Der Alte nimmt Schüssel und Löffel vom Tisch und geht damit auch an den Trog.

Er hat allerlei zu erzählen heut, der Zachenhesselhans, und so laut redet er dabei, als müßt er's dem Franzl hinüberrufen zu dem Wechsel, auf dem der Bock vor zwei Minuten verschwunden ist. Da macht der Franzl Kehrt und geht in die Hütte.

»Franzl, ich mein, Du müßtest des Abends, wenn einer so den Tag über mit der Rodehacke und der Axt am sonnigen Berghang gestanden hat, weidlich viel Schlaf haben?«

Der Kathlfranz lacht und pafft sich ärgerlich eine Wolke Tabakrauch zurecht, die selbst das dünne Mondlicht Mühe hat, auseinander zu tun.

»Schweigsam bist halt soviel. 's könnt einer meinen: der *Mund* vom Kathlfranz ist schon eingeschlafen. Aber, Franzl, die *Augen* sind noch so viel munter und ich seh, Du hättest noch ein Lüstl auf einen Gang durch den Mondschein.«

»Recht hast,« sagt der Franzl.

Während der Alte wieder eine Zeit vergeblich wartet auf

eine Rede vom Jungen, steht er von der Ofenbank auf und hebt ein Wandern an durch das Stübl.

»Kathlfranz,« sagt er nach einer Weile, »gemerkt wirst's eh haben: es ist eine Unrast in mir Deinetwegen.«

»Meinetwegen? Was kann denn ich dafür, wenn der Zachenhesselhans nit mit sich selber fertig wird?«

»Red' nit so, Franzl, und denk: so einer, wie Du einer bist, war der Zachenhesselhans schon vierzig Jahr früher. Und seit derselbigen Zeit ist er noch um ein Stück klüger geworden, der Hans.

Ich bin keiner, der zu Dir sagt: Franzl, ich hab Dir daheroben Einstand vergunnt – jetzt: ich bin der Herr im Haus, und wenn Du ein Stübl und fei auch beinah ein Lagerstroh mit mir teilen willst, so tu Dich kümmern, wie's der Brauch ist im Waldhaus. So einer bin ich nit, Franzl. Aber auch wieder nit ein solcher, der den Franzl in ein Unglück laufen sieht, ohne sich nach ihm umzuschauen.

Deine Mutter, Franzl, Kathi Winter hat sie sich geschrieben – 's is fei nachher ein fleißiges reumütiges Frauenzimmer geworden. Aber so um die Zeit des ersten Saftes, Franzl, da hat sie ein so viel hitzig Blut gehabt. Und in den Jahren, justament in die Du heut gekommen bist, oder noch um einige früher, da hat sich die Winterkathl das Leben verleidet.

Der Mann, den sie Deinen Vater geheißen, ist am Straßenstein gestorben, Franzl; es hat ihm die Spätnacht hineingefroren ins Herz.

Ein braves Weib is sie gewesen nachher, die Winterkathl, und fei so viel Reue hat sie gehabt, und die Reue, Franzl, hat ihr das Rote von den Wangen heruntergefressen, und die Tränen haben ihr den Glanz in den Augen ausgelöscht. Gestorben ist sie.

Und dem Kathlfranz sind sie aufsässig gewesen schon wie

der ein so ganz kleines Bübl war. Du darfst mir's nit für übel halten, Franzl: ich bin keiner, der etwas nachträgt und auch nit einer von denen, die meinen: weil Dein Vater – Du hast ihn nit kennen lernen, Franzl – nit viel hat getaugt, müßt das Bübl auch so einer geworden sein. Fei nit, Franzl, fei nit!

Aber wie ich hab' gesehen, daß sie Dir hinterdrein sind wie das höllische Feuer, und, wenn etwas verübt is worden daherum, wie sie geschrieen haben: der Winterkathlfranz wird's angestellt haben, – nachher hab ich doch manchmal gedacht, das ist das, von dem 's heißt: die Sünden der Väter heimsuchen an den Kindern ...«

»Zachenhesselhans, es mag sein, daß Du's nit schlecht meinst mit mir; aber warum erzählst mir denn das alles und warum just heut?«

»Weil ich dasselbige rebellische Blut in Dir hab' gespürt, das Deiner Mutter das Leben verleidet hat.

Franzl, Dir ist eine Unrast im Herzen und ein so viel heißes Blut. Du kannst den Hirsch nit hören schreien im Bergwald, ohne zu denken: jetzt, den Stutzen heraus aus dem Baum. Denn nit von der Wand herunter kannst Du ihn holen und nit herab vom Nagel, Franzl. Leute wie Du, die bergen den Stutzen im hohlen Baum.

Franzl, ich bin nie ein Simpel gewesen, mein Lebtag nit, und ich weiß, welch ein Aufpassen sein muß auf ein solch siedig Herzblut. Aber Du bist dabei von einer Heimlichkeit, hinter der mir nix Gutes herausschaut.

Und so wollt' ich Dir's denn auf den heutigen Abend sagen: Du selber magst aus- und eingehen im Zechenhaus so oft und wann Du willst. Schleppst Du mir aber ein Stück Wild herein aus den Fichten – hernach, Franzl: geschiedene Leut sind wir! So. Und wenn Du Dich damit trägst – um einen andern Einstand schau Dich um! Der Bergwind hat Dir im Zechenhäusl die Tür zugeschnappt und ist kein Drücker dran von außen, daß einer aufsperren könnte. Und der Zachenhesselhans ist taub worden und hört das Pochen nit an der Tür.«

»Jetzt – wenn der Hans das Herz sich ledig geredet hat, so kann einer wohl noch auf ein halbes Stündl in den Mondschein schauen?«

»Tu was Du magst, Franzl, 's geht mich nix an und ich hab nix zu fragen.

Frag ich etwa: wo der Franzl ist Stöcke roden gewesen den ganzen Tag? Frag ich: wo der Franzl hat geschlafen die letzte Nacht, weil er nun einmal doch nit auf dem Stroh hat gelegen im Zechenhaus? Der Hans fragt nit. Aber das eine hat er sich ausgebeten und danach wird getan: ein Wilbert kommt mir nit über die Schwelle, solang ich im Zechenhäusl etwas hab' zu befehlen.«

»Das hat der Hans schon einmal gesagt.«

»Doppelt genäht hält besser.«

Der Zachenhesselhans steckt sein Pfeiflein in die Tasche der Lederhose und steigt die Holztreppe empor. Ueberdem geht der Franzl vor die Tür.

Der Mond hat mit seinen silbernen Händen ein Gespinn über den Wald gebreitet, daß man aufhorchen muß, ob nicht ein sanftes Klingen ist in dem glänzenden Lichte.

Gegen die Schlauderwiese hin schreit der Platzhirsch – der Sechzehnender. Da hält der Franzl den Atem an und vergräbt die weißen Zähne in die Unterlippe. Den weiß er stehen. Und auch den »Abgeschlagenen« kennt er, der aus der Waldschlucht heraus grollend antwortet. Der Sechzehnender ist für dies Jahr der König vom Keilberg, und das Waldrevier und die Hirschkühe, die droben wechseln, haben zu lauschen, wenn er gebietet. Auch ein »Schneider« (geringer Hirsch) ist dem Franzl über den Weg gelaufen, und er weiß genau die Stelle, an welcher der herüberwechselt unter der Pfarrwiese. Auf den Schneider wird der Franzl einmal passen.

Der Zachenhesselhans hat eine Weile offenen Auges auf dem Stroh gelegen.

Weil er das Fenster noch nicht zugeschoben hat, vernimmt er drunten im Gras ein Streichen, aber keinen Tritt.

Ist etwa der Rehbock doch wieder herausgetreten? Das kann nit sein; denn der Franzl ist vor einer kleinen Frist über die Steinfliesen gegangen. Und wenn er auch nicht einen Schritt vor der Tür getan hätte – die kurze Pfeife hat der Franzl zwischen den Zähnen gehalten und: ein Rehbock hat das Feuer auf der Stelle in der Nase.

Der Zachenhesselhans richtet sich ein wenig empor, weil er nachschauen will, was das ist.

Ein helllichter Mondschein ist wach in der Welt und in dem helllichten Mondschein – – jetzt: ist das ein Reif, der auf dem kurzen Grase glänzt, oder ist das der Mondschein?

's ist das Himmelslicht; denn sonst streifte der Kathlfranz mit den Nagelschuhen das Feinsilber von den Gräsern und lief eine Fährte quer über die Halde.

So taghell ist's draußen, daß einer das Rauchwölklein sieht, das aus dem Tabak dem Franzl um den grünen Hut mit dem Spielhahnstoß wirbelt.

Der Wildschütz – ja wohin wird er denn nun wollen, der Franzl?

Schräg empor steigt er in der Richtung gegen die Sonnenwirbelhäuser. Aber nach links schaut er – in der Richtung auf die Unruh. Jetzt wendet er sich auch hinüber nach dem Hause.

»Oha,« denkt der Zachenhesselhans, »kein Licht wird mehr scheinen aus den Fenstern, und auf der Morgenseite von der der Wildschütz herangeht, ist das Schlafkammerl vom Fanele.

Jetzt – so einer wie der Kathlfranz, vor dem kann sich ein Dirnl inachtnehmen!

Meintag ist so etwas nicht geschehen am Sonnenwirbel, daß einer ums Kammerl schleicht bei der Nacht. Freilich, der Helari, wenn er's wüßt, der tät schon das Türlein wohl verwahren vor dem Fuchs! So soll der Zachenhesselhans hinlaufen und den Verräter spielen?

Sie haben ja doch selber Augen, die Leut auf der Unruh; und daß der Kathlfranz wieder im Land ist und Schlingen legt auf allerlei Wild, weil ihm das im Blut liegt, dasselbig wissen's fei auch. Was hat denn der Hans vom Zechenhaus um andrer Leute Kinder zu sorgen?«

So schiebt der Hans das Fenster mit einem harten Druck zu und legt sich aufs Ohr.

»Wissen möcht' einer aber doch, wenn der Franzl darauf denkt, sein Stroh zu suchen.« – –

Am Morgen hat der Wildschütz den Strohsack wahrhaftig zusammengelegen. Draußen an dem Röhrtrog steht er schon und taucht den Kopf und die Arme in das rauchende Wasser.

Und der Nebel wälzt sich den Berg herein und reißt sich an den Spitzen des Waldes in Fetzen.

Wie der Zachenhesselhans aus der Haustür tritt, um das Hühnerpförtlein über der Stiege am verwaisten Kuhstall zu öffnen, sieht er: nun ist doch ein Reif herniedergegangen. Der Nebel hat ihn hingelegt, wie er so heimlich in der Morgendämmerung darübergeschritten ist. Bald darauf schreitet der Kathlfranz talein, und der Zachenhesselhans bergauf. Ob's ein Eis gegeben hat auf der berieselten Halde? Ob ein Frost unters Weidegras gefahren ist, möcht er wissen. Wenn einer neumodische Dinge einführt ins Waldland, so muß er auch zuschauen, wie sich dieselbigen Dinge stellen zu den Verhältnissen auf dem Gebirgskamm.

Ein steifer Reif ist auch hier niedergegangen, aber ein Frost ist's nicht – so hat das Erdreich alles Wasser getrunken eh der Nebel kam, und die Sonne hat auch ein Restlein mit fortgenommen, wie sie so blutrot und sommerwarm auf der Halde gelegen hat, ehe der Tag ging.

»Jetzt – die Wässerung des Graslandes ist so einfach, daß ein Kind hätte darauf verfallen müssen. Und so lang das Gebirg steht, hat noch keiner ein Bergwasser herausgelockt aus dem Stein. Das Gras haben sie von der Augustsonne verbrennen lassen.«

Wie der Zachenhesselhans so denkt, schüttelt er mit dem Kopfe.

»Es ist halt nicht zu glauben, daß sel ein Neues sein soll im Gebirg. Wenn einer darauf aus ist, kann einer noch mancherlei finden, was nötig und gut ist, meint der Hans und geht wieder bergein, um dem Hans-Tonl zu sagen, wie's auf der Wässerung ausschaut.

Da ist schon einer durch das Reifsilber hinabgegangen: der Hans-Tonl selber hat geprüft, wie's um die bewässerte Halde steht.

Das ist fei gut. Warum soll der Hans-Tonl auf das Mannl von Zechenhaus warten? Und mit dem Melken ist das Wawrl auch schon fertig?«

Auf der Bank vor der Höll stehen die Schalen mit der Morgenmilch.

»In die Streu werden wir müssen mitsammen,« sagt der Hans-Tonl.

»So gehen wir in die Streu. Eine Trage können wir zusammenkratzen, bis die Sonne den Zucker hat aufgeschleckt auf dem Hang,« sagt der Alte und schleift die Trage, die an der Stallwand lehnt, hinaus in den Frühnebel.

»Der Kaffee ist noch nit getrunken, Zachenhesselhans. Magst einen?«

»Wenn einer übrig ist, so ein rechter heißer, so nehm ich einen,« gibt der Zachenhesselhans dem Wawrl zur Antwort.

»So geh her,« lädt das Wawrl den Mann ein, und die Goldringlein um die Stirne der jungen Frau helfen mit winken.

»Wenn einer ein reichlich Stroh tät erbauen, so möcht' die Nadelstreu aus dem Wald übrig werden. Fault auch nit, und leicht, daß sie einer mit dem Rechen abziehen muß vom ›Stachelschwein‹ im Frühjahr. Oder eine Laubstreu müßten wir haben daheroben! Jetzt – aber nein: der Wind reißt den Vogelbeerbäumen die Blätter von den Aesten und nimmt sie mit. So wird einer unter die Birken schauen und ein halb Dutzend Kraxen birkenes Laub heraufschleppen müssen in die Höll,« sagt der Zachenhesselhans, während er den dampfenden Morgenkaffee schlürft.

»Wenn aus den Kacheln eine Wärme geht, merkt einer erst richtig die Herbstkälte, die sich aufs Waldland gelegt hat über Nacht. – Wawrl, weißt eh schon vom Fensterln auf der Unruh?«

»Hui, seit wann ist denn das notwendig am Sonnenwirbel?«

»Gelt? Na, so will ich nix gesagt haben.«

»Etwan der Peterl? Was stellt der sich denn in die Frostnacht, wo er's könnt gemütlich haben hinterm Ofen? Ach,« macht das Wawrl – »*daher* weht der Wind! Ist etwan einer aus dem Zechenhaus das Stückl bergauf gestiegen?«

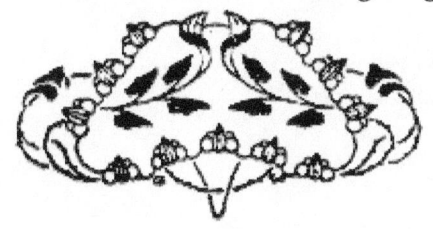

9. Kapitel.

Mit der Peitsche geht der Zachenhesselhans am andern Morgen, weil diesmal kein Reif gefallen ist, frühzeitig hinter den drei roten Kühen aus der Hölle gegen die heraufrollende Sonne.

»Schaust, Helari, jeder Mensch kommt wieder auf das zurück, wovon er ausgegangen ist, wenn er's letzte Stück vom Wege durch's Leben trottet. Das heißt: ganz stimmt's nicht bei dem Zachenhesselhans; denn zuerst hat er die Ziegen gehütet. Zu einer Kuh konnten sie's fei nit bringen damals daheim. – Helari, weißt auch von dem Füchsl, das ums Hühnerhaus schleicht?«

»Hast eine Fährte gespürt, Hans?« fragt der Helari und wird drei Zoll länger.

»Wohl, wohl. 's tät nix schaden, der Helari paßt ein Eichtl, gelt?«

Jetzt tut der Zachenhesselhans einen Knall mit der Peitsche – sie hat einen armlangen Stiel und ist ein zweimal längerer Riemen daran und unten ein ellenlanger Schmitz. Einen Patscher tut der Zachenhesselhans, daß der Wald erschrickt und das Fanele mit dem Kopf aus dem offenen Fenster fährt. Auf eins, da ist auch schon der Wind da und wirbelt ihm die nußbraunen Ringeln um die Stirn.

»So macht der *Hans* den Spektakel?«

»Er kommt bloß ein paar Stunden zu spät mit der

Peitsche, Dirnl. Mit der da könnt einer langen bis aufs Dach von der Unruh.«

»Jetzt – was meinst denn damit, Zachenhesselhans?«

»Fei bloß für Kenner dieselbige Red,« sagt der Zachenhesselhans. »Willst, Scheck – das ist noch dem Helari sein Grasland, da kann sich einer kein Maulvoll mitnehmen auf den Weg.«

Schmitzt der Hans noch einmal mit der Peitsche durch die Luft – »diesmal ist's wegen der Roten gewesen, die erst hinüber soll über den Grenzgraben,« denkt das Fanele. »Aber der Zachenhesselhans meint, er hätt den Franzl unter der Peitsche. Warum tät er denn sonst so den Morgen schrecken?«

»Die Sonne jagst wieder den Berg hinein, Hans,« sagt das Fanele.

»Die Sonne? 's is manch einem die Lampe des Mondes lieber. Brennt nit so hell und den Weg find't einer doch dabei.«

Jetzt, ein Feuer leuchtet auf der Stirn vom Fanele. Wenn es aber auf diese Red' hin das Fenster zuschiebt – na, so dumm is doch ein Dirnl nit, Zachenhesselhans! –

Wie der Tau von der Sonne fortgetrunken ist, steht der Helari am Grenzgraben und macht ein Dächlein mit der Hand über den Augen. Dem Hans-Tonl sein Grasland ist grün wie eine Maiwiese; dem Helari seines sieht aus, als wär der Augustmonat in heißen Goldschuhen erst letztlich darübergeschritten. »Warten müssen wir noch,« meint der Helari, »zuschauen ein wenig.«

Der Helari sieht so scharf hinüber, weil der Zachenhesselhans auf den Sonnenwirbel zuschreitet und im Gehen sich ein Pfeiflein Tabak zurechtmacht – da kann einer nicht umherlugen dabei, versäet sonst das Rauchkraut, das teure.

»Was der Zachenhesselhans nur mit dem Fuchs gemeint hat? Er redet doch sonst nit so deutsam, der Hans.«

Die Resl denkt ein Weilchen, wie's ihr der Helari erzählt. Aber sie findet's auch nicht.

An der Sonnenwirbelstraße streuen die Vogelbeerbäume die roten Beeren in den Staub. Staub? Da ist keiner daheroben. Einen Straßenkehrer haben sie – besser ist keiner als der Wind. Liegt ein Häuflein, so dreht er sich einen Kreisel daraus und jagt ihn die Straße hinab oder herauf, bis er damit in den Wald springt.

Wie er so denkt, wickelt der Hans die Peitsche und klemmt sie unter den Arm.

Brr! Aus dem Vogelbeerbaum fliegt's auf und drüben auch.

»Jetzt – der Krammetsvogel ist schon hergeflogen und tut sich gütlich an den Korallenbeeren. Habt's Euch verrechnet, Freundln? 's is fei erst im September. Der Kalender meint sogar: der *Herbst* fängt an um Tag- und Nachtgleiche. Auf das Waldland hat der Kalendermacher sich aber fei nit besonnen: der *Winter* geht los. Der Krammetsvogel bringt ihn herein ins Land.«

Am Fenster des ersten Sonnenwirbelhauses bleibt der Hans stehen und lehnt die Stirn gegen die Scheibe.

»Habt's die Erdäpfel herein?«

»Der Wurzltonl ist hinaus noch einmal.«

»Zeit wär's! Sind fei so allerhand Deutsamkeiten ringsum: das Schneemannl, die Wachholderdrossel, das Füchsl, das den Eingang zum Hühnerstall beizeiten sich merken will, damit nicht Not ist, wenn's einen Schnee siebt.«

»Red'st fei bloß noch durchs Fenster, seitdem Du dem Hans-Tonl seine rechte Hand bist?«

»Fei nit neidisch, Harfenweibl! So viel lasterhaft ist der

Neid. Wart, ich komm ein bißl.«

Das Wasser im Brunnentrog raucht noch immer in der Morgenkühle. Ein Feuer knackt im Ofen.

»Die Decken hab ich dem Vieh aufgetan diesen Morgen. Grüß Gott mitsammen!«

Der Zachenhesselhans hängt die Peitsche an den Türpfosten und tut einen Schlag auf den Tisch – »sel is der Handschlag für jeden.«

»Sind aber nur zwei da. Die Gabi ist mit in die Erdäpfel – dafür hat ihr der Wurzltonl bei den ihrigen geholfen.«

»Und die Musikleute hat einer seit der Hochzeit nit mehr zu sehen gekriegt. Ordentlich steif geworden sind einem die Hände! Geh, ruck ein Eichtl, Seppl. Nun – und die Harfe, Weibl?«

Das Harfenweibl schaut nicht vom Klöppelsack auf:

»In Pennsiohn is sie bis die Schneefahrer kommen aus dem Niederland.«

»So schlägst anstatt die Saiten die Fäden und anstatt die Wirbel drehst die Klöppel?«

»Fei eine grobe Bettspitze, Hans. Auf eine feinere mögen die Augen nit mehr.«

»Lohnt sich auch nit. Sollst Dich nit entschuldigen desweg, Harfenweibl. Wegen meiner – der Teufel könnt' alle Klöppelsäcke holen im Waldland in einer Nacht! Der Hans weinete keinem nach.«

»Mußt nit so gotteslästerlich reden, Mannl,« sagt das Harfenweibl und legt sich eine feierliche Falte quer über die Stirn. Die Klöppel klappern ihren Weg herüber und hinüber durch die alten Finger.

»Wenn wir im Waldland kein Klöppeln hätten, Zachenhesselhans, nachher möcht' einer sehen, wie's um das Volk bestellt wär.«

135

»Harfenweibl, jetzt paß auf –: *besser wär's bestellt um das Volk, fei gar so viel besser*!«

»Mannl, bist nit bei Trost? Mannl, jetzt, wo hast denn Deinen Verstand aufgebraucht in den paar Tagen?«

Das Harfenweibl lehnt sich im Holzstuhl zurück und faltet die Hände im Schoß.

»Jesses Maria,« denkt's, »jetzt is der Zachenhesselhans unweise worden!«

»Harfenweibl, noch einmal: *besser wär's*! Ein ganz andrer Schlag Menschen wüchs auf im Waldland.«

»Mei Herrgott, jetzt verflucht der Zachenhesselhans den Klöppelsack!«

»So laß ihn reden darüber, Weibl,« legt sich der Seppl in das Mittel, »vielleicht hat er nit unrecht und man muß ihn hören, den Hans.«

»Und er wird reden ein bißl,« sagt der Hans und mißt mit großen Schritten das Stüblein.

»Wo fangt einer denn da gleich an?«

Die Frage richtet der Zachenhesselhans an sich.

»Das is fei nit so leicht. Wenn einer durch ein Dutzend Jahre sich das zurechtgelegt und darüber nachgedacht hat als über eine Frage, die bedeutsam genug ist, daß der Pfarr in der Kirche tät reden darüber, so hat er Zeit genug gehabt dazu.

Wenn einer aber so im Umdrehen Euch das auseinanderdisputieren soll – nachher ist das keine leichte Sach.

Jetzt: wann fangts denn an zu klöppeln, Harfenweibl?«

»Na, sagen wir: wenn's Dirnl sechs Jahr alt is.«

»So sitzt es gebückt vor dem Klöppelsack von seinem sechsten Jahr an, verlernt den Rücken grad zu halten und in die Weite zu schauen, klein bleibt's, anstatt in die Höhe zu schießen wie ein Waldbaum.

Ja, das ist das richtige: wie die Waldbäume müßten wir sein im Waldland.

Aber – anstatt Harzhauch und Sonnenschein, atmen wir den Kienruch vom Stückl Stockholz, das im Ofen brennt, und anstatt Sonnenlicht, goldenes, segnendes, müssen wir vorliebnehmen mit der Wärme, die trocken aus den Kacheln spinnt.«

»Zachenhesselhans bist denn wahrhaftig kindisch geworden über Nacht? Wenn einer kein Stück rodet im Wald, so hat er kein Holz zum Brennen und läßt sich im Winter das Herz zerfrieren …«

»Jetzt paß acht, Harfenweibl: und wenn einer die Spitzen klöppelt, so zwirnt er sich einen Haufen Geld zusammen und läßt sich's wohl dabei gehen, gelt?«

»Na, so ist's nu nit.«

»Warum denn nit?«

»Weil niemand mehr etwas zahlen mag für die Spitzen.«

»Und noch anders ist es: erst, daß wir nicht mehr können aufkommen; denn die Maschine macht eine bessere Spitze, eine feinere und eine wohlfeilere. Will einer einmal trotzdem eine Handarbeit, wer verdient das Geld daran? Die Zwischenhändler. Ich weiß eine Geschichte. Die Anni vom Postkutscher in Gottesgab, wirst's eh kennen, Weibl, das Madl: einen Kragen sollt' sie klöppeln für eine Königin oder eine Herzogin. Sie sitzt, sitzt in die halbe Nacht, sitzt einen Monat und noch einen halben. Sie könnten sie brauchen im Heu, sie könnten sie brauchen in den Schwarzbeeren und in den Schwämmen – alles bringt Geld. Aber das Dirnl muß liefern auf den Tag: sie klöppelt. Und nachher? Fünfundzwanzig Kronen, Harfenweibl, zwölfeinhalb Gülden haben sie dem Dirnl dafür gezahlt! Sechs Wochen hat es gesessen. Kommen fünfundzwanzig Kreuzer auf den

Tag. Harfenweibl, vernimmst es? Was die Königin hat zahlen müssen oder die Herzogin? Ui je, ein groß Bißl wird's gewesen sein! Das Dirnl hätt' davon leicht ein Jahr und länger vergnügt leben mögen auf dem Gebirg. Eh eine solche Arbeit aber zu der Madame kommt, die eine Klöppelspitze trägt, da will auf dem Wege jeder, an dem sie vorüberkommt, hundert Kronen an ihr verdienen. Hinausschreien muß man das, weil's die Steine erbarmen kunnt! Hören müssen sie's, hören! Aber eine Aenderung wird nicht und darum versitzt ihr Euer Leben und Eure Gesundheit? Und darum werdet Ihr im Winter nicht satt und nicht froh, im Winter, wo Ihr nicht aufschaut vom Klöppelkissen. Warum seid Ihr denn im Sommer satt? In den Wald lauft Ihr und sucht Euch zum Essen.

Deswegen, Harfenweibl: sie haben der Barbara Uttmann einen Stein gesetzt – in Ehren die Frau! Sie hat eine Wohltat getan, aber sie hat gewirkt in einer anderen Zeit. Die Zeit ist vergangen, die Maschinen sind gekommen mittlerweile und haben zu arbeiten angefangen, aber das Klöppeln ist geblieben. Bleich habt Ihr Euch gehungert, bleich und krank, und ein ärmlich Geschlecht wächst heran im Sonnen- und Waldsegen des Gebirgs.

Daran ist die Heimarbeit schuld. Und warum klöppelt Ihr? Weil Eure Großmütter auch geklöppelt haben!

Auf das Denken vergeßt Ihr hinter dem Klöppelsack, und das Wollen verlernt Ihr. Ihr mögt nichts mehr. Eine Arbeit im Wald und auf dem Feld ist Euch eine »Plackerei und Schinderei«, weil Ihr Eure Kräfte habt versessen am Klöppelsack.

Anstatt ein Mark in den Arm, einen Mut in das Herz, eine Freud' und einen Glanz in die Augen zu kriegen, habt Ihr einen Harm im Herzen und einen Gram auf der Stirn.

Aber, daß ich nit darauf vergeß, Harfenweibl: eine Hoffnung habts auch – eine Hoffnung: der Geschmack der

Reichen und Städter mög' sich je eher je lieber den Spitzen, die ihr mit der Hand klöppelt, wieder zuwenden.

Leutln, Harfenweibl, seid Ihr denn blind und taub allemiteinander? Die Geschichte vom Kragen der Königin – weckt sie Euch nicht auf?

Und wenn alles nach Euren Spitzen schrie, was nicht mehr sein kann und niemals mehr sein wird, weil die Maschinen da sind, so werden die Zwischenhändler doch fett dabei und Ihr? Die Finger klöppelt Ihr Euch ab, und die Augen schaut Ihr Euch aus dabei, und den Hunger werdet Ihr nicht los vor dem Klöppelsacke!

Deswegen: in den Ofen brauchts die Kissen nit zu schieben: Schwache und Elende sind, die fei nit anders ihr Kreuzerl verdienen können; die laßt klöppeln in Gottes Namen. Oder, weils ein Heimatrecht hat im Waldland: auf ein freies Stündl oder wenn der Winter einen Schnee wirft bis an den Fensterstein, nachher ist immer noch Zeit dazu. Und was Ihr braucht für Eure Schürzen und Betten und Kleider, das machts Euch. Die Frauen im Land sticken oder nähen auch oder treiben sonst etwas: Ihr daheroben klöppelt.

Wenn doch einer käm und Euch den Star stäch', Harfenweibl!

Das ganze Volk hat der Klöppelsack sich gemacht im Gebirg. Aber wir müssen wieder gesund werden, wir im Waldland! Auszusterben brauchts nit und solls auch nit, das Klöppeln – aber: da ist keiner, der hilft. So weit ist's gekommen, daß die Männer beim trüben Schein der Lampe sitzen des Abends, *die Männer*, Harfenweibl, die ein borstig Gras auf ihren Wiesen und Halden wachsen lassen, die Männer, nach denen der Wald und die Weide rufen, die sitzen und nähen Gorl (Posamenten)!

Nicht die *Kranken*, nicht die *Schwachen*, nein: die *Jungen*. Warum? Weil sie Mütter hatten, die am Klöppelsack verkommen sind, weil sie selber als Knaben zu dieser Heimarbeit gezwungen worden sind und – nun fang ich das Liedl von vorn zu singen an: sie haben kein Mark im Arm, keinen Mut im Herzen und keine Freud' und keinen Glanz in den Augen!

Klöppelschulen richten sie ein und sind ihrer doch nit viele, die mögen hinein gehen. Das ist ein Zeichen: ein Besinnen kommt in das Volk, langsam, aber es kommt, eine Erkenntnis, und das ist schon der Anfang zur Besserung.

's wird keiner sein, der sagt: die Schulen sind ein Krebsschaden, fei nit, fei nit! Ich weiß wohl: sie sollen das Erlernte, das Frühergekonnte wahren helfen, und es wird immer ein Teil sein, je größer, je kranker wir sind, der ein Wirken hat am Klöppelsack.

Aber: wegen meiner und wenn's mir nachging: hinaus mit der entnervenden Heimarbeit! Ein Krankenhaus wird das Waldland dabei. Und wir Hintersassen im Wald sollten doch der Quell sein, aus dem eine frische Volkskraft hinausspringt ins Land. Omei, omei! –

Keine Kinder hat sie mir geschenkt, die Mali selig, denen ich das mit auf den Weg geben könnte. Jetzt: daß nur der Hans-Tonl da ist – so hat der Hans aus dem Zechenhaus doch auch seine Hoffnung; denn die *Eure* ist nicht die *seine*. Euer Hoffen ist seine Furcht. Aber zwei mal zwei is nit schwerer zum rechnen, als die Einsicht, daß Euer Hoffen eine Narrheit ist. Und wenn der Herrgott das Waldland noch ein Eichtl lieb hat, so wird er sorgen, daß Eure Hoffnung sich nie erfüllt, so wird er Euch zwingen, wieder einen Willen zu haben. O, wenn der so stark wäre, wie Eure Herzensgüte und Treue! Leutln, dann wär't ihr Kerle! Solche müßt sich einer suchen in der Welt. Aber Eure Tatkraft ist ein kümmerlich Pflänzlein, das im Schatten des Klöppelsacks gewachsen ist.«

Wie der Zachenhesselhans sich Feuer in die Augen geredet

hat und wie er mit großen Schritten durch die Stube wandert und das Pfeifl in der Hand schwingt, wie ein Musikdirektor seinen Taktstock, da hat sich die Tür aufgetan und das Fanele ist hereingehuscht. Hinter den Ofen hat sich's gesetzt, still wie ein Mäuslein, und hat sich hinter den Seppl versteckt. Jetzt kicherts:

»Ich hab' fei immer auf einen Pfarrer gedacht, der herinnen sei und eine Predigt hält auf dem Sonnenwirbel. Der Hans hat das Reden in der letzten Zeit sich fei gar so viel angewöhnt.«

Der Hans denkt: Zwickst mich, Madl? Jetzt, wenn Du nit das Fanele wärst, hören sollt'st was denselbigen Augenblick! Denkst, ich weiß nit, um was Du gekommen bist?

Das Fanele wirft dem Zachenhesselhans einen Blick zu, der bittet so schön: er möcht um aller Heiligen Willen nur dies eine Mal still sein – still hier in der Stube, sonst: die Leute wüßten ja bald mehr als das Fanele selber.

Der Zachenhesselhans wartet, ob das Fanele am Ende doch etwas zu reden hat mit dem Harfenweibl. Nicht? Die Kuh hat's bloß heraufgetrieben auf die Halde und ist rasch nur einen Sprung herein?

»Jetzt – so können wir mitsammen heimgehen, Fanele. Magst?«

»Ich mag schon.«

»B'hüt Gott mitsammen! Und wir reden schon noch einmal, für den Fall, daß Ihr den Hans nicht recht habt verstanden. Zeit muß einer haben dazu – so was ist eine politische Sach', Leutln, und einer muß dabei so viel zaghaft gehen auf einem Pflaster, das er nit gewöhnt ist unter den Füßen. Aber – glaubt's eh: viel daneben hat der Hans nit gehauen.«

Das Fanele geht ein wenig rascher, als der Hans – im Frühling haben's die Wässerlein eiliger – und steuert links über die Halde gegen den Fichtenwald.

Aha, denkt der Alte, das Fanele will sich etwas vom Herzen reden. Sie sind schon früh aufs Feld, der Helari und die Resl. So kommt's nicht darauf an, wenn wir uns ein bißl ausruhen vom Gang den Berg herein; es erzählt sich auch besser im Sitzen, als wenn einer immer auf den Steilpfad achten und einen Sprung tun muß – die Gedanken werden dabei so durcheinander geschüttelt.

Wo am Waldrand das Güldenhaarmoos seine Käpplein aufgesetzt und einen Teppich aus grünem Sammet gewoben hat, setzt sich das Fanele auf den weichen Grund. Die Sonne langt mit einem goldenen Arm herein und hat den Tau abgestrichen.

»Zachenhesselhans, es ist wahrhaftig nit so, wie Du denkst mit dem Franzl.«

»Auf was hab ich denn gedacht, Dirnl?«

»Ich weiß schon! Du hast so viel spitze Wörtlein geredet, den Morgen. So wollt ich bloß bitten, der Hans soll sich nur noch einmal das Fensterl anschauen, dahinter ich schlaf'. So ein klein winzig Löchlein ist's, daß kaum die Sonne hinein *schauen* kann, geschweige denn der Franzl hinein *steigen*.«

Oha, denkt der Alte, das ist mir ja gar nit im Schlaf eingefallen. Aber er ist still und schaut immer auf das Moos.

»Kaum mit der Hand kann der Franzl langen durchs Fensterle.«

»Hat aber eine Leiter gestanden in jener Nacht. Die Spur in dem Rasen ist gewesen.«

Da hängen sich dem Fanele zwei blitzende Perlen an die schwarzen Wimpern.

»Hans,« bittet sie, »jetzt – verrat mich nit! Kein Sterbenswörtl hat der Franzl gesagt, daß er fensterln kommen wird in jener Nacht und fei nit so viel Ahnung hab' ich gehabt.

Auf einmal, da ist ein Pochen draußen und ein heimlich Rufen, und weil der Mond so schön gescheint hat, hab' ich vom Bett aus gesehen: der Franzl ist draußen und will was. Schlimm kann das nit werden, hab' ich gedacht; daß der ganze Franzl hereinsteigt, das geht nit an, dazu ist das Fensterle viel zu winzig.«

»Und wie lang hat denn der Franzl so auf der Leiter gestanden?« fragt der Zachenhesselhans und schaut von der Seite scharf nach dem Fanele.

Ui je, denkt das Dirnl, der Zachenhesselhans schaut einem bis ins Herz – und sagen tuts:

»Nach der Uhr gucket einer dabei nit, Hans.«

»Aber zum Busseln ist auch ein ganz *kleines* Fensterle groß genug.«

»Wo hast denn gestanden, daß Du's hast kunnt sehen, Hans?«

»Frag nit, Dirnl. Zuerst: das Fanele kann busseln mit wem's will. Der Zachenhesselhans hat ihm fei nix hineinzureden. Und wenn die Mutter Resl wüßt von derselbigen Sach –, nachher – das Waldmannl säß gewiß nit hier mit dem Fanele.

Zum andern aber, Fanele: woher der Franzl gekommen ist, weißt Du, weißt, was es für ein Ende genommen hat mit seinem Vater und mit seiner Mutter.

Das hitzige Blut, Fanele, das Du auch hast, der hat's von der Winterkathl. Aber die Angst vor einer Arbeit und das Streifen mit dem Stutzen durch den Wald – das ist das Schlimmere und das hat er von seinem Vater.

Jetzt, Madl: Du kennst die Mannerleut nit. Wie der Franzl einer ist, das sind die Schlimmen. Gewachsen is er, wie eine Tanne im Bergwald, und Augen hat er – eine solche, wie Du eine bist, kunnt sich das Herz daran versengen.

Erst geht er, die Fährte suchen, so einer. Und dann weiß

143

er, wann das Stückl Wild, auf das er paßt, wechselt – – und dann ist's auch schon aus und verloren.

Dirnl, wenn ich Dich nit gern hätt, wie ein Vatter sein Kind – – Jesses, unsereiner kann sich doch auch noch erinnern darauf und der Zachenhesselhans ist doch zu keiner Zeit einer gewesen, der kaum hätt' bis drei zählen können. Kein Sterbenswörtl hätt' ich über die Lippen gebracht Deinetwegen.

Aber jetzt: ein so großes Ungemach willst bringen über Deine Leut, Du, das Einzige, was sie haben? So ein Dirnl, wie das Fanele, hab' ich gedacht, wie ich Dich hab' heranwachsen sehen, so eins brauchten wir akkurat. Ordentlich stolz bin ich auf Dich, daß justament *Du* gewachsen bist im Wald zu dieser Zeit. Aber das Fanele weiß nit, was es gilt fürs Waldland, weil's fei so viel rar ist. Und jetzt: mit einem solchen, wie der Franzl einer ist, willst auf und davon?«

»Auf und davon? Ja, auf das hat justament noch gar keiner gedacht!«

»Mit dem Franzl sich einlassen, das kunnt fei nix anderes heißen, als: mit ihm auf und davon.«

»Jesses Maria, so viel bös ist das?«

»Gewiß und wahrhaftig. 's ist ein großes Kreuz mit derlei Mannerleuten, Dirnl. Und daß der nun justament auf *Dich* kommen muß! Und *ich* – ich bin mit schuldig daran, weil ich dem Franzl hab Einstand gegeben im Zechenhaus. Auf *das* hätt einer doch denken können.«

Das Fanele hat eine Handvoll vorjährige Nadeln vom Moos zusammengestrichen und läßt sie nun wieder durch die Finger rieseln. –

»Und den Franzl von dannen schicken?« hebt der Zachenhesselhans von neuem an. »Ja, wenn ihm einer hinterdrein wär', der mir sagete: wahr und wahrhaftig, ich hab den Pulverrauch verwehen sehen über dem Franzl seinem Stutzen! Aber so: was hat denn das Waldmannl, das vertrocknete, in einem Jungen seine Lieb hineinzureden?

Fanele, laß die Tränen stecken; mußt nit greinen um das. Ich sag keinem ein Sterbenswörtl davon, auch dem Helari nit und der Resl; denn: entweder, Du laßt ihn laufen, nachher is gut. Oder Du laßt ihn nit laufen, nachher ist das Ungemach da. Aber das Fanele wird meinen: laßt's mich in Ruh'. Wenn er ein schlechter Kerl ist, der Franzl, so drückt's *mich, mich ganz allein,* und wenn das graue Elend über mich kommt, so hab ichs zu tragen, ich ganz allein.

Der Zachenhesselhans kennt das. Und eine Reue, die kommt immer erst, wenn das Leid schon da ist. Ich bin kein Ankläger und ein Hetzer ganz gewiß nit; aber wenn das Fanele auf den Waldmann und seinen Rat ein Eichtl tut hören, nachher – das wär ihm eine große Freud'.

Jetzt muß einer aber schauen, daß er noch ein paar Tragen Waldstreu zusammenkratzt unter dem Stachelschwein und der Höll – b'hüt Gott, Fanele!«

Dem alten Manne klang das Herz hinein in den Gruß, den sie sonst so hinwerfen.

Dann ging er am Zechenhaus vorüber, ging durch die Waldspitze, die aus dem Tal heraufsticht, ging über das borstige Gras.

Drunten am Waldrand sieht er den Hans-Tonl, wie er mit dem eisernen Rechen die Nadeln zusammenzieht.

»Sei mir nit bös, Hans-Tonl, 's is ein bißl spät worden. So is gar schon um die neun? Potz Käs und Kuhglocken – wie sich einer versäumen kann!«

»Was hat's denn geben?« fragt der Hans-Tonl und recht.

»Justament um den Winterkathlfranz. Ein Sakra, ein höllischer, dem das graue Elend anfliegt, wenn er nicht die Nas' kann in Pulverdampf stecken oder wenn er nicht kann auf ein Wilbert spüren. Das nimmt eh kein gutes End mit dem Burschen. Hans-Tonl, meinst, daß ihn einer hinaustun sollt' aus dem Zechenhaus?«

»Jetzt, warum fragt denn der Zachenhesselhans da mich? Er ist doch der Herr im Haus.«

»Ich mein fei nur: was Du von ihm haltst, vom Sakra?«

»Ein Windhund ist er, der Franz.«

10. Kapitel.

Der Sturm steht auf dem Berg und bläst die Posaune. –

Der Hahn klopft im Morgengrauen an das Fenster über der Stalltür.

»Nein, Freundl, drinne bleibst heute. Es bläst ein Sturmwind, und in den Fichten spielt er die Orgel, alle Register hat er gezogen. Es ist schier feierlich, so ein Stürmen.

Ein bißl Sturm wären wir gewöhnt im Waldland.

Ist auch nicht bloß deswillen, mein Freund. Der wilde Gesell hat ein Völkl Leut hereingetrieben über den Berg, die suchen sich einen grünen Schirm in den Fichten und sind justament dabei, ein Feuer anzulegen am Waldrand. Jetzt – wenn da ein Heger kommt, so gibt's einen Lärm. Den ganzen Wald können sie einem zusammenfeuern über dem Kopf.

Sind Zigeuner, Hahndl; die kennen wir. Die streuen mit der rechten Hand ein Futter und mit der linken drehen sie Dir, derweil Du pickst, den Hals um.«

Der Wind reißt dem Bornständer den Strahl vom Mund, schlägt ihn zu Tropfen und sprüht ihn über den Trograng auf die Fliesen. Dem Zachenhesselhans reißt er die Joppe auf und will ihm die Kappe vom Kopfe zerren.

»Darauf warten wir nit,« sagt der, geht ins Häusl und schiebt den Holzriegel von innen vor die Tür. Ein

Reisigfeuer hat er sich angezündet im Kachelofen, und nun legt er gespaltenes Stockholz in den knisternden Brand.

Wie auch das Morgenpfeiflein in Ordnung gebracht ist, gibt der Zachenhesselhans den Zeisigen das Ihre, pafft den grauen Tabakrauch gegen die Fensterscheiben und schaut dem dünnen Nebel zu, den der Wind wie gehetztes Wild die Halden hereinjagt.

Da hat einer schon manchmal zugeschaut, aber die Zigeuner – so bequem haben die's dem Zachenhesselhans noch nicht gemacht, denkt er.

Drüben am Waldrand über dem Hau hocken die Kinder im feuchten Gras und ziehen die Säcke und Tücher, die sie über den Schultern tragen, fester zusammen. Ein Loch sticht der Mann in den Boden; die kalten Schollen baut er als ein Mäuerlein darum. Und der andere schlägt mit der Axt Reisig vom fichtenen Kleinholz und macht eine Streu rings um das Loch.

Jetzt – ein dichter Qualm quillt daraus hervor und steigt als gelblichgraue Säule ein Stück in die Luft. Wie die der Wind bemerkt, reißt er sie in Fetzen und wirft die Stücke in den Wald.

Daraus erkennt der Zachenhesselhans: über die kleine Talmulde am Rande des Hau's fliegt der Wind hinweg; erst unter den Kronen der Fichten ist er wieder.

Nun – drei ganze Bäume, übermannshoch hat der Kerl abgeschlagen im Wald!

»Zachenhesselhans, vermaulier' Dich nit! Hast Du Dir zum Stützen des Daches hinterm Haus nit auch einen Stämmling geschlagen heimlicher Weis?«

Die Reiser nehmen sie mit zur Streu, breiten Decken darauf, und die drei Stämme schlagen sie im Dreieck um das Lager in den Grund. Dann hängen sie braune Pferdedecken daran. So sind die Leute von zwei Seiten gegen den Wind geschützt. Ein Zelt wollen sie wahrscheinlich nicht, sie könnten sonst den schwelenden Brand vom nassen Fichtenholz nicht unter dem luftigen Dach haben.

»Jetzt – da kommt eine!«

Ein fackelrotes Tuch hat sie um das nachtschwarze Haar geschlungen und im blauen Brusttuch hockt ihr ein braunes Kindl.

Sie klinkt draußen an der Tür; und wie der Zachenhesselhans noch gar nicht Zeit gehabt hat, sich zu überlegen, ob er dem Weib öffnen soll, so lehnt sie schon die braune Stirn gegen die Scheibe.

»Guten Tag,« sagt sie.

»Grüß Gott. Was willst?«

»Erdäpfel hätt ich gern.«

»Davon ist fei selber nit viel zu spüren im Zechenhaus.«

»Ich wollt sie gern bezahlen,« bittet die Frau.

»Wo seids denn her, Ihr, daß Du ein Deutsch so gut redest?«

»Vom Niederösterreich.«

»Waas? Ich hab vermeint aus Spanien seids oder von Ungarn, wo der Süßwein wachst und wo die Puszta ist?«

»O naa,« lacht die Frau. – Hui, hat die einen Haufen Perlen im Munde, denkt der Hans.

»Und wohin wollts denn mitsammen?«

»Zu meinem Bruder in das Bairische hinein. Dort sind die Leut weidli gut und mein Bruder hat dort einen Zirkus. Den gehn wir suchen.«

»Wie viel seids denn mitsammen?«

»Oelf,« sagt die Frau, »zwei Männer, zwei Frauen, ein großes Madl, eben die für den Zirkus, und sechs Kinder.«

»Und zu Fuß wollts wandern ins Bairische? Und bei dem

Mordssturm?«

»O naa, der Janos kommt mit dem Wagen und den Pferden heut auf den Abend.«

»Der Janos, wer ist denn der?«

»Halt so ein Bürschl von achtzehn Jahr. Auch für den Zirkus. So, nu hast aber so viel gefragt, Mannl, daß ein Korb Erdäpfel der Lohn sein könnt für mein' Antworten.«

»So geh herein, Frau, mit dem Würml.«

Der Zachenhesselhans schiebt den Riegel von der Tür und läßt das Weib herein. Aber den Riegel stößt er wieder zu.

»So setz Dich, da hab ich grad ein Körbl voll; wollen wir einschütten.«

Ob noch ein Haus wär' daherum außer dem obigen?

»Außer der Unruh meinst? Nein.«

Die Höll ist nicht zu sehen von da aus, und kundschaften gehen die bei dem Sturmwind nicht, denkt der Hans. Und genug ist's auch, wenn sie auf dem Zechenhaus gebettelt hat.

Mit einem »Vergelt's Gott« schreitet das Zigeunerweib wieder in den Spätherbststurm.

Der steht auf dem Berg und bläst die Posaune.

Während der Hans vom Fenster aus zuschaut, wie sich das fahrende Volk drüben sein Mahl richtet, werden Männerschritte hörbar auf den Fliesen. Die Männer sind von der andern Seite aus dem Walde getreten, der nach der Höll zu liegt.

»Hui – ein Förster und zwei Heger. Jetzt, Leutln, jetzt werden sie Euch einen Weg weisen!«

Aber die Männer schauen nur eine Weile hinüber zu den Zigeunern, dann drückt einer auf die Türklinke am Zechenhaus.

»Zu mir wollts?«

Der Zachenhesselhans hängt die Pfeife in den linken Mundwinkel. Das geschieht nur, wenn er ärgerlich ist; und die Kappe rückt er sich ein wenig aus der Stirn.

»Willkommen mitsammen. Treten 'S ins Stübl, die Herren. Was verschafft denn dem Zachenhesselhans die Ehr? Bitt schön, wollen 'S nit Platz nehmen? Ein Schnäpsel ist auch daheim.«

Der Förster hat sich auf die Ofenbank gesetzt. Die Heger sind an der Tür stehen geblieben, und der Förster tut ein Büchlein aus dem grünen Rock. Die Gewehre haben alle drei bei sich behalten.

Sonst, wenn ein Heger is gekommen ins Zechenhaus, hat er die Flinte bei der Tür aufgehängt, wo das Gewichtl (Gestänge, Gehörn vom Rehbock) ist, denkt der Zachenhesselhans. – Der Förster schaut in sein Buch.

»Franz Winter, vierundzwanzig Jahr alt, von Gottesgab, wohnt der hier?«

»Von Gottesgab ist er eigentlich nit. Wo der auf die Welt kommen ist, weiß man nit genau. Aber Franz Winter schreibt er sich; denn, müssen's wissen, was die Winterkathl war, die werden Sie nicht mehr gekannt haben, dieselbig ist seine Mutter. Ist aber nun schon tot, 's Weibl. Heißen tun sie ihn den Winterkathlfranz. Ob er hier wohnt? Zu Zeiten, meine Herrn, zu Zeiten. Augenblicklich werden Sie ihn aber nit antreffen daheim. So müßten sich die Herren schon noch einmal heraufbemühen. Ist etwas auszurichten für den Franzl, was Sie mir anvertrauen möchten?«

Der Zachenhesselhans hat die Pfeife längst wieder im rechten Mundwinkel aufgehängt und läßt, wie er auf dem Holzstuhl sitzt, die Spitzen der Finger seiner beiden Hände miteinander spielen.

»Was treibt dieser Franz Winter eigentlich?«

»Ein Holz rucken wird er und Stöcke roden tät er

dazwischen, sagt er. Na, und wenn er's sagt, so wird's halt wohl so sein.«

»Haben Sie gesehen, daß der Franz Winter ein Gewehr mit sich führt?«

»Nein, ins Zechenhaus hat er keins getragen.«

»So müssen wir eine Haussuchung halten. Franz Winter gilt als ein gefährlicher Wilderer, der sein lichtscheues Handwerk in vollem Umfange von hier aus betreiben soll.«

Der Zachenhesselhans unterbricht das Spiel seiner Finger nicht.

»Haussuchen wollen's? Bitt schön! Da ist das Stübl. Ich bitte, sich nur umzuschauen darin. Und die Treppe hinauf ist's unterm Dach. Die Stalltür führt unter der Treppe hinaus. Ich bitte, nur einzutreten.«

Wie sie unterm Dach gewesen sind und auch den Stall abgeschaut haben, geht der Förster grüßend von dannen. Die Heger werfen dem Zachenhesselhans einen Blick zu und lächeln.

»So, Franzl,« sagt der Zachenhesselhans, »auf dieselbig Weis' kunnt einer Dich loswerden im Wald. Jetzt, wohin gehn sie denn? Zu den Zigeunern.«

Eine Weile reden sie mit ihnen; der Mann muß das Mäuerlein aus feuchtem Rasen höher um den Brand bauen, daß der Wind nicht in das glühende Reisig blasen und den roten Hahn durch den Wald jagen kann. Dann verschwinden die grünen Röcke im Wald.

Und der Sturm heult hinter ihnen drein und über ihnen spielt er die Orgel.

»Jetzt, Bürschl, paß acht, es sind Dir dreie auf der Fährte!«

An einem solchen Tage, wo einer nicht aus dem Hause gehen kann, weil sonst die Landfahrer eine Belagerung oder eine Eroberung vornehmen und sich, solang es ihnen gefällt, unter dem Moosdach oder am Kachelofen heimisch machen möchten, da ist es ein Glück, daß der Zachenhesselhans ein halbes Schock Hafer vom Hans-Tonl in seinem Stall untergebracht hat. Das ist geschehen, damit, wenn's einen Schnee herunterwirft bis ans Dach, dann auch eine Arbeit zu verrichten ist im Haus; denn eh sich einer eine Furt wühlt oder schaufelt bis zur Höll – ach das geht ja gar nicht, wenn ein richtiger Schnee gefallen ist!

So macht sich der Zachenhesselhans daran, ein Tuch auf die Diele zu breiten und den Holzbock daraufzustellen. Auch zwei Armvoll Hafer schleppt er herbei, bindet die Schütten auf, nimmt eine Handvoll Halme und schlägt die mit den Rispen gegen das Querholz des Bockes. Hui, springen die Körner! – –

Ueber dem Haferschlagen geht draußen der Tag vorbei. Er hat's gar nicht richtig hell bringen können heute um den Sonnenwirbel: immer sind die Nebel durch das Licht gerannt, weil der Wind hinter ihnen dreinpeitschte wie hinter einer Schar grauer Steppenpferde.

Ab und zu, weil's draußen anfängt noch dämmeriger zu werden und die Uhr auch schon vier gerufen hat, schaut der Alte gegen das Zigeunerlager, ob sie drüben zum Abbruch rüsten.

Der Wind hat sich immer noch nicht müde gelaufen – der muß einen schweren Spätherbstregen oder einen haushohen Schnee zu schleppen haben, weil er gar so machtvoll schnauft und wichtig tut, denkt der Hans.

Jetzt – wie er justament ein neues Bündel Halme erfaßt hat, und einen Blick durchs Fenster tut, schaut er, wie die Zigeuner die Decken von den Stangen abnehmen. Die Kinder schlendern schon den Hang empor. Das glosende Feuer wird mit Erde ausgedrückt, und die Decken werden über die Schultern geworfen.

Ueberdem kriecht ein graues Dämmern aus dem Wald. Der Wind heult's an; aber es ist seine Zeit und so kriecht es weiter, lautlos, trübselig. Die Bäume sprühen Tropfen hinein.

Droben kämpfen die Zigeuner mit dem Wind, der sie den Tag über in der Talmulde nicht gesehen hat. Nun will er ihnen die Hüllen von den Schultern reißen, nun wirbelt er ihnen die nachtschwarzen Haare um die Köpfe, nun bläst er ihnen einen Regenschauer in die Gesichter.

Der Wagen mit der schützenden Blache will um die Dämmerung die Sonnenwirbelstraße herauffahren; dann gibts ein sanftes Schaukeln, wohlige Wärme und ein traumloses Schlummern. Und draußen über die graue Plane stampft der Sturm und sucht einen Riß, damit er ein Lied darauf spielen kann.

»Jetzt kann einer hinauflaufen auf die Unruh und das Fanele nach den Grünröcken fragen.«

Der Zachenhesselhans trägt den Holzbock auf den Flur und den ungeschlagenen Hafer zurück in den Stall. Die Körner auf dem Tuche kommen in den Sack. Die Türe bleibt offen, weil ein Staub fliegt vom Haferschlagen; und jetzt darf sich einer auch die Pfeife wieder anglimmen.

Hui, fährt der Sturm um die Ecke! Hui fährt er auf den Zachenhesselhans los wie er ihn erblickt!

»'s is fei grad, als hättst einen den ganzen Tag gesucht und nit gefunden, wütiger Bergwind Du! Da muß sich einer die Kappe über die Ohren ziehen.«

Der Wald dröhnt, als säng ein Heer darin das Siegeslied nach einer geschlagenen Schlacht.

Aus der Unruh geht schon ein Lichtband in die Dämmerung und sagt dem Zachenhesselhans: die Frauen sitzen droben am Klöppelsack und der Helari wird angefangen haben, den Hafer zu schlagen.

Wie der Alte in die Stube gekommen ist, ist die Resl justament mit dem Licht hinausgegangen, zu schauen, ob etwa ein Zigeuner auf den Flur getreten ist, weil die Haustüre geschrieen hat.

Jetzt steckt sie die Stalllaterne an, um gleich an das Abendmelken zu gehen und der Helari wirft den Kühen das Heu in die Raufen.

»Fanele, gut ist's, daß wir allein sind. Weißt's schon?«

»Was ist geschehen?«

»Den Franzl suchen sie, weils ihn haben wildern sehen.«

»Gelt, Du erschrickst mich?«

»Wahr und wahrhaftig, Fanele! Denkst etwa, lieb hat er Dich? Denkst etwa, wenn Du ihn auf den Knien bittest, er soll nit schießen gehn – er hört auf Dich? Der? Nimmer, mei liebs Dirnl! Jetzt – wenn er Dir heut abend fensterln käm, verhehl's ihm nit, daß die Förster hinter ihm drein sind. Warnen muß ihn wer, weil's sein Tod sein könnt.«

Das Fanele macht sich mit dem Schürzenzipfel die Augen blank.

»Kein Tränl sollst weinen um den. Geht er durch die Lappen, so ist das fei gut für ihn. Denk nit mehr auf den Franzl, Fanele.«

Weil der Helari in die Stube getreten ist und sich beim Ofen die Pfeife auspocht, reden sie von den Zigeunern. Der Zachenhesselhans erzählt, was er weiß: vom Zirkus und vom Wagen mit der Blache, dem die heut abend auf der Sonnenwirbelstraße im Wald begegnen.

Die Mutter ruft aus dem Stall herüber nach dem Fanele.

»Gut Nacht, Dirnl,« sagt der Zachenhesselhans, wie das Mädchen zur Tür hinausspringt.

»Ich muß auf ein Heimkommen denken, eh's vollends schwarz wird. Das gibt eine grugelige Nacht. B'hüt Gott, Helari.«

Blauschwarz steigt es hinter dem Plessen herauf wie ein

Hagelwetter im Sommer. Jetzt hängt ein Schnee in der Luft; den muß der Wind erst noch herbeischaffen, nachher kann er auf ein Einschlafen denken.

»So werden wir morgen einschneien im Wald. Ende Oktober – 's is fei nit zu früh und viel Sonne hat's gehabt das Jahr. Sonst haben wir manchmal den grünen Hafer aus dem Schnee herausgegraben und manchmal ...«

Da donnert ein Schuß aus den Fichten herauf und rennt, wie einer, der den Weg im halbfinstern und tiefen Wald nicht finden kann, in alle Täler hinein, bis er sich an den Berg stößt.

Es ist, als habe der Sturm einen Augenblick die Posaune abgesetzt, als habe die Riesenorgel im Wald keinen Wind mehr gehabt – jetzt posaunt er wieder, der Sturm, jetzt brausen sie wieder, die tausend tiefen und hohen Pfeifen.

Der Zachenhesselhans will ein Stück Pfad abschneiden, geht quer über den Hang hinab und steht bei der Hausecke, an der die Stütze emporstrebt.

Da donnert's wieder im Wald. Und noch einmal.

Kaum hat der Sturm den Hall fortgefegt, fällt ein dritter Schuß.

Jetzt – vier Schüsse hat der Zachenhesselhans im ganzen gezählt. Er lauscht immer – der Sturm hat noch zu reden mit den Waldbäumen und den sprühenden Nebeln.

Der Alte geht ins Haus und verwahrt die Tür hinter sich.

Während er ein Scheit in den Ofen schiebt, rechnet er über den vier Schüssen.

»Das Exempel is nit schwer,« sagt er, »der erste: der Franzl hat einen hingebrannt auf den Platzhirsch. Oder war's im Tal? Schien's den Berg heraufzulaufen? Bei dem Sturm kennt einer sich gar nimmer aus in der Gegend. War's im Tal, so wird der Franzl haben dem »Schneider« das Licht ausgetan.

Wie's gekracht hat, sind die Förster ihm vollends auf die

156

Fährte gekommen. Nun – wie könnt's nun weiter sein?

Entweder: der Franzl hat schon eine neue Kugel im Stutzen gehabt und hat – – nein, ein Mörder wird er doch nit sein wollen, der Franzl?

So wird er geflohen sein, und weil er auf den Anruf hin nit gestanden hat, haben sie hinter dem Sakra dreingebrannt.«

Der Zachenhesselhans hat das Tranlämplein angesteckt und hat schon dreimal das Fenster aufgeschoben und in den Sturm gehorcht. Der überbrüllt alles und wütet, als wollt' er die Berge aus der Erde reißen.

Und eine Finsternis fällt aufs Land, schwärzer wie der Wald.

»So muß einer doch nachschauen, ob sie auf der Hölle das Schießen haben gehört,« sagt der Alte.

Er hat das Ofentürl offenstehen lassen; aus dem Ofenloch läuft ein rotes Licht heraus und läuft an der Wand hin – zuckend, als blies der Wind hinein. Das macht hell genug, hat der Zachenhesselhans gedacht und er hat die Flamme jetzt wieder herabgeblasen vom Tranlämplein.

Nun geht er auf den Flur unter die Treppe, wo die Stalllampe am Nagel hängt. Die hat vier Glaswände rings, damit das Flämmlein nicht herauslangen kann ins Stroh; die hat vier Glaswände rings: so kann der Wind auch nit hineinlangen ans Licht und wenn er es noch so wild umtanzt.

Der Hans tut die Scheibe auf an der Stalllampe. Das Licht steckt er am Ofenfeuer an, schließt die Tür vor dem Brand und will hinausgehen in Nacht und Sturm.

Wie er die Haustür aufgeklinkt hat, ruft's draußen »Halt!« und Schritte gehen.

So läuft der Sturm nicht, und der Sturm hat eine andere Stimme.

»Halt!« ruft einer dem Zachenhesselhans zu? Wer denn? Der Tod oder ist sonst einer, der hier »Halt!« zu rufen hat mit so herrischer Stimme?

Der Zachenhesselhans prallt ein wenig zurück und hebt die Lampe hoch, damit er dem ins Gesicht sehen kann, der hier befehlen will.

»Ach, der Herr Förster! Wollen 'S noch ein bißl Platz nehmen? 's ist eine arge Nacht, 's ist eine vermaledeite Nacht und ein Sturm –«

»Bleiben Sie an der geschlossenen Tür stehen, immer im Hause, Heger,« befiehlt der Förster dem einen seiner Begleiter, wie sie in den Flur getreten sind und die Haustür geschlossen worden ist.

Weswegen Ihr daseid, brauchts mir nit zu sagen, denkt der Zachenhesselhans und spricht:

»Auf die Höll wollt ich, ein wenig hutzen.«

»Sie bleiben hier, weil Sie im Verdacht der Begünstigung stehen oder kommen könnten,« wendet sich der Förster herrisch an den Alten.

»Ich? Wieso denn ich?«

»Fragen Sie nicht so einfältig. Stecken Sie ein ordentlich Licht an und führen Sie uns durch Ihr Haus.«

»Ach so, der Herr Förster meint, das Füchsl sei im Bau und *diesen* Abend? Und *das* Füchsl? Naa, Herr Förster, so fangen 'S *den* nit!«

»Er ist aber in der Dunkelheit entkommen.«

»Haben 'S etwan geschossen auf ihn?«

»Warum fragen Sie?«

»Na, weil der Krach an das Fenster geklopft hat, viermal. Das ist ja ein höllisches Draufbrennen gewesen.«

»Ein Zigeuner, der neben seinem Planwagen herschritt, gab uns durch Zeichen zu verstehen, der Verfolgte sei über den Hau herein entflohen.«

»*Der* über den Hau? Naa, Herr Förster, der lauft, wo's am schwärzesten ist. So, jetzt, die Lampe hab ich angesteckt, mein Laternl brauch *ich* und nun gehen 'S haussuchen. Für den Fall, daß Sie nix finden und ein wenig warten wollen auf ihn – er könnt' noch kommen – einen Trunkelbeerschnaps will ich auf den Tisch stellen. Einen Wein, einen feinen, hab ich nit im Haus für den Herrn Förster.«

»Ich hab Ihnen schon gesagt, Sie dürfen nicht aus dem Haus.«

»Darf nicht? Ich darf nicht? Naa, Herr Förster, so is das nit: meiner Freiheit dürfen Sie mich nit berauben und wenn Sie gleich ein kaiserlicher königlicher Förster sind. Aber was Sie tun dürfen? Einen mitschicken können 'S von den Hegern, daß der sich anschaut: ich hab nix zu schaffen mit dem Franzl und ich geh geradewegs in die Höll. *Ich* aber darf Ihnen wieder nit das Zechenhäusl verbieten, weil Sie in rechtmäßiger Ausübung Ihres Amtes hier sind, wie man das heißt. So stehn die Dinge und – ich geh jetzt. Das Windlampl nehm ich mit mir.«

»So warten Sie noch einen Augenblick, Günther ...«

»Günther, sagt er. Zachenhesselhans heiß ich, Herr Förster; Günther wird nur geschrieben.«

»Ein zweites Windlicht haben Sie nicht?«

»Nein, ein Licht nit, aber einen *Gedanken*. Wenn Sie das Stückl bis in die Höll mitgehen, so leih ich Ihnen das meinige. Ich, für den Heimweg, borg mir eins in der Höll.« – –

So gehen sie durch den verstürmten Wald, in dem die Riesenorgel braust; so gehen sie über das Stachelschwein, auf dem der Sturm steht, der in die Posaune stößt. Ein Regen sprüht und fährt klingend gegen die goldenen

Scheiben der Hölle.

»Gute Nacht mitsammen!«

Die drei Männer steigen den Hang empor.

Der Zachenhesselhans pocht an die Scheiben.

Wie ihm das Wawrl die Haustür auftut und sich nit genug wundern kann, sagt der Alte:

»Leutln, es geschehen Dinge am Sonnenwirbel, wie sie nit geschehen sind, seit der Zachenhesselhans ein *junger* Sünder war und noch den rostigen Stutzen selig gern hatte!« –

Wie sie am Kachelofen saßen, plauderten und die Augen blank wurden, legte der Wind sich draußen schlafen.

Die Mitternacht schlich ums Haus als der Zachenhesselhans mit der geliehenen Stalllampe heimwärts schritt.

»Halt ein bißl,« rief er dem Hans-Tonl zu, der die Haustür gerade von innen verriegeln wollte.

»Hast was vergessen?«

»Zu sagen, daß es einen Schnee wirft, Hans-Tonl, einen munteren Schnee!«

Der Zachenhesselhans leuchtet dabei auf seinen Joppenärmling, schaut die glitzernden Sternlein, die daraufsinken, und der Hans-Tonl streckt die beiden Arme in die Nacht. –

Zwei Tage lang fiel er, fiel aber nur einen Fuß hoch und sank gleichmäßig über Berg und Wald.

Die Fichten neigten die Wipfel ein wenig, zogen sich den weißen Pelz um die Schultern und schliefen.

Die Fährten des Wilds liefen über die weiche Decke, die kein Menschenfuß zertrat.

Ab und zu klang eine Schlittenglocke von der Straße herein gegen den Wald. Ab und zu fiel ein Schnee aus einem Wipfel. Der Wipfel schwankte ein wenig und schwankte sich wieder in den Schlaf. Ab und zu flog ein Rabe über den Wald. Dann schlief wieder alles – die Luft und der Wald und der Berg und das Haus, das daranlehnte. Nur aus dem Schornstein stieg ein Wölklein blauer Rauch: des Hausfleißes friedlicher Bote.

Am dritten Morgen schritt der Postbote hernieder durch den Schnee.

Hui, machte der Zachenhesselhans und griff nach dem Wandbrette, auf dem die Trunkelbeerflasche steht.

»Sogar einen Brief kriegen die Leute am Sonnenwirbel? Das ganze Jahr bist nit gekommen und nun – Warum hast Dir's denn just bis zum Winter aufgehoben?«

Der Postbote trank das Kelchlein leer. Der Hans stellte sich ans Fenster und erbrach den Umschlag des Briefes. Er las:

Zachenhesselhans,

Entwischt bin ich ihnen. Hinter mir drein habens geschossen wie närrisch, aber daneben. Recht is. Mich fangt keiner. Ein Glück, daß es droben war auf die Schlauderwiese zu. Drunten wär's schlechter. So bin ich den Berg hinein und ein Wagen mit einer grauen Plane is gefahren. Wie ein Füchsl in die Röhre bin ich in den Wagen. Die Zigeuner hatt ich gesehen am Tag. Hineingewühlt hab ich mich in Decken und in was weiß ich. Da sind sie vorbei die dreie. Gelacht hab ich – nachher. Und sehen darf ich mich am Sonnenwirbel nit mehr lassen. Ich bin mit den Zigeunern. Ins Bairische fahren wir und machen einen Zirkus. Und das Fanele kannst mir grüßen. Sehen täten wir uns aber nimmer. Die dreißig Kreuzer, die ich Dir noch schuldig bin für sechsmal Schlafgeld bezahl' Dir der Herrgott. Es grüßt

Franz Winter.

»Die dreißig Kreuzer reuen mich nit, und der Franzl reut mich auch nit, aber das mit dem Fanele, das freut mich.

Einen Gruß sagt er?

Den muß einer gleich bestellen, sonst vergißt er darauf.«

11. Kapitel.

Wie der Zachenhesselhans auf die Unruh kommt, sitzen die Resl und das Fanele stumm beim Klöppelkissen. Der Helari schlägt auf dem Hausflur Hafer, und eine Wolke Staub und Duft von reifer Halmfrucht weht dem Zachenhesselhans entgegen.

Der Helari, der jetzt eine Ursach hätt, ein wenig einzuhalten mit dem Haferschlagen, schaut kaum auf beim Gruß und peitscht das Bündel Halme gegen das Querscheit, als hätte dieser Sommer die Körner noch einmal so fest in die Rispen gesetzt, wie sonst. Wenn einer aber mit aller Kraft zu schlagen hat, so hat er keine Zeit zum reden.

Die Frauen bei den Klöppelsäcken haben justament auch nur den Augenblick, nach der Tür zu schauen, wer hereingeht. Und dann klappern die Klöppel wieder wie ein kleines Mühlwerk.

So setzt sich der Zachenhesselhans auf die Ofenbank und wird erst einmal im Pfeifenköpfl ein bißl nachdrücken.

An wem ist es denn nun eigentlich, die Red' zu beginnen? An mir oder an Euch? – An *Euch*, denkt der Zachenhesselhans; denn Ihr müßt wissen wollen, wozu ich heraufgegangen bin auf die Unruh.

So warten wir noch.

Die Uhr tickt; der Zeisig hüpft im Käfig von einem Stänglein auf das andere – sind nur zwei, und so schaut er

163

durch die Stäbe des Käfigdächleins und verfehlt seinen Sprung dennoch nicht.

Auf dem Flur ist das Zischen der niedersausenden Halme und an der Tür ein Klopfen, wie wenn ein sanfter Regen an ein Scheunentor tropft; die Körner springen daran.

Hin und her wirft der Zachenhesselhans einen Blick auf das Fanele. Jetzt hat sich das Dirnl so gesetzt, daß es dem Hans schier die Hinterseite zukehrt; nur manchmal, wenn es die Nadeln steckt auf dem Klöppelkissen, kann der Hans die Wimper des rechten Auges entdecken und die Spitze der Nase. An die Wimper hat sich eine Träne gehängt.

»Ja, warum weint denn das Fanele?«

Sie sagen alle zwei nichts. Die Resl schaut ein wenig auf und nach dem Fanele hinüber.

»Jetzt – feierlich, so viel feierlich habt Ihr's auf der Unruh. Wollts das immer so halten von nun ab?«

Die Mutter denkt: der Zachenhesselhans plauscht mit dem Fanele – so brauch *ich* nichts zu reden darauf. Und das Fanele meint: der Mutter hat's gegolten. So duckt es sich bloß ein Eichtl, weil ihm ein Lächeln um die Lippen fliegt wie ein Sommervogel, der sich von einer Märzensonne hat verleiten lassen, das Winterröcklein abzustreifen. – Die Sonne ist wieder einmal der Zachenhesselhans. Aber der Hans hat auch den Sommervogel erspäht.

»Resl!« ruft der Helari auf dem Flur.

Sonst holt er sich das Fanele, damit das die Körner einschüttet in den Sack; heut hat der Vater auf das Dirnl vergessen und die Resl muß hinaus.

Da setzt sich der Zachenhesselhans dem Fanele gegenüber auf die Wandbank und sagt:

»Kann einer denn gar nit erfahren, weswegen die Unruh so viel andachtsvoll geworden ist über Nacht?«

Das Fanele schaut von der Seite nach der Tür, hält die

Klöppel mit der Linken und die Rechte hebt's vor den Mund:

»Der Franzl, das Waldweibl, das schwatzhaftige, hat geplauscht.«

»Auch noch dazu? Zu wem denn?«

»Den Wurzltonl, den Einräumer Peter und den Peterl hat er getroffen im Wald, wo die Holz rucken. Und da die drei justament ein Frühstück machen und den Kaffee wärmen am Reisigfeuer, hat er sich zu ihnen gesetzt.«

»Wird haben auch ein Holz rucken wollen, der Franzl,« entgegnet der Zachenhesselhans und kneift die Augen zusammen.

»Zum erzählen hat er angefangen – na, hat er gesagt: wenn das Fensterl ein wenig weiter wär gewesen, dem Fanele hätt das schön passen sollen.«

»Höllsakra, Windhund verdammigter!« – Knacks.

Jetzt hat der Zachenhesselhans das Spitzl am Pfeifenrohr entzweigebissen.

»Ui je, das Spitzl! Na, wenn's eh kein Zahn ist, den braucht einer notwendig zum Pfeifehalten. Ein Mundstückl läßt sich wieder hineinsetzen, ein neues. Wird dem Franzl auf die Rechnung gesetzt.«

Die Klöppel zittern in der Hand vom Fanele, wie die Schindeln, wenn ein Sturm darüberfährt. Und auch zwei Tränen drängen sich wieder zwischen den Schatten der Wimpern hindurch; die laufen die Wangen hernieder, auf denen sonst immer der blanke Sonnenschein der Lust daheim ist.

»Fanele,« hebt der Zachenhesselhans an, »einen Gruß hab ich Dir zu bestellen und deshalb bin ich heraufgegangen.«

»Einen Gruß?«

»Da lies.«

Wie das Mädchen die Klöppel aus der Hand und hernach

beide Hände, in denen das unsaubere Papier knistert, in den Schoß fallen läßt, beginnt der Alte:

»Fanele, jetzt, wenn Du klug bist, bist still wie ein Grab; denn wenn sie den Höllsakra fangen unterwegs, schaffen sie ihn herüber und sperren ihn ein ein Jährlein. Nachher: im Land is er wieder, im Sonnenwirbelwald is er wieder und dem Fanele auf den Fersen.«

»Den Franzl – wenn ich den spür ...«

Das Fanele ballt die Fäuste: »So ein Schwätzer nixnutziger ...«

»Ein solcher, wie der, kehrt sich da nix dran. Ein anderer dürft' das Fanele haben unterdessen – *der* schleicht ihm hinterdrein. Und eine Rache sucht der Franzl obendrein, wenn Du ihn verachten willst. Laß ihn laufen, Dirnl! Den bist noch einmal billig los worden, Höllsakra den!«

»Mutter, der Kathlfranz ist mit den Zigeunern!« ruft das Fanele der Resl zu, wie die vom Haferschütten wieder in die Stube kommt.

Die Resl muß sich gleich ein Eichtl auf die Ofenbank setzen und stemmt die Arme in die Seiten.

»Was sagst, Madl?«

Nun hat der Zachenhesselhans zum reden angefangen.

»... und deswegen wollts eine Kirche machen aus der Unruh und wollts Euch das Lachen abgewöhnen, fei wegen dem Windhund?

Und jetzt: auf den Sonnenwirbel will ich und reden will ich und will ihnen sagen: der Franzl, der Sakra, dicktun hat er sich wollen! Das Dirnl hat ihn doch nit etwa ans Fenster gelockt, ans winzig kleine? Ein Dirnl, wie das Fanele, wird einem solchen nachlaufen müssen?« –

So stampft der Zachenhesselhans mit dem Brief vom Franzl auf den Sonnenwirbel.

Wie er bald droben ist, saust ein Hörnerschlitten die Straße hinab und saust quer über den Hang nach dem Neuen Haus. Das Harfenweibl hockt darauf, und der Peterl sitzt vorn und lenkt den Schlitten. Aus dem Fenster des Sonnenwirbelhauses hat einer den Kopf herausgeschoben und schaut dem fliegenden Schlitten nach.

»Grüß Gott, Wurzltonl. Und wo ist denn der Schmied-Seff-Pepp?«

»Den hat der Peterl schon voraufgefahren aufs Neue Haus zum Musikmachen. Die Winterfahrer sind im Anzug, Zachenhesselhans! Und wenn die Singspielleutln die Städter wittern, behagt's ihnen fei nit mehr auf dem Sonnenwirbel.«

»Kommst einen Sprung zum Einräumer hinüber, Wurzltonl?«

»Hui, was gibt's denn?«

»Ein ganz Rares, Tonl.«

»Ich komm.«

Wie die Männer dem Zachenhesselhans erzählt haben vom letzten Frühstück auf dem Hau, bei dem sie mit dem Kathlfranz am Waldfeuer gehockt und der Spätherbststurm in den Wipfeln sein schauerlich Lied gebraust hatte, tritt sich einer im Vorhaus stampfend den Schnee von den Stiefeln.

Dann kommt der Peterl in die Stube und wirft seine Joppe über das Wäschestängl – ein silberner Sprühtau liegt darauf vom feinen Schnee, der bei der Fahrt den Hang hinab darübergestäubt ist.

Weil die Männer reden, setzt sich der Peterl schweigend auf die Ofenbank und nimmt den Papierstreifen zur Hand, auf dessen Muster er Gorl näht.

»Geh her, Peterl. Junge Arme wie Deine taugen auf dem Sonnenwirbel nit für Nadel und Zwirn. Ein Briefl hab ich zu lesen.«

Da legt der Peterl die Näherei beiseite und fährt aus den Stiefeln. Dann liest der Zachenhesselhans den Abschiedsgruß, den ihm der Postbote diesen Vormittag gebracht hat.

»Na, Peterl, was meinst zu dem da?«

»Freuen kunnt sich einer, daß der Wildling zum Wald hinaus ist.«

Der Peterl springt auf und ein Glanz fliegt in seine Augen.

»Jetzt, den Berg hinein fahr ich den Zachenhesselhans mit dem Hörnerschlitten und auf der Unruh wird gehalten.«

Wie der Zachenhesselhans sein Pfeiflein sich gefüllt hat, wartet der Peterl schon mit dem Schlitten vor der Tür.

Jenseits der Straße beginnt die Fahrt; sturmschnell fliegt der Schlitten über den Schnee; der stiebt wie Nebel unter den Kufen hervor, ein Nebelstreif von weißem Schnee wirbelt hinter ihm drein. Aber kein Halten ist vor der Unruh, weiter geht's und sausend zutale. Erst vor der Höll ist ein Halt.

»Auch gut,« sagt der Zachenhesselhans, »die wissen's eh noch nit.«

Der Hans-Tonl ist gerade dabei, ein Häuslein aus Brettern über den Brunnentrog zu bauen. Er schneidet im Hausflur mit der Säge das Holz zurecht.

Und wie sie in der Höll wußten: der Franzl ist ein Zigeuner geworden, so stellen die Männer zu dritt das neue Brunnenhaus über den Trog.

Während sie die letzten Bretter passen, zusammenfügen und hämmern, ist die Dämmerung heraufgeflogen aus dem Wald.

»Eine Arbeit muß auch einen Lohn haben,« sagt der Hans-Tonl, heißt den Alten und den Jungen in die Höll gehen und schenkt einen Schnaps ein.

»Und auf ein Nachtmahl bleiben wir auch zusammen. Den Hans brauch' ich die Tage hin so wie so wieder, und es ist mir schon recht, daß Ihr heute gekommen seid.«

Wie auch die dampfenden Erdäpfel, die das Wawrl auf den Tisch geschüttet hat, und der Salzhering gegessen sind, schaut der Silbermond über den Wald, schwimmt höher und strömt ein blankes Schimmerlicht zu den zwei Fenstern herein.

»Eine Sünd und Schand is, wenn ein Vollmond in der Welt steht, beim hutzen das teure Erdöl zu verbrennen,« sagt der Zachenhesselhans. »Die Viehwirtschaft macht reiche Leut auf dem Sonnenwirbel, gelt? Na, bis dahin tun wir's Lämplein noch einmal aus, mein' ich.«

Er dreht die Flamme zurück und bläst in den Zylinder.

Während die Lampe am Draht ein Rauchsäulchen herausschickt, ärgerlich und mißduftig, hat der Hans-Tonl die Gitarre vom Nagel genommen und stimmt.

»Rucken wir ein Eichtl aneinander, Wawrl! Der Hans-Tonl hat eine andere im Arm, so darf das Wawrl auch nach einem sich umschauen.«

Hinterm Kachelofen sitzen sie.

»Jetzt – der Peterl muß sehen, wo er die Seinige hernimmt.«

Aus dem Ofen geht ein sanftes Wärmeln und durch die Fenster ein stilles weißes Licht.

»Hast etwan ein neues, weil Du so lang probierst, Hans-Tonl?«

»Ja,« sagt der, »Die Finken.«

Und schon spielt der Hans-Tonl und schon singt er:

> Was sitzt denn oben auf dem Vogelbeerbaam?
> Da sitzt halt a Fink un sei Weibl drnaam.
> Die schniebeln und schnabeln und singen drbei,

Nun seht bloß die Finken – die habens recht fei.
Fink, Fink, Fink, Fink, Fink, Fink bist a klaans
      winzigs Ding,
Bist du a winzig klaa, hast doch dei Fraa.

Nit weit von dem Baam steht dem Nachbar sei
      Hans,
Der schielt schon wie lange und is ächl ganz,
Weil die zwei klan Finken so lustig drobn sei,
Das macht'n ganz traurig, und er denkt sich
      drbei:
Hans, Hans, Hans, Hans, Hans, Hans bist
      gewachs'n wie ena Pflanz,
Bist a so groß und stark, hast doch en Quark.

»Das muß der Hans-Tonl noch einmal machen, daß wir mitsingen können den Kehrreim.«

So fängt der Hans-Tonl das Lied von neuem an. Auch die letzte Strophe mit dem Hans – die ist dem Waldmann schon geläufig.

»Du, Peterl, merkst was?«

's hat keiner gesehen, wie dem Peterl das Blut in die Stirne geschossen ist.

»Merken? Fei wohl: daß es Zeit is, auf den Sonnenwirbel zu kommen. Das Harfenweibl und den Seppl will ich heimfahren vom Neuen Haus.«

»So kannst warten bis gegen die Mitternacht. Hans-Tonl, das ist ein neues, ein feines für die beiden auf dem Neuen Haus. Das is fei so viel lustig – justament wie »Die Ofenbank«. Kommst an einem Haus vorbei oder an einem Gasthaus: »Die Ofenbank« singen sie allenthalben im Waldgebirg.

Darfst das nit so für nix halten, Hans-Tonl! Jetzt: wenn Du ihnen die Liedln nicht machetest, so sängen sie nit, oder

170

sie sängen, nachher aber die Gespenstergeschichten vom Grafen und dem Tod und solche. Du aber gibst ihnen eins, das sie brauchen: aus der Zeit, aus ihrem Leben und aus ihrem Herzen heraus. Du hilfst ihnen, den Winter lustig überstehen, Hans-Tonl, hilfst ihnen, den Gram verscheuchen von den Schwellen; bleibt nur noch manchmal der *Hunger* hocken. Den wollen wir auch wegschaffen, den Sakra! Wenn sie nur erst auf den Einfall kommen: was die am Sonnenwirbel können, das können *wir* auch. Sie brauchen fei einen, der's ihnen vormacht.

So wie's daherum ist, ist's manchenorts im Gebirg, und wenn wir etwas schaffen mit dem Viehhalten, so werden sie's anderswo auch.

Die Hauptsache ist: eine Arbeit müssen sie haben und einen Verdienst dabei – muß aber mehr abwerfen als das Klöppeln, sonst sagen sie: das Klöppeln ist leichter, warum sollen wir uns eine Plackerei machen mit dem andern? Denn bloß um die roten Backen, das is ihnen fei nit genug; und was die für einen Wert haben – der Zachenhesselhans wird sie davon nit überzeugen. Da muß schon ein anderer kommen. Sie müssen heraus aus den Stuben und heraus auf die Bergwiesen und in den Wald, daß ihnen eine neue Lust am Leben ins Herz kommt.

Singen – freilich: wann haben wir einmal nit gesungen, wir daheroben im Waldland? Wenn der Hunger einmal ist gar zu schlimm gewesen im Wald und wenn sie die Leibriemen allzu fest zusammenziehen mußten.

Hans-Tonl, eine Hungersnot mag auch anderswo kommen – aber: hier oben ist sie gekommen, weil das Klöppeln fei gar nit halb zulangt, ein Volk satt zu machen. Was ich immer gesagt hab: aus dem Land wollen wir's nit haben, beileibe nit! Aber wer etwas anderes treiben kann, als sich am Klöppelsack siech sitzen und helfen, das Waldvolk erbärmlich und elend zu machen an Körper und Geist, der soll sich nit umschauen nach dem Spitzenmachen.

Ein frommer kräftiger Schlag Menschen müßt' wieder wachsen daheroben, jetzt ist's ein schwächlicher, jetzt ist's ein siecher.

Das ist er geworden, seit er über dem Fadendrehen vergessen hat, was er seiner Scholle schuldig ist.

Fromm kunnten sie sein, hab ich gesagt. Warum?

Im Wald ist immer ein Gottesdienst: eine Orgel tönt in den Wipfeln und ein Prediger ist da, der Sonnenschein oder das Bergwasser, das aus dem Stein springt.

Aber, wir sind abergläubisch geworden hinter dem Stüblfenster. Wenn wir hinaus in den Wald lauschen, hören wir draußen ein wildes Heer rauschen, sehen wir die Toten in Leichenhemden laufen in den Nebeln, sehen wir weiße Geister stehen, wenn ein harmlos Birkenstamml in den Fichten lehnt.

So. Der Zachenhesselhans wird's nimmer erleben und er möcht's doch noch. So zwanzig Jährlein sollt' einer noch aufnehmen können, bis die Kinder herausgewachsen sind vom Hans-Tonl und vom Sonnenwirbelpeterl. Ui je, sind noch gar keine da!

Nachher – *Ihr* könnt's machen, Ihr junges Geschlecht! Von heut auf morgen geht so was nit. Aber Euer Morgen- und Abendsprüchl müßt werden: Wer seine Scholle fleißig bebaut, der wird immer des Brotes genug haben.

So wird's heißen und richtig is! Und was uns der Berg trägt, Gras und Wald und ein paar Halmfrüchte, das wird überall hinlangen, wenn wir die Scholle zwingen, alles herzugeben und wird weiterlangen, als der Ertrag vom Klöppeln.

Wenn's einer doch hineinschreien könnt in die trägen zagen Herzen!« – Knack!

»Ui je, jetzt zerbeiß ich mir das Pfeifenspitzl zum andern

Mal, auch noch dazu ein geborgtes, dem Helari seins.

Jetzt, wenn das Spitzl einmal einen Riß hat, kann einer auch noch ein Eichtl schimpfen.

Ein Kreuz ist es, gar ein so schweres Kreuz mit dieser Handarbeit.

Weißt, was der Schmied-Seff-Pepp mitbringt von der Fahrt, Hans-Tonl?

Draußen, sagt er, als »ein unermeßlicher Segen« gilt die Spitzenklöppelei für das arme Gebirgsland. So steht's in den Büchern und so reden's die Leute denen nach.

Jetzt: wenn einer alles nimmt, den Segen und den Fluch: Herrgottsakra, ob der Segen größer ist, als der Fluch, ich weiß nit. Das sagt der Zachenhesselhans, nit weil er sich das an*gelesen*, sondern an*geschaut* hat. 's muß einer nur auf die Jahrhundert denken, auf die vier Jahrhunderte, seit das Klöppelkissen ist hereingekommen ins Waldland, wie in vierhundert Jahren ein Volk sich werden kann.

Hat's auf der einen Seit eine Wohltat gebracht, – zeitweise sag ich – so ist das auf der andern wettgemacht. Es sind – ich sag's noch einmal und will's noch manches Mal sagen, weil ich's für meine beste Weisheit halte –: es sind andere Gebirge und andere Wälder auf noch höheren Bergen und ist kein Eichtl anders, das Wachstum an Gras und Frucht, als hier, aber ein stärkeres Geschlecht lebt auf jenen Bergen, weil's nit stubenhockerisch is worden über einer solchen Heimarbeit. Müssen *wir's* denn justament allein sein?

Aber so weit hat die Gewöhnung das Volk im Waldgebirg gebracht: es kann und will sich nit denken ohne den Klöppelsack.

Und sie sagen: was wollts denn? Sogar ein Dirnl von sieben Jahren hilft mit verdienen. Ja, selber erhalten tut sich's am Klöppelkissen.

Wenn's aber Holz tragt und Beeren sucht oder eine Ziege

hütet in Sonne und Bergwelt, nachher siechts nit und wird besser leben. Aber: bei uns ist's justament notwendig, daß das Kind sein Stückl Brot sich erkaufen muß mit seiner werdenden Kraft, die gibt's hin dafür.

Richtig ist's, ein Dirnl verdient seinen Kreuzer mit sieben Jahren – fei an ein Eichtl Hunger ist es schon gewöhnt bis dahin und auf mehr, als auf einen Zichorienkaffee und ein Stück schwarzes Brot, auf Erdäpfel und einen Hering, wenn's gut geht, ist es nit gewöhnt zu denken.

So ist's schon recht, wenn sie daheroben sagen: viel Kinder, viel Segen; denn so ein Kleines erwirbt am Ende auch ein Kreuzerl mehr als es selber braucht.

Aber: ein gesundes Volk is das nit und ist kein Zustand, wie wir ihn haben im Waldland. Und wenn in den Vätern und Müttern eine Kraft ist, denn ein gutes Wollen ist Gott sei Dank da, so haben sie gar nit nötig, die Kleinen ans Kissen zu setzen, daß sie sich selber durchbringen.« –

Der Peterl ist während dieser Rede schon zweimal ans Fenster geschritten, hat die Arme auf das Brett gestützt, auf dem die Storchschnäbel und Fuchsien stehen, und hat hinausgeschaut auf den blendenden Schnee.

»Wenn der Zachenhesselhans noch bleibt – *ich* möcht' an ein Auffahren denken,« sagt der Peterl, »sie müssen sonst fei zu lange warten auf mich im Neuen Haus.«

»Ich komm schon,« sagt der Zachenhesselhans und nimmt die Mütze vom Nagel, »ich komm schon. Und auf ein Holzrucken möchten wir auch denken, Hans-Tonl. Heut ist Dienstag, so sagen wir: auf den Freitag. Richt's aus droben, Peterl. In der Hölle kommen wir zusammen.«

»Is recht. B'hüt Gott und schön Dank.«

»Habt's nit zu danken,« sagt das Wawrl. Sie gehen mit bis unter die Haustür. Der Hans-Tonl tritt hinaus auf den harten Schnee vorm Haus; der singt unter den Stiefeln der beiden Männer.

Der Zachenhesselhans geht über das Stachelschwein.

»Das Stückl wird einer nit versinken. He!« ruft er dem Peterl zu, als er im Begriff ist, in den schlafenden Wald einzutreten, »he! was machst denn einen so großen Bogen?«

»Es liegt nit so viel Schnee daherauf,« ruft der Peterl zurück, »als wenn ich zwischen dem Zechenhaus und der Unruh emporwill.«

Der Zachenhesselhans murmelt etwas vor sich hin und stapft unter die Fichten. Der Peterl schiebt den Schlitten vor sich durch den Schnee. Der Himmel ist blank, es brennen nicht viel Sterne, weil der Mond so hell ist. Der Schnee ist locker wie Flaum und ist ein Flimmern darin, schöner wie im Tau einer Morgenwiese.

Wie der Peterl über die erste Berglehne hinauf ist, schaut er nach der Unruh: die schläft; kein Fenster ist mehr hell.

Das Häusl hat den weißen Pelz umgetan und nur um den Schornstein liegt ein sanfter Schatten, den der Ruß daraufgeworfen hat.

An der Rückseite des Hauses ist kein Fenster – die Rückwand ist niedrig und das Dach reicht dort beinahe bis hinab auf den Schnee der Halde, die hinter der Unruh emporsteigt. Dort geht im Sommer der Pfad lehnan.

Ein Eichtl lauscht der Peterl, als er am Häusl vorbeigegangen ist.

Alles schläft, nur der Mondschein flimmert im Schnee.

Die Leiter hängt rückwärtig am Haus unter dem vorspringenden, verschneiten Schindeldach.

In der Giebelwand ist das Fenster, das winzigkleine, zu dem der Franzl emporgestiegen ist.

Ein weißer Vorhang ist von drinnen davorgezogen; aber der Mond steht jenseits vom Haus und die Giebelwand ist im Schatten.

Der Peterl geht durch den Schnee hinab und hebt die Leiter von der Wand. Zwei Mannslängen mißt sie höchstens, aber über das Fensterl reicht sie, noch ein Stück darüber. Wenn hier zwei sind und der eine stellt sich dem andern auf die Schultern, so muß der droben sich schon bücken, will er ein Eichtl durchs Fenster gucken.

Der Peterl hat die Leiter aufgestellt und steigt empor. Es ist glitschig mit so viel Schnee an den Sohlen, leicht könnt einer ...

»Fanele ... Fanele ...«

»Jesses Maria, ich denk', Du bist mit den Zigeunern?« ruft das Fanele von drinnen hinter dem Vorhang hervor.

»Wenn Du nit gleich siehst, daß Du heimkommst ...«

»Fanele, ich bin's, der Peterl.«

»Jesses Maria, jetzt kommt der auch noch! Seids denn verrückt alle miteinander?«

»Fanele, so lausch doch nur und gib Dich!«

»Was willst denn eigentlich da bei der Nacht?«

»Fanele, tu ein Eichtl auf.«

»Von Sinnen bist!«

»Tu auf ein Eichtl, ich muß Dir etwas sagen.«

Das Fanele schiebt das Fenster zurück – kaum einen Finger könnt einer hineinstecken durch den Spalt.

»Tu weg die Hand, jetzt, ich klemm' Dir die Fingerspitzen ein!«

»Fanele, ich bin gar so viel zornig.«

»So siehst aus, wenn Du zornig bist?«

»Der Hans-Tonl hat ein neues Lied – das hat er auf mich gemacht.«

»Bild Dir nix ein!«

»Jesses Maria, jetzt denk ich drauf,« schreit das Fanele und schiebt das Fensterl vollends zurück. »Steh'n bleibst da und hörst, was ich sag'! Jetzt – was soll denn werden, wenn sie morgen früh im Schnee sehen, daß einer die Leiter geholt hat und vor das Fenster gestiegen ist? Sie streuen mir einen Haufen Häckerling vor die Tür und Du bist schuld, Peterl, Du! Ins Gered' kommt einer mit Euch Buben und is fei doch gar nix dran.

Jetzt – nit von der Leiter gehst mir! Wart ein Eichtl. Ich sag' Dir gleich was.«

Ueberdem springt das Fanele vom Strohsack, schlüpft in das rote Wollröcklein, in die braune Jacke und in die Filzschuh auch.

»Fanele ...«

Das Dirnl steckt die Windlaterne an und schiebt den Vorhang hinter dem Fenster zurück.

»Bist nit im Bett gewesen, Fanele?«

»Keine fünf Minuten. Jetzt – hereingehst ins Haus und den Vatter will ich holen und die Mutter. Was soll denn das sonst geben in der Früh? Wenn wenigstens nicht ein so verräterischer Schnee wär, Du, nachher könnt einer am End mit sich reden lassen. Hast denn gar nit darauf denkt, Peterl, dummer?«

Das Fanele muß lachen, weils gar so zornig tut.

»'s is aber auch mit denen Mannerleut – so dumm, naa, so dumm! Herein gehst!«

Der Peterl kriecht von der Leiter.

Recht hat's, das Fanele. Der ganze weiche Schneeteppich ist zerrissen und es könnt einer aus das I-Tüpfl sagen, was hier vorgegangen ist bei der Nacht.

Während das Fanele den Helari und die Resl weckt, weil der Peterl da sei und was erzählen wollt', schiebt der seinen Schlitten vom Hang herein justament an der Giebelwand her, daß ein Weg getreten wird bis zu dem vor dem Hause.

Ueberdem ist das Fanele mit der Laterne unter die Haustür gekommen.

»Habts denn gar kein bißl Verstand, ihr talketen Mannerleut, ihr?«

Hui, das Fanele schilt wie eine Alte. So hat's die Mahm auf dem Sonnenwirbel ihr Lebtag nicht getrieben. »Die Wörtlein fliegen dem Fanele von den Lippen wie schimmlig Brot,« sagt der Peterl.

»'s is Dir fei nit zum lachen,« sagt es, »mir auch nit.«

Aber ein Zucken wirbelt um ihren roten Mund.

»Ein Glück ist's, daß das Feuer noch nit aus is im Ofen. Ich tu immer noch ein Reisl hinein vorm zubettgehen. 's is sonst gar so viel kalt in der Früh.«

Mit einem Kienspan steckt das Dirnl die Petroleumlampe an, die am Draht über dem Tisch hängt.

»Jetzt, was ist Dir bloß eingefallen auf die Nacht – oder ist Dir der Verstand eingefroren, Peterl? Und der Vater und die Mutter wollen auch nit mehr herunterkommen. Was willst denn? Was hast denn zu reden?«

»Jetzt, wenn Du einmal so weit bist, daß einer ein Wörtl sagen kann, so werd' ich eins reden. Die Eltern brauchen fei nit dabei zu sein. 's gilt bloß Dir.«

»Wissen möcht' einer doch, was das ist!«

Das Fanele kreuzt die Arme vor der Brust und setzt sich neben den Peterl auf die Ofenbank.

»Ein Lied hätt er gemacht auf Dich? Wie heißt's denn?«

»Ein Lied von den zwei Finken.«

»Jetzt, so gehts doch nit auf Dich!«

»Aber was drin vorkommt. Da heißt es zuletzt: Hans, bist gewachs'n wie ena Pflanz, bist a so groß und stark, hast doch en Quark.«

»Jetzt, Du schreibst Dich aber doch Peter und nit Hans?«

»'s is auch *so* deutlich genug.«

»Peterl, ich mein', der Hans-Tonl hat dabei nit ein Eichtl auf Dich gedacht.«

Das Dirnl tut die Hand vor den Mund, um dem Peter das Lachen zu verbergen. Aber der Schalk, der ihm dabei aus den Augen schaut, läßt sich kein Mäntlein umhängen.

»Nu sag aber bloß: was kann denn ich dabei tun?«

Der Peterl schaut auf seinen Schuh und dreht die Kappe zwischen den Händen.

»Fanele,« sagt er, »ein Eichtl Zeit lassen mußt mir schon zum überlegen, wie ich Dir das richtig sag.

Fanele, wie sie geredet haben, daß der Franzl auf der Unruh zum Fensterln is gewesen, damals ist ein Zorn über mich gekommen.«

»Warum ist der Peterl denn zornig geworden?«

»Weil Du just dem Franzl, dem Windhund, nit hast zugesperrt.«

»Weißt Du denn, daß ich ein guts Wörtl hab' gesagt zu dem?«

»Sie haben's erzählt. Ich hab's aber nit geglaubt. Selber hat er nur fei so viel gewußt zu reden davon.«

»Weißt nun, was das für ein Fensterl is? Na, und?«

»Und erst wie der Franzl fort ist aus dem Land und seit ich weiß, er kommt nimmer, da ist mir das Herz wieder froh worden, Fanele.«

»Was kunnt sich der Peterl denn giften, wenn das Fanele dem Franzl schöngetan hätt?«

»Fanele, wie Du nur so reden magst.«

Der Peterl hat seine Mütze inzwischen auf die Ofenbank gelegt und die Hand vom Dirnl erfaßt und ist ganz dicht neben das Fanele gerückt.

»Gelt,« sagt er, »Fanele, so viel wär ich am End' auch wert wie der Franzl?«

Jetzt, auf einmal hat er seinen Arm um den Hals vom Mädl gelegt und küßt es.

Der Mondschein läuft ganz leise durchs Stübl und in dem Ofen knacken die Reiser.

»Peterl, wenn jetzt die Mutter kommt, nachzuschauen, warum wir zwei so still sind?«

»So werd' ich sagen: dem Fanele hab' ich ans Fenster geklopft, es sollt' auftun. Weils aber so gar gering ist, das Fensterl, just wie ein Löchl am Starkasten, so sind wir mitsammen heruntergegangen. Frau Mutter – heiraten will ich das Fanele. Was ich zu wenig hab', hat's zuviel – da kommen wir wieder auf gleich.« – –

Wie der Peterl mit dem Schlitten die Halde hinaufsteigt ins silberblanke Mondlicht, ist noch ein Fenster hell auf der Unruh und ein Dirnl schaut heraus und schaut dem Peterl nach bis er über den Berg ist.

»... über den Berg ist er. Aber leicht ist das nit gewesen,« lacht das Fanele.

Und der Wind löscht ihm das Lämplein aus.

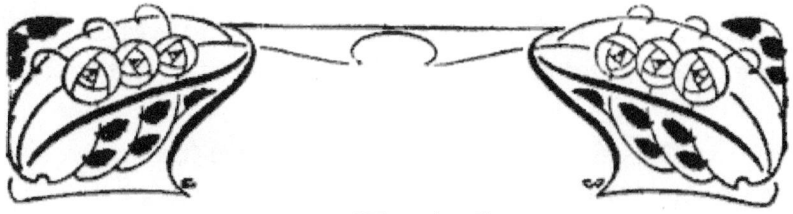

12. Kapitel.

Am Freitag, wie der Morgen über den Keilbergwald heraufschaute, tat sich der Zachenhesselhans den Schwanz von seiner Bettmütze aus der Stirn und wies ihm bedächtig einen Platz über dem rechten Ohr an.

»Schwanzmützl, vertracktes,« hub er an zu reden, »willst noch nit, daß der Zachenhesselhans eine Ausschau hält? Ein Holz rucken wollen wir heut.«

Er feuchtet sich die Spitze des Zeigefingers an der Lippe und fährt damit über die Augen.

»Das hat die Mali selig auch getan und gut is,« meint er; »aber besser is schon, man putzt die Augen mit dem Bergquell blank. – Behaglich ist's auch daherunten im Stübl, das Schlafen. Auf das hätt' einer früher denken müssen. Es ist eine so viel steife Kälte droben unter dem Dach.

So werden wir hinfort das Stübl und das Schlafkammerl in eins legen und des Abends immer noch ein Stockholz in den Ofen schieben. Dabei wird einem das alte Herz nit kalt.

Und wem steht's denn eigentlich im Weg, das braune Bettstattl? Keinem. Ein Eichtl zu breit is's für ein altes Waldmannl, wenn einer allein drin sein muß ...

Schwanzmütz, da kommst schon wieder über die Augen gefallen?

Die Mali hätt ihre Lust daran, daß ich Dich zu Ehren gebracht hab in Deinen alten Tagen. Die Mali hat Dich gestrickt – fünfundzwanzig Jahr? Die dürften fei darüber hingegangen sein. Aber meitag hab' ich nichts davon wissen mögen. Jetzt – die Haare hat der Wind weggeblasen vom Scheitel und fei nur über den Ohren hat er hüben und drüben ein Büschlein stehen lassen.

So muß die Schwanzmütze wärmen helfen im Winter, seit das weiße Haardecklein die Motten fressen.«

Ueber diesem Morgengespräch richtet sich der Zachenhesselhans auf dem Stroh in die Höh und blinzt durch die Scheiben wie der Tag zwischen den Wolken hindurch über den Wald.

»Na,« sagt er, »was soll denn das sein? Auf die blanken Tage hin hat sich's am Himmel über Nacht heimlich wieder zusammengesponnen und fängt schon an, einen Schnee zu sieben. Und einen großflockigen noch dazu. Wenn jetzt ein Wind – – aber nein: die Fichten haben noch die weißen Röcke an und schlafen.«

Weil auch die Zeisige in den Käfigen den Tag kommen sehen, heben sie an, die grünen Jöpplein zu putzen und den Zachenhesselhans zu rufen.

»Wart' ein Eichtl und gebts Ruh, 's ist eh noch zu früh!«

Ueberdem steigt der Alte aus der Bettstatt, an der unten das flammende Herz gemalt ist und eine 1751. Wie er die Lederhose angezogen hat, tritt er in Hemdsärmeln und die weiße Schwanzmütze auf dem Kopf vor das Haus.

Er schaut fragend gegen den Wolkenhimmel, geht bis an die Hausecke, zu sehen, was der Plessen und der Spitzberg zu dem Tage meinen, der über sich selbst noch nicht ganz im klaren ist.

»Na, na, die Nachtmützen habts noch auf? Und alle beide? 's geht doch schon auf die Acht.«

Der Zachenhesselhans hat die Hände tief in die Taschen der Lederhose vergraben und deutet sich den stillen Spruch der fernen halbverschleierten Berge.

»Na, Hans, ich mein', ein Holz wollen wir rucken?«

Das ist der Wurzltonl, der mit dem Einräumer Peter und dem Peterl von der andern Seite gekommen ist. Sie sind den Hau hereingestapft, weil da der breite Rotwildwechsel herabläuft.

»Und die Schwanzmütz hast auch noch auf dem Ohr?«

»Waas?« fragt der Zachenhesselhans. »Potz Käs! So ist's aber, Leutln: den Plessen schilt einer und den Spitzberg, daß sie die Schlafmütz nit heruntertun, und auf die seinige vergißt einer darüber. Leutln, das ist die Geschichte von dem Balken im eignen Auge – so will die verstanden sein!

Verzieht ein Eichtl, gelt, und tut die Kraxen vom Rücken. Ich bin auch gleich so weit.«

Lachend hat der Alte die Schwanzmütze vom Kopfe gezogen und in den Hosensack geborgen. Am Brunnentrog gießt er sich ein Bergwasser über Kopf und Arme.

»Die Kraxen laß ich daheim,« sagt er, wie er sich mit dem Handtuch im Stübl trockenreibt, »der Peterl lädt sich mein Kaffeekrügl und mein Schwarzbrot mit auf die seine, gelt? Ich trag meine sechzig Jahre – so haben wir jeder das unsre.«

»Gib her,« sagt der Peterl.

Der Zachenhesselhans fährt in die Stiefelrohre, tut sich die Kappe auf und unter den Kragen der Joppe ein wollenes Knüpftüchl, nimmt den Stock mit dem Eisenzahn, der sich in den Schnee einbeißt, und die drei Männer schreiten hinaus in den grauen Morgen.

Zwischen den Fichtenstämmen ist ein heimliches Spinnen, ein sanftes graues Weben: der Bergnebel wacht auf.

Wie sie über das Stachelschwein gegen die Hölle gehen, kriecht er schon über die Halden herein und wirft ein Netz über das Haus vom Hans-Tonl.

Vom Waldrande her vernehmen sie das dumpfe Fallen des Schnees aus dem Geäst: in Hücklein sinkt er herab. Er ist zu schwer geworden, weil die feuchten lauen Nebel ihn anhauchen, da mögen ihn die Wipfel nicht mehr tragen.

Von der Unruh ist der Helari schon herabgegangen; er harrt mit dem Hans-Tonl auf die Männer.

Zu sechst gehen sie an die Arbeit im Winterwald. Die beiden Schlitten, die nur aus je zwei verbundenen Kufen bestehen, lehnen schon an den Klaftern im Holz.

Die Männer wandern quer durch den stillen träumenden Hag.

»Ein Grau ist zwischen den Stämmen,« sagt der Zachenhesselhans, »Männer, jetzt, wenn einer nit im Wald aus- und einwüßt' wie im Stübl daheim, suchen sollt' einer, daß er den Weg fände bis in die Höll. Justament bis in die Höll, sag ich. Und der is doch nit schwer: die meisten kommen hin, ohne daß sie darauf gedacht haben.«

Der Zachenhesselhans zwinkert lustig mit den Augen und hat Mühe, die Beine mit den Stiefelrohren aus dem Schnee zu ziehen.

»Wenn einer so drei Stunden arbeitet mit seinen Beinen und dem Bergstock, so hat er genug. 's kunnt einem einfallen darüber, einen Schlaf zu tun – kein Wind pfeift daherinnen und kein Vogel ruft, und die Augen fallen justament von selber zu.«

Sie gehen wieder eine Weile.

»So, da wären wir!

Ein Eichtl den Schnee schaffen wir weg, und der Helari geht, ein Feuer zünden. Wir andern rucken derweil einen Raummeter.«

Der Peterl schiebt mit der Holzschaufel den Schnee zur Seite, und der Helari bläst in den Reisern, die mit Scheiten gedeckt gewesen sind, ein Flämmlein lebendig, das den

Kaffee in den Krügen zu wärmen hat.

Der Zachenhesselhans und der Wurzltonl – der Hans-Tonl und der Einräumer Peter – der Helari und der Peterl: drei Paare sind auf einmal aus den sechs Männern geworden.

Die einen Zwei steigen links den Waldhang empor, die andern Zwei rechts und die dritten Zwei schaffen eine Heimstatt im Schnee und im Fichtendickicht.

Das Kleinholz, das ganz in weißen Pelzen steckt, hat eine Mauer gebaut ringsum und in der Mitte vom Schneehäusl ohne Dach flackert die Flamme. Ein wenig mißlaunig ist sie – wie der graue Tag; und der Rauch, der sich daraus emporringelt, mag nicht kerzengrad hinauf in die Wipfel, – sieht aus, als hätte das Feuerlein ein Schwanzmützl auf. Er besinnt sich aber und kriecht verdrossen über den Schnee.

Da kann einer nicht kreuz- und querstapfen und gemächlich den steilen Hang hinan: schnurgerad müssen sie empor, immer das geschichtete Holz und immer die Stämme an der Berglehne im Auge, die gefällten, und gradewegs darauf zu; auch hübsch den Schnee zusammengetreten und da und dort wo ein Abschlag ist oder der Stock von einem gefällten Stamm, der das zutale fahrende Holz auf ein Eichtl zum Rasten einladen könnte, müssen sie davor einen Schnee zusammenschieben, damit eine glatte Fahrt entsteht.

Drüben ist schon ein Zischen und Gleiten und auf dem Hau drunten ein Poltern und Uebereinanderstürzen. Der Einräumer Peter und der Hans-Tonl haben ihre Fahrt im Zug.

Jetzt zischt auch das erste Scheit zutal, das der Wurzltonl auf das Wandern schickt.

Eine Wegstunde ist's gewesen im kniehohen Schnee daherauf und in zwei Minuten schießt so ein Holz zutal. Drunten fahren die Scheite aufeinander wie wütende

Schlangen, rennen die Köpfe gegeneinander, bäumen sich, sinken kraftlos zusammen.

Auf dem Hau in der Mulde, in dem die drei Bergfahrten aufeinandertreffen – denn auch der Helari und der Peterl sind mittlerweile an der Arbeit – wächst der Haufen.

Spiegelblank schleifen sich die Fahrten den Berg herein.

Höher steigen die Männer, länger werden die Schleifbahnen gegen den Gebirgskamm hin.

Und der Tag legt seine grauen Schleiertücher über das Waldland, und der Tag wirft seine silbernen Netze aus Schneeflocken hinein. Aber der Wind mag heut nicht wehen.

Ein sanftes Knistern ist in den Fichten und eine schweigsame atemlose Waldandacht. Nur wenn drunten die Scheite durcheinanderstürzen, ist ein dumpfes Dröhnen wie vom Schlage der Holzäxte; dann wieder das weiche Klingen des silbernen Schnees.

Wo die Männer schaffen?

Immer nur zwei wissen von einander: zwischen ihnen schläft der Wald, zwischen ihnen hängen die Nebel, zwischen ihnen fallen dichter und dichter die Flocken.

»Wurzltonl,« sagt der Zachenhesselhans und bläst in die erstarrten Finger, dann schlägt er die Arme kreuzweis ein dutzendmal um den Leib, »hast Du ein Rufen gehört?«

»Noch nit.«

»Ein Mittagsglöckl is nit im Wald; aber der Magen hebt an zu läuten und möcht einen Kaffee. Das Stückl lassen wir noch hinab, dann –«

»Is eh recht,« machte der Wurzltonl.

Und wie das letzte Stück Raumholz bis auf zwei Scheite zutal gefahren ist, setzt sich der Hans auf das eine Holz, der Tonl auf das andere. So fahren sie den hundert Scheiten nach und gleiten den Berg hinein. Drunten eh sie an das übereinandergestürzte Holz gelangen, drücken sie den Stiefelabsatz scharf gegen den Grund: ein Schnee wirbelt auf, hüllt sie in eine Wolke silbernen Staubs und das Fahrzeug sitzt fest im tiefen Schnee.

Im dichtverhängten Kleinholz raucht noch das Feuerlein und wirft einen purpurroten Schimmer in die Nebel.

Der Zachenhesselhans tut einen Pfiff auf den Fingern. Da schrickt der Wald aus dem Schlaf. Und der spitze Pfiff fliegt wie ein Pfeil den Berg hinan und fliegt an den Männern vorüber. Denen ruft er zu: Zu Tale!

Ein Eichtl später – und auch die andern sausen auf den Hölzern die Holzschleifen herein.

»Auf steigen wir nimmer! Das siebt einen Schnee, daß einer in der Finsternis, wenn sie einmal da ist, heut nit auf ein Heimkommen denken kunnt. Einen halben Fuß hoch mag er gefallen sein den Vormittag über.«

»Ich mein', *setzen* kunnten wir das Meterholz noch?« fragt der Einräumer Peter.

»So machen wir nur einen halben Mittag.«

»Auch recht.«

Nach dem Kaffee glimmen sie sich die Pfeifen an. Nur der Peterl mag nichts wissen von dem Rauchkraut. Der Helari schürt das Feuer, und während sich die andern eins anrauchen, schleppt er einen Armvoll Brennreisig herbei. Die Flamme wird die starren Hände wärmen müssen.

In Raummetern schichten sie die Scheite um das untere Ende der Talfahrt. Von dort aus kann das Holz nach der Versteigerung weggefahren werden – nicht im Sommer: solange noch ein Schnee liegt und der Schlitten gleiten kann. Ein Wagen mit einem Vieh hat hier oben nichts zu schaffen.

Das nennen sie: ein Holz rucken.

Die Sonnenwirbelleute tuen sich die Kraxen auf den Rücken, sagen »B'hüt Gott und kommts gut heim«, dann gehen sie den Hang hinan, um die Straße zu erreichen.

Der Hans-Tonl, der Helari und der Zachenhesselhans schlagen sich quer durch Schnee und Wald, nehmen bald einen Wildwechsel zuhilfe, treten sich bald einen Weg in das weiche Silber des Schnees.

Immer mehr sinkt hernieder. Die Nacht kriecht aus den Tälern herauf, und der Nebel wird noch dichter: kaum drei Stämme weit kann einer schauen.

Auf dem Heimweg in solch einer Gesellschaft: späte Dämmerung, Nebel, Schnee von unten und oben, da fällt kein Wörtlein. Hat einer nur immer auf die drei unheimlichen Weggesellen zu schauen, ob die etwa vereint etwas im Schilde führen.

So wandern die Männer.

Die drei andern, die dem Gebirgskamm zustreben und das Ende vom Weg auf der Landstraße zurücklegen, werden ein wenig länger im schummerigen Lichte gehen können.

Im Wald ist nur noch eine verlorene Helle, man weiß nicht: ist sie schon Nacht oder ist sie noch Tag oder kommt sie vom Schnee.

Und nicht den Hall eines Schrittes gibt die kniehohe Decke des Waldgrunds zurück. Düsternis und Nebel drücken auf Brust und Schultern – glaubt einer nicht, wie so zwei schwer wiegen, wenn in der Unwegsamkeit alle Merkzeichen auslöschen, die dem Wanderer sagen: dorthin liegt das Berghäusl, darin Du daheim bist; dort steht schon Dein Weib und schaut immer einmal durch die Scheiben, tritt auch einmal vor die Tür, zu sehen, ob noch ein Schimmer Tag zwischen den Stämmen hängt, der dem Manne heimleuchtet. – Justament als stemmeten sich einem die drei entgegen: kein Vorwärtskommen ist. Und hinter einem, da sinkt im Umdrehen wieder ein Schnee in die Spur, die einer getreten und deckt sie zu.

Endlich – ein Lichtband spannt sich herein in den Wald, ein goldenes. Das reicht nicht weit, reicht aber weit genug, um wieder ein Wort aufzuwecken in der tiefen Einsamkeit dieses Waldwinters.

Dieses Lichtband spannt sich aus dem Fenster der Hölle: das Wawrl hat die Lampe am Draht angezündet.

Und nun stehen die drei auch schon auf der Bergwiese – jetzt ein weiter, weicher Schnee und darüber ein wirbelndes weißes Fallen, eine endlose Fülle von spielenden federleisen Flocken. – –

Der Zachenhesselhans fährt auf dem Flur aus den Kniestiefeln und wie er das Feuer im Ofen des Zechenhäusls endlich lebendig hat – das mag heut nicht brennen, weil der Nebel über Tag in die Esse gekrochen ist und dem Rauch und der Ofenwärme von drunten keinen Platz gönnt – geht der Alte hinaus und reibt ein goldenes Leinöl in das Leder der Stiefel.

»Auf die Hühner hat einer auch vergessen heut,« murmelt der Zachenhesselhans, »ist zwar ein Tuch über dem Hafer, – na, die werden das ihrige gefunden haben. Lugen wir einmal!«

Die Hühner sitzen dicht gedrängt auf der Stange.

»So kunnt einer nun an *sich* denken. Ein warmes Nachtmahl ist verdient.

Ui je, da steht ja noch ein halbes Töpfl Erdäpfel! Gut is, die quetschen wir.«

Und der Zachenhesselhans langt die Kartoffelquetsche vom Topfbrett herab, schält die Erdäpfel und legt einen nach dem andern in die Quetsche. Den mehligen Inhalt der Schüssel, in die er die Kartoffeln gedrückt, breitet er in ein Pfännlein, preßt ihn mit dem Blechlöffel gegen den Boden und gießt aus dem Topf, daraus er sich vorhin zum Stiefelschmieren in die hohle Hand geschüttet, ein duftiges Leinöl darüber. Er schnalzt mit der Zunge, während er sich an dem Wohlgeruch des goldenen Oels ergötzt, und stellt das Pfännlein über den Brand.

»Eine ›Rauche Mahd‹ werden wir uns backen.«

Wie vom Ofen her der Geruch des siedenden Oels die Stube füllt, geht ein Knistern draußen, wie von einem verdächtigen Bersten.

»Hat etwan einer eine Heimstatt gesucht oder – ich hab doch den Riegel vorgeschoben?«

Der Zachenhesselhans geht an die Haustür – der Riegel ist vor.

Er hält den Atem an und lauscht.

»So wird ein Mäuslein die Treppe herabgefahren sein,« meint er.

Weil auch im Stall kein Geräusch ist und die Hühner schlafen, geht er wieder ins Stübl und horcht, wie die ›Rauche Mahd‹ über dem Feuer bäckt.

»Das Bettstroh kann sich einer derweil auch aufschütteln – ein warmes Nachtmahl, ein schwellendes Stroh unter dem Betttuch, eine sanfte Wärme im Stübl und draußen ein lustiges Schneien, in das kein Bergwind bläst – da laßt sich leben dabei,« sagt der Hans und steckt mit einem Kienspan die Lampe am Draht an.

Da ist draußen wieder das Knattern, das Schlürfen, das Bersten.

»Na na, ist denn ein Gast im Haus?«

Der Alte hebt die Lampe aus dem Gestell und leuchtet auf den Flur.

»Ist einer da? So gebts doch eine Antwort!«

Jetzt – der Hahn hebt an zu rufen auf dem Stänglein!

»So hat's auch den Hahn aus dem Schlaf geweckt und es ist wahr und wahrhaftig einer im Häusl, der sich nit melden mag.«

Unter die Holzstiege leuchtet der Zachenhesselhans und noch einmal in den Stall. Er steigt die Treppe empor, er leuchtet in alle Ecken und wagt kaum zu atmen, um das Geräusch, das schreckhafte, ganz in der Nähe zu vernehmen.

Still ist's, still.

Der Hahn hat sich wieder zurechtgesetzt und die Hühner haben die Köpfe unter die Flügel geborgen. Der Schein der Lampe fliegt auf weitgespannten goldenen Flügeln durch die Enge des Berghauses. Der Zachenhesselhans ist daran, noch einmal durch die Haustür in die Nacht zu lauschen, ob etwan ein Tauwind sich aufgemacht habe, einen warmen Nebel die Halden hereinwälzt und den Schnee von den Schindeln schiebt.

Aber in den Flur spinnt sich ein Rauchwölklein, das trägt einen Duft von verbranntem Leinöl und angebrannten Kartoffeln. Da bleibt der Riegel an der Pforte.

»Erst muß die ›Rauche Mahd‹ erlöst sein vom höllischen Feuer. Das wär' fei sündhaft, wollt' einer das Nachtmahl, das reiche, vom Feuer fressen lassen.«

Im Pfännlein ist ein Zischen und Brutzeln und ein Fauchen von gelblichem Rauch. Der flattert über dem geretteten Kartoffelkuchen durchs Stübl. Das Pfännlein schüttelt der Zachenhesselhans mit der Linken und pustet hinein; in der Rechten hält er die Lampe. So hastet er hilflos durchs Zimmer.

»Die Lampe kunnt einer doch wenigstens absetzen!« sagt er ärgerlich.

»So, da bleibst stehen, Lampl, und nun – das Fenster auf und das Pfännlein auf den Fensterstein! Da kannst Dich verdampfen!«

Während das Zischen des siedenden Oels leiser und der Rauch über der Pfanne dünner wird, ist wieder das Knacken draußen.

»'s ist im Flur. Ob einer da is, frag ich? Könnts denn nit reden? Oder wollts mich auf die alten Tage zum Gespensterglauben bekehren?«

Es fällt kein Schnee vom Dach. Es weht kein Wind wärmer die Halden herein. Der Wald steht still, atemlos still, und läßt sich zudecken von der weichen weißen Watte des Winters, immer dichter.

Der Zachenhesselhans nimmt einen Teller vom Topfbrett und stülpt das Pfännlein mit dem Kartoffelkuchen darüber um. Goldbraun lacht der den Alten an.

»Jetzt setzen wir uns zu einem feinen Nachtmahl und lassen den heimlichen Gast schlürfen im Flur solang und so laut er mag. Aber das Fenster schieben wir zu und eine Schnitte schwarzes Brot brauchen wir – das süße Oel will damit aufgetupft sein.«

Die Uhr tickt und ab und zu setzt sich eine Flocke wie ein lichtfroher Nachtvogel an die Scheibe und schaut dem Alten zu. Der sticht mit der Gabel ein Stück nach dem andern von dem duftigen Kartoffelkuchen und bricht sich dazwischen auch einen Fieder Schwarzbrot. Das Knacken, das draußen wieder ist –

»Ja: als stünd einer auf der Treppe mit einer riesigen Last, und die Treppe ächzt unter ihm und meint: jetzt, wenn Du nicht fortgehst, so brech' ich zusammen! Justament so klingt es. Erst essen wir aber die ›Rauche Mahd‹ – nachher: durchs Häusl gehen wir einmal mit der Stalllaterne und mit dem Bergstock. Eine Ruhe muß werden. 's kunnt einer fei kein Auge zutun die lange Nacht, ehbevor das Scheuchen nit aus dem Haus is.«

Mit dem letzten Stück Brot wischt der Zachenhesselhans das Restlein Oel vom Teller. Wie das geschehen, langt er sich die Pfeife aus der Lederhose, klappt den Beschlag auf und fühlt mit dem Finger.

»Hui, da ist ein halbes Pfeifl Tobak, das noch geschmaucht sein will! Kann gleich geschehen. Nur einen Span wollen wir uns suchen.«

Der Span hat gefangen – hmp, hmp, hmp. Und wie das Pfeifl brennt, drückt der Alte den Span aus, setzt sich mit dem Rücken gegen die Kacheln und denkt: die Stalllampe will ich antun, wenn's noch einmal anhebt, das Scheuchen.

Er öffnet die Tür einen Finger breit – so kann's einer besser hören.

Wie er so schmaucht und hinauslauscht, da – – ein Poltern hebt an, ein Zischen, ein Durcheinanderstürzen …

Der Zachenhesselhans zieht den Rücken krumm – – daß es über ihn wegfahren kann.

»Jetzt: der Berg fällt ein!«

Und im Stall beginnt ein Rumoren. Die Hühner schreien.

Krach – klirr! Jetzt kommt das Fenster herein.

In hundert Stücken prasselt die Scheibe zu Boden.

Ein Ding fliegt hindurch und hebt ein mörderisch Klagen an.

Jetzt – dem Zachenhesselhans steht das Herz still.

»Nu, Hahndl, liebes Hahndl, wie bist denn Du da hinaus und da hereingekommen? Herein durchs Fenster, aber hinaus aus dem Stall?«

Gegen den Ofen fliegt der Hahn, als wär' ihm einer hinterdrein, und gegen die Decke, und eine Wolke Staub wirbelt unter ihm empor.

Die Stalllampe hat der Zachenhesselhans gestern auf das Wandbrett gestellt: er steckt das Licht an; der brennende

194

Span in seiner Hand schlägt gegen die Scheiben – so zittert dem Alten das Herz.

»Ist der Berg eingefallen, Hahndl? Fliegt ein Feuer daraus hervor? Sei still, Hahndl! Schauen müssen wir, wenns auch ein grugelig Handwerk ist.«

Mit der Lampe geht der alte Mann hinaus in die Nacht. Dunkle Flecken schieben sich oder hüpfen über den Schnee: die Hühner.

»Nu sag einer, wie seids nur heraus alle miteinander? So, kommts da herein!«

Der Zachenhesselhans lockt sie mit sanften Worten in den Flur.

Alles ist still. Alles ist im Schlaf. Nur das sanfte Fallen der Flocken ist in der Nacht, und kein Wind läuft über den Schnee. Nicht einmal das Knarren einer träumenden Fichte kommt aus dem Walde.

Wie der Zachenhesselhans um die Hausecke geht, schier zaghaft, zu lugen, ob einer von da aus etwa den Höllenschlund erspäht, der sich die Erde gespalten, da hat sich auf dem Schnee an der Giebelwand etwas herniedergewälzt – –

»Jetzt, Häusl, das ist ein Streich! Just um den Winteranfang stürzest einem über dem Kopfe zusammen? Wo soll denn einer Unterschlupf haben die lange Zeit?«

Der Alte hebt die Laterne hoch. Der goldene Schein läuft über den silbernen Schnee, läuft über die Trümmer.

»Die ganze Hausecke ist's, die halbe Giebelwand, ein Stück Rückwand – justament der ganze Stall zusammengestürzt! So können Schnee und Sturm ungehindert Einzug halten. Eine Sommerfrischen, hab' ich gedacht, tät der Stall geben für ein Stadtfräulein oder so – wenn doch einmal kein Vieh mehr hineinkommt. Nun ist auch *die* Rechnung falsch gewesen. Und der Balken, den muß einer stützen an der

Ecke – das ganze Dach kunnt zusammenbrechen in derselbigen Nacht.«

Der Alte stapft über die Trümmer, stapft um das zerrissene Gemäuer und hält die Stalllaterne in der hochgehobenen Rechten.

»Ist auch noch ein verdächtiges Knacken in dem Fachwerk. Am Ende – das ganze Zechenhäusl fällt mir zusammen. Häusl, Häusl,« der Zachenhesselhans schüttelt den Kopf und läßt die Hand mit dem Lichte sinken, »hat denn das justament heut sein müssen, heut da der Winter erst kaum in den Wald herein ist? Jetzt kann ja keiner an ein Bauen denken, wenn der Mörtel auf der Kelle friert.

Und was denn nun? ...

Gleich hat's sein müssen? Dem Dächl, dem faulen, ist die Schneelast zu schwer gewesen, gedruckt hat's und der Winkel ist ins Weichen gekommen. So ist's geschehen.

Kann sich einer denn noch einmal hineinwagen, oder hast dir noch etwas vorgenommen für dieselbig Nacht, Häusl, morsches?

Wenn eins wie du, aus Fels und Bergwald, nit einmal den Zachenhesselhans überdauern mag, sel darf sich nix einbilden nachher.

Halten *mußt* noch ein Eichtl, da kann dir nix helfen: die Kniestiefel muß einer haben!«

Wie der Hans im Stübl ist, schwankt die Lampe, die am Draht von der Decke hängt, noch ein wenig, das Feuer knistert im Ofen und die Uhr schlägt ihren Schlag.

»Just als wär's nix, wenn einem das Dach über dem Kopf zusammenstürzt! Die Lampe lassen wir brennen – fällt's vollends, so wird es nit darauf vergessen, das Flämmlein auszudrücken.«

Ueberdem hat der Zachenhesselhans die Kniestiefel herausgetragen, setzt sich auf den Rand des Brunnentrogs und fährt in die Stiefel. Das Windlicht, das er in den Schnee gesetzt hat, nimmt er auf.

»Jetzt,« sagt er, »einen Weg werden wir uns treten durch Nacht und Schnee, Lampl!«

So macht sich der Zachenhesselhans kopfschüttelnd auf nach der Hölle. –

»Hans-Tonl!« ruft er.

Es dauert nicht lange, so sieht der Hans-Tonl den Schein eines Lichts zum Fenster hereinspielen und an der Wand hinlaufen.

»Wawrl,« sagt er und weckt die Frau, »Wawrl, es ist eins unten.«

»Hans-Tonl!«

»Hörst's? Gerufen hat einer.«

So schiebt der Hans-Tonl das Fenster auf und steckt den Kopf heraus.

»Hans-Tonl, jetzt ist mir das halbe Oechsl davongelaufen, das Simmenthaler.«

»Was sagst? Wie soll einer denn das nehmen? Ein halbes Oechsl davongelaufen?«

»Wenn Du den Zachenhesselhans ein Eichtl hineinlassen wolltest, so wirst's gleich wissen.«

»Ich komm' schon.«

Der Riegel klirrt und der Hans-Tonl und das Wawrl stehen im Flur und sehen den Zachenhesselhans verwundert eintreten.

»Jetzt, nu sag bloß, Mannl,« schreit das Wawrl, »was Dich in die Höll jagt durch die stockfinstrige Nacht und den knietiefen Schnee?«

»Das Zechenhäusl hat mir aufgekündigt,« sagt der Alte, tut das Glastürlein seiner Laterne auf und bläst die Flamme vom Docht.

»So. Aufgekündigt hat's mir. Sel klingt schnurrig, gelt? Aber: ist's etwas anderes, wenn's einem einfällt, das Häusl?«

»Hans, tu Dich nit spaßen!«

»Bei Gott nit, Wawrl! Die ganze Ecke gegen den Sonnenwirbel hin ist mir justament zusammengefallen diese Nacht.«

»Zachenhesselhans, das wär' gar so viel frevelhaft, wenn's erlogen wär. Um unsres lieben Herrgotts willen, wie hast aber das angestellt?«

»Sel wär *mir* wahrlich nit eingefallen. Und das Häusl? Das hab ich fei noch nit einmal darum befragt.

Aber: gedroht hat's ja schon einen Sommer lang. Weißt nit, Hans-Tonl? Justament auf jenen Tag, wie ich den Landfahrer hab' den Berg heraufschnaufen hören, damals hab' ich mir einen Stämmling gehauen im Wald. An den hat sich's ein Eichtl angelehnt die Zeit her. Nun aber, wo sich's ein paar Kraxen Schnee hat aufgeladen, ist's ihm zu viel worden.«

»Jetzt: wenn's nun einmal ist – wie kommt denn das halbe Oechsl dazu, davonzulaufen?« fragt der Hans-Tonl, während sich das Wawrl auf die Ofenbank setzt, das Fürtuch fest um die Schultern zieht und die rechte Hand dabei unter dem Tüchl aufs Herz legt, um zu wissen, wie stark das Sturm zu läuten hat in der Brust.

»Eine Pfeif Tobak, wenn Du mir leihen wolltest, Hans-Tonl?« sagt der Alte und zieht die Pfeife aus der Tasche. »Daß der Zachenhesselhans seintag einmal auf die Schweinsblase vergessen könnt', hätt keiner gedacht.«

Der Hans-Tonl reicht dem Alten seinen Beutel, und während der sich die Pfeife füllt, sagt er:

»Ein Oechsl sollte doch herein ins Waldland, ein Simmenthaler, Hans-Tonl, weißt's nimmer? Und der Zachenhesselhans wollt so seine siebzig, achtzig Gülden dafür zusammensparen: das Taglohn für ein Holzrucken den Winter über, und das Taglohn, was Du mir zu geben hast, und was einer sonst noch zusammenträgt, das wollt ich herleihen fürs Oechsl. So hätt ich das vordere Stückl vom Sakra schon zusammengespart. Wenn einer aber das Häusl mit einem Hundert Silbergülden stützen muß, daß es so gut is und nit völlig zusammenfallt – für das Oechsl wird da fei nix bleiben.

So, und nun: bitten wollt' ich, daß Du mit hinübergehst einen Sprung; wir müssen ein Stämml unter die Dachecke geben dieselbige Nacht. Nit ein Stück Holz hab' ich daheim; wer denkt denn auf so was? Vom Bau her lieget bei der Höll noch etwelches, das man zuschneiden könnt.«

Der Hans-Tonl hat die Kniestiefel unter der Ofenbank hervorgetan, und das Wawrl nimmt aus der Hölle hinterm Kachelofen zwei Hände voll kurzes weiches Haferstroh. Damit soll der Hans-Tonl die Stiefel füttern. Und das wollene Knüpftüchl, das zusammengelegt über dem Wäschestängl hängt, reicht ihm das Wawrl auch.

Einen Span tut der Hans an, für die Windlaterne und das Pfeifl.

Dann gehen sie miteinander.

Hinter dem Haus unter dem Schutzdach wählen sie einen Balken aus. Die Säge hat der Zachenhesselhans in der Linken – »man weiß nit, ob sich einer daheim in den Stall wagen kann, wo die meinige hängt,« hat er gesagt, – das Licht hat er in der Rechten. Und der Hans-Tonl lädt sich den Stamm auf die Schulter.

Der Schnee fällt in stillem Fall durch die Nacht; die ist finster. Nur aus dem Fenster der Unruh rinnt noch ein goldener Schein, der sich mühsam durch das Wirbeln der Winterflocken tastet. – –

Wie sie den Stamm unter das Fachwerk und in die

Trümmer gestellt und einen starken Querriegel darübergelegt haben, den die Stütze gegen das im Winkel zusammenlaufende Gebälk preßt, heißt der Hans-Tonl dem Alten die Lampe am Draht austun und wieder mit hinüberzugehen in die Hölle.

Hinter dem Ofen hat das Wawrl mittlerweil ein sammetweiches Haferstroh gebreitet, nicht zu dünn, und eine Decke darüber. –

Wie der Zachenhesselhans auf dem raschelnden Stroh liegt und ab und zu eine verirrte Flocke an das Fenster klopft, erzählt ihm die Flamme hinter den Kacheln eine Geschichte. Die ist heimlich und traut, aber der Alte ist dennoch darüber eingeschlafen.

13. Kapitel.

Am andern Morgen, wie der Wald weiß in die graue Dämmerung schaut, kriecht der Zachenhesselhans aus der Hölle, hilft dem Hans-Tonl bei der Arbeit im Stall und breitet eine neue Streu, während das Wawrl zum Melken rüstet und das Butterfaß bereitstellt. Dann geht er schauen, ob das Zechenhaus von Mitternacht bis Morgen noch eine Kundgebung getan hat, daß es hinfort außer Dienst gesetzt sein wolle.

Die Hühner erwarten den Alten schon am Brunnentrog; sie haben den Weg durch die offene Stubentür zu dem Fenster heraus gefunden, durch das sich der erschreckte Hahn gestern Abend einen Zugang geschaffen hat. Eine Handvoll Gerste wirft ihnen der Zachenhesselhans in den Schnee.

»Heut heißt's: ausziehen,« sagt er, sucht die Holzschaufel unter der Treppe hervor und macht sich daran, an dem Zusammenbruch eine Mauer aus Schnee aufzuwerfen, um dem Wind und dem Wetter, den beiden Riesen, die nun im Walde herrschen wollen, den Eingang durch die geborstene Wand zu wehren.

Wie das geschehen ist, bahnt er sich einen Weg gegen die Unruh.

Der Helari lehnt in der Haustür und schaut über den schlafenden Winterwald.

»Na,« ruft er ihm zu, »ihr gebts ja keine Ruh bei Tag und Nacht. Wenn einer in dem Schnee auf Waldarbeit war, denkt er doch wenigstens des Nachts auf einen Schlaf.«

»Woher weißt denn?«

»Weil ich das Windlicht hab' laufen sehen gegen die Mitternacht. Was hast denn in der Höll gewollt, Zachenhesselhans?«

Der Alte erzählt. Und nicht nur die Leute von der Unruh erfahren, was geschehen ist: auch der Peterl vom Sonnenwirbel ist mit dem Schlitten den Berg herein.

»Du mußt's wichtig haben,« grüßt ihn der Zachenhesselhans, »bist denn nit sitzengeblieben unterwegs? Für wie hoch hältst denn den Schnee? Und fährt denn noch ein Schlitten? Wenn kein Frost darüberläuft, daß der Schnee tragen lernt, hernach: aus dem Häusl kann einer bald nit mehr.«

»An zwei Ellen mag nimmer viel fehlen,« sagt der Peterl.

»Du,« hebt der Zachenhesselhans an und schaut dem Peterl in die Augen, »fei gar so vergnügt guckst unter der Stirne heraus. Is was geschehen?« –

»Versprochen haben sich zwei.«

»Versprochen?« fragt der Zachenhesselhans, »doch nit etwa – ... Ja, aber wer denn sonst? Es sind ja keine zwei andern daheroben. So gesegen's Euch Gott, Euch zweien!« ruft der Alte und klopft mit der flachen Hand die Lederhose.

»Nu sag aber, Dirnl: hast Dir denn den fei so rasch instandgesetzt?«

»Der Zachenhesselhans kann das Beißen nit lassen!«

»Manchmal, Dirnl, hat er auch einen klugen Einfall, deswegen vergißt man ihm einen dummen – um des einzigen Gerechten willen, wie's heißt. Da stellt Euch her miteinander! Anschauen muß Euch einer, die Ihr mitsammen den weiten Weg durchs Leben wandern wollt!

Fei so viel lustig ist das, daß einer vergessen kunnt, wie's mit dem Eigenen auf die Neige geht. Leutln, wenn *Euch* einmal das Dach zusammenbrechen will, hernach, sag' ich: einen Strich macht einer unter die Rechnung und fangt an, zusammenzuzählen, ob auch ein rechtes Sümmlein herauskomme. Gut wär's schon – stehen aber in langer Reihe Abgänge auf der andern Seite, die muß einer auch mitnehmen und das eine vom andern abziehen.

In der Nacht, die wir hinter uns haben, Gott sei's gedankt, ist dem Zachenhesselhans zum erstenmal ein Frost ins Herz geflogen und er hat gedacht: jetzt, auf ein letztes Rechnen geht's, damit einer, wenn er vor den Herrgott hintreten muß, auch etwas zu sagen hat. Etwan: ›Herr, ein Pfund hast Du mir gegeben und ich hab' ein anderes damit zu gewinnen versucht. Sel is mir aber nit ganz gelungen. Jedoch eine redliche Müh' hab ich mir damit gegeben.‹

Ob einer so reden kunnt?

Der helle Schweiß ist mir aus der Stirne getreten deswegen.

Wenn einer nur noch zu wenigst zehn Jährlein aufzunehmen hätt'! Helari, wie denkst darüber?«

»Wir zweie, wir tätens wohl, zu sehen, was einer an *den* zweien da noch zu erleben hätt'. Aber, Zachenhesselhans, das ist halt wieder eine Rechnung, die einer ohne den Herrgott niemals richtig rauskriegt und wenn einer noch so viel tüftelt.«

»Recht hast, Helari! Aber: das Häusl bauen wir noch einmal auf mitsammen, gelt?«

»Wo hat denn der Zachenhesselhans geschlafen vorige Nacht?«

»Dort, wo er schlafen wird, bis der Winter landfahren geht, weil's ihm selbst daheroben nimmer gefallen mag: in der Höll vom Hans-Tonl. Aber – um den Zachenhesselhans sorgen wir uns nit. Wann wollt's denn zusammenheiraten, ihr zwei?«

»Zu Mittsommer.«

»Resl, einen Kaffee, was meinst dazu?«

»Das Fanele hat schon gesorgt dafür. Dem Fanele seine Gedanken laufen fei noch viel schneller als dem Zachenhesselhans seine.«

»So is recht, Leutln, und nun setzt Euch. Zu reden hab' ich ein Wörtl!«

Das Fanele nimmt aus dem Schrank mit den Glastüren die bunten Tassen, an welche die Sprüche geschrieben sind.

Draußen schneit's, schneit immerfort, ganz leise, ganz dicht; aber sie haben keine Zeit, hinauszuschauen.

»Sehts, Leutln, daß mir sel noch widerfahren ist, mir und meinen einundsechzig Jahren, das hat mir aufs Herz druckt. Aber – sag ich's nit immer? 's laßt sich leben, Leutln, wenn einer auch zu Zeiten kein Dach hat.

Jetzt: daß ihr zwei zusammenheiraten wollt, just ihr zwei, das ist mir fei mehr wert, als mein morsches Dächlein über der Zeche.

Warum?

Einer wie ich, der kann dem Waldland nix mehr nutzen, is fei genug, wenn er ihm nit zur Last wird. Aber *Ihr*, Leutln, Ihr *Jungen*, Ihr seids die Hoffnung von dem Zachenhesselhans.

Sehts, ich hab' so meine Gedanken gehabt und hab' sie nit fallen lassen, seit ich gemerkt hab': wir sind nit mehr auf dem richtigen Weg daheroben. Wir mühen uns nit, einen besseren zu finden. Leutln, es ist ein Fortschritt in der Welt. Aber wir im Waldland haben nichts davon gemerkt. Vor vierhundert Jahren, wie die Barbara Uttmann uns das Klöppelkissen gebracht hat, hat's daheroben genau so ausgesehen wie jetzt. Das mag auch sein Gutes haben. Aber das gar feste Stehen auf dem toten Punkt, damit ist's auch nichts. Unsre Kraft ist eine Schwäche geworden, nur die Treue und die Zufriedenheit sind uns geblieben. Weil mir die Mali selig keine Kinder geschenkt hat, hab' ich mir zweie gesucht, den Hans-Tonl und das Fanele. Just die beiden, die müssen's machen, hab' ich gedacht. Und nun, wo ich selber gar nichts mehr zu schaffen hab', will ich zuschauen, wie's wächst und gedeiht, was ich an Samen gestreut hab' im Leben. Leutln, ich hab' immer an das Pfund denken müssen, das ausgeliehen wird. Vergraben hab' ich's nit. Selber schaffen kunnt ich's auch nit; denn ich hatt' zu häufig einen Gast, den kunnt ich nit loswerden: die Armut. Aber das Fanele und der Peterl haben zwei Häuser und Grund und Boden von zweien; der Hans-Tonl hat auch sein Ererbtes. Der Zachenhesselhans aber hat nix hereingebracht und –: auf ein Sparen ist er auch nit immer bedacht gewesen, das heißt auf ein Sparen an Gülden. Dafür hat er aber kein Stündl müßig am Wildrain gesessen und kein Stündl müßig auf der Ofenbank. Immer hat er gedacht: wenn ein neuer Weg sei, so müßt' er ihn finden.

Ob er ihn hat, das werden wir sehen. Er läßt Euch ein Erbe, wenn er wandern geht, die lange Straße, die noch keiner zurückgekommen. Und der Hans-Tonl und der Peterl mit dem Fanele müssen's ihm verwalten ...«

Draußen schneit's, schneit immerfort, ganz leise, ganz dicht; aber sie haben keine Zeit, hinauszuschauen.

Das Fanele gießt den dampfenden Kaffee in die Tassen, und wie man zu fünft um den Tisch in der Fensterecke sitzt, tut der Zachenhesselhans einen Blick zum Fenster hinaus.

»Um einen Einstand tät ich aber doch bitten,« sagt er, »die Hühner müssen herauf aus dem Zechenhaus. Ein Säckl Gerste sollst auch haben, Helari, wenn Du sie derweil mit unterkriechen läßt. Der Peterl und ich gehen, sie herauftragen.«

Wie der Kaffee getrunken und wieder durch eine Stunde der wirbelnde stille Fall der Flocken herniedergegangen ist, machen sich die beiden auf den Weg den Hang hinein.

Die Hühner sind in der Stube vom Zechenhaus heimisch geworden. Die Wärme, die immer noch leise aus den Kacheln spinnt, hat sie gelockt.

Von den Bäumen steht nicht mehr jeder im eigenen Pelze, den ihm der Winter übergeworfen: eine dicke schwellende Decke aus weißer Wolle liegt über dem Wald, durch die keine Wipfelspitze hindurchzustechen vermag. Darunter, zwischen den Stämmen, ist ein schier trauliches Düster und ein traumhaftes Weben. Kein Laut geht darin, nicht einmal das knisternde Sinken der Flocken, die gestern noch an den Stämmen herabgeronnen, weil die Decke über den Wipfeln allem Schnee wehrt, der hereinmöchte.

Die Hühner sind auf das Wäschestängl geflogen und schauen nickend herunter, was der Zachenhesselhans mit dem Sack anzufangen gedenkt, den er so offen hält.

»Peterl, das gibt einen Mordslärm und eine höllische Jagd, bei der wir das Häusl vollends scheu machen. Jetzt: die Strohläden lassen wir herab und in der Finsternis entwischt uns keine.«

Die Strohläden, die über den Fenstern gerollt sind, fahren herab und, während der Peterl den Sack hält, langt der Zachenhesselhans die Hühner vom Wäschestängl.

»So, die Läden lassen wir geschlossen. Aber die Zeisige, Peterl, die müssen wir zur Hälfte auf der Unruh, zur andern in der Höll einquartieren.«

Der Peterl schwingt sich den Sack mit den Hühnern auf die Schulter und der Zachenhesselhans belädt sich mit den Käfigen.

Wie die Männer an dem Zusammenbruch, über den der

Schnee längst seine flaumige Hülle gewoben hat, noch einen Blick wechseln und zuberg steigen – langsam, mühselig, die Stöcke mit den Eisenspitzen vor sich in den Schnee schiebend, kriecht ein Nebel den Berg herein.

»Peterl, schau auf!«

»Das will noch einen Anreiml (Rauhreif) werfen über die Bäume.«

»Sel wird kommen! Aber, ich mein', hinter dem Nebel ist ein Wind drein und wenn der in den lockeren Schnee bläst, nachher – sehen muß einer, daß er in die Höll kommt. Jetzt, Peterl, ein Besenreisig, ein birkenes, liegt noch unter der Holzstiege im Hausflur, das darf mir nit bleiben.« –

Nicht lange, wie sie wieder unterm Dach der Unruh waren, setzte der Bergwind seine Flöte an.

»Hörst, der bläst sich sein Stückl!«

Durch die Esse herein ging ein sanftes eintöniges Sausen. Draußen fingen die Flocken einen tollen Tanz an.

»Jetzt, Peterl – den Berg hinaus kannst nimmer. Eine Stunde stapfetest Du durch den Schnee, wo Du übers Gras keine fünfzehn Minuten brauchst. Und in der Stunde baut Dir der Bergwind ein Mäuerlein quer über die Halde, da guckt Dein Käppl nimmer heraus, wenn Du darinsteckst. Mach Dich heimisch, Peterl, auf der Unruh und bereit Dir eine weiche Butzen (Lager) aus Haferstroh hinterm Ofen. Auf den Sonnenwirbel kommst nimmer.

Aber: wenn ich Euch da eins ins andre erzähl, so schneits mich fei selber ein. Bloß ein Pfeifl will ich mir noch zurechtrichten, dann –

Ja, daß ich darauf nit vergeß, justament heut nit, denn ich denke, Du wirst eine lange Zeit kriegen, fein darüber nachzudenken, Peterl. Es ist zu wenig Federvieh auf dem Gebirg, viel zu wenig. Und wir haben doch einen Wald, in dem sich's das halbe Jahr nährt bis auf die Handvoll Körner, die Ihr ihm vor Nacht hinwerfen müßt. So ist mein Exempel: die Eier und das Fleisch, das Euch die Hühner geben, ist Euch über den Sommer reinweg geschenkt, das wachst Euch im Walde wie die Pilze. Darum: es muß ein Huhn herein, das für den Wald taugt, kein Landhuhn, kein abgebrauchtes – sie ziehen schon eins, das wir haben müssen und das uns leben hilft, auch über den Winter.

Das wollt' ich noch sagen. Jetzt – b'hüt Gott! Ich geh, das birkene Reisig in die Hölle schleifen. Besen will ich binden die Tage her, wenn wir im Schnee liegen.

Kommts gar arg, Peterl, so feierst Du Deine Weihnacht diesmal mit dem Fanele. Lustig wird's, Kinder, und richtet Euch eine blitzende Peremette (Pyramide, anstatt des Christbaums) zusammen!«

Vor der Haustür bläst der Bergwind dem Zachenhesselhans einen eisigen Schnee ins Gesicht.

»Gemach,« sagt der, »wir zwei sind doch immer gut Freund gewesen! Helari, schau, von der Hausecke zum Brunnenrand hat er schon angefangen zu bauen, und den Gartenzaun hat er bereits unter; kein Lattenspitzl schaut mehr heraus.«

Der Zachenhesselhans zieht sich die Kappe auf die Ohren und steigt zu Tal.

Der Weg, den die beiden vorhin getreten, ist schon wieder verweht und nicht ein Stapfen ist mehr im Schnee. Der Nebel wird dichter. Der Wald steht wie ein Schatten darin. Den Schatten wirft die Düsternis, die zwischen den Stämmen liegt: die Kronen der Bäume, die ganz in Weiß gehüllt sind, scheinen nicht durch das Weben der Bergnebel.

Wie der Zachenhesselhans gegen das Häuslein kommt, sieht er, daß auch die Fichtenstämme schon dick im Anreiml stehen.

»Viel Anreiml, viel Frucht im neuen Jahr! Nur zu – uns

kunnt das schon passen.«

An der Seite, an welcher die Nebel gegen die Stämme schwimmen und zerreißen, läuft ein faustdickes Rauhsilber herunter von der Krone bis an den Schneegrund, und ein faustdickes Rauhsilber hat sich um jeden Ast und jeden Zweig gelegt, der noch ohne die Last des Schnees in die Graudämmerung des Winterwaldes ragt.

Zwischen Halde und Hausdach beginnt der Wind einen Silberbogen zu schlagen, der am tiefsten ist, bevor er aufs Dach hinaufspringt.

Es ist schon gar nicht mehr zu sehen, wo die Schindeln gegen die Halde herabfallen und wo der Dachrand ist. Und zwischen der Berglehne und der Rückwand des Hauses muß der Schnee ein Stüblein gebildet haben: die Decke aus blitzenden Sternen darübergewoben, und stockfinster ist es darunter. Wenn einer mit dem Licht hineingeht, ist ein Funkeln und Flimmern darin, wie in der Berghöhle, von der das Märchen zu erzählen weiß.

So hat sich der Winterwind eine glatte Bahn gebildet, die unter der Unruh anhebt und die auf dem First des Zechenhäusls endet. Unausgesetzt fährt er darauf herab und immer flacher wird der Bogen, immer gewaltiger aber wird die Last, die der Wind dem morschen Dache des Zechenhauses aufbürdet. Und oben, über den First, bläst der Bergwind einen Schneewirbel herein, der stäubt so dicht: man kann gar nicht sehen, daß es ein schimmerndes Silber ist, das da oben tanzt. Tanzt auch nicht weit; schon über dem Gärtlein, das zwischen dem Zechenhaus und dem Waldrand liegt, läßt er's fallen, das flimmernde Spiel, im Gärtlein schüttet er's auf, höher und höher; dort lehnt es sich, eine starre weiße Mauer, gegen das Staket, hat das Staket aber längst begraben und ist schon wieder so hoch, wie eine Wand des Zechenhauses.

»Sel wirst fei nit lang tragen, Häusl, und es täte wohl not, daß einer versuchete, wenigstens sein Bett herauszubringen. Aber jetzt? Zuschauen muß der Zachenhesselhans, daß er seine zwei Beine aus dem Schnee ziehen kann. So wollen wir uns das Besenreisig ausladen, das hat auf der Achsel Platz.«

Der Zachenhesselhans zieht das Reisigbündel unter der Holzstiege hervor.

»Versäumen darf sich da einer nit lang, sonst kunnt er im Zechenhaus übernachten müssen, und da wär's nit unmöglich, es weckt ihn für einen Augenblick ein dumpfes Poltern und Bersten mitten in der Nacht. Lang dauert's aber nit – dann ist alles wieder still. Und ein weißer kalter Schnee fällt darüber, und der Zachenhesselhans liegt darunter und schläft sich aus …

Gehen wir. Gut is, daß einer die Zeisige alle miteinander auf der Unruh gelassen hat.«

Während der Hans-Tonl und der Alte vom Zechenhaus durch die anderen Tage tief gebückt auf der Ofenbank sitzen und ein Birkenreis auf das andere legen, spinnt draußen der Rauhnebel, fällt draußen der Schnee.

Alle Stunden geht einer von den Männern mit der Holzschaufel hinaus, die Bahn von der Haustür nach dem Brunnentrog, vom Brunnentrog nach dem Stallpförtlein und von da zur Düngerstätte auszuwerfen.

Die paar Wege muß sich einer freihalten.

Aber drüben im Gärtlein türmen sich die Schneehaufen, wachsen die Mauern.

Die Stallfenster sind zugeschneit und die Männer haben ein Loch in die Stalltür sägen und eine Scheibe einziehen müssen, damit das Vieh nicht gar im Finstern steht.

Da gehen die Tage langsam wie die Wanderer, die ihren Weg durch das verschneite Waldland nehmen müssen.

Manchmal kommt einer, auf den die Sonne neugierig eine

210

Stunde lang herniederschaut, was der Winter im Waldland an silbernem Glanz und glitzerndem Schimmer sich zurechtgebaut hat.

Sie lächelt dazu.

»Wenn sie Ernst machete,« sagt der Zachenhesselhans und blinzt sie an, »so wär' uns geholfen.«

Aber sie zieht den Wolkenvorhang wieder zu.

Und weil das Schneien noch nicht wieder angefangen hat, versuchen die in der Hölle, die Lasten des aufgetürmten Schnees – sie haben Leitern darangelegt – von oben aus über den Hang gegen den Wald hinabzustürzen; oder sie schlagen mit Spaten und Hacke einen Stollen quer durch den silbernen Berg, den sie bis hinab führen in den Wald, damit sie einen Weg gewinnen, auf dem sie mit dem Schlitten den Schnee fortfahren können, der ihnen den freien Raum vorm Haus zuschütten, die Fenster verbauen, die Türen versetzen und das Taglicht abdämmen möchte.

Und die Tage gehen langsam wie die Wanderer, die ihren Weg durch das verschneite Waldland nehmen müssen.

Kein Häuslein am Berg weiß vom andern: mannshoch hat sich der Schnee dazwischengestellt, und die Menschen, die in dem einen Hause wohnen, reden von denen in dem andern, wie von fernen Freunden.

Was werden sie jetzt tun? fragen sie.

Einen Hafer schlagen wird der Helari. Der Wurzltonl schnürt die Kräuter zu Bündeln und kocht Magentropfen oder schmilzt eine Wundsalbe. Das Fanele setzt sein Linnen und seinen Peterl instand; lächelnd und still bereiten sie zur Hochzeit. Die Gitarren hängen in diesen Tagen nicht lange an den Wänden. Die klingen zu den Liedern, die der Hans-Tonl gedichtet hat.

In allen Häusern des Waldlands sind sie lebendig. Auf Postkarten fliegen sie hinaus in die Welt, bringen sie die

Touristen mit heim von der Bergfahrt.

Aber an den *Sänger* denkt keiner, nur an den Viehbauer oder an den Holzer denken sie und die Fremden, die seine Lieder im Neuen Haus mitsingen, die wissen nicht, daß der Dichter im verschneiten Waldhäusl sitzt und auf ein neues denkt. Und die Leute an der Berghalde fragen sich auch, ob die »Rote« in der Höll nun das Kalbl hat.

Ja, die »Rote« hat das Kalbl; das steht schon angebunden in der Ecke des Stalles und wird sich wundern über die frühlingsgrüne Bergweide, die sie ihm dieses Jahr zurichten.

Die Weihnacht macht sich auf und schaut von Ferne – aber es fällt doch schon ein Glänzen aus ihrem Blick herein in die niederen halbverschneiten Fenster.

Plattgold und -silber knistert auf dem Tische: der Zachenhesselhans putzt die Pyramide für die heilige Nacht, die der Staub ein Jahr lang mit leisem Grau verhängt, um die die Spinnen gesponnen haben.

Sie flimmert und glänzt schon, und die Hülsen für die Kerzen setzt der Alte an, und er bringt die Jagd und die Holzhacker in Gang, die sich als Holzfiguren auf der Drehscheibe über der Pyramide befinden und die, wenn der warme Strahl der Weihnachtslichter sich von unten her hinantastet und seine goldenen Finger daranlegt, zu drehen anhebt.

»Eine Not hat keine Statt mehr in den Berghäusln, Hans-Tonl. Weißt warum? Weil ein Vieh in den Ställen steht, das gibt Milch und Butter, und wenn die Wege baumhoch im Schnee liegen. Und ein Mehl ist im Sack und Eier hat das Wawrl in dem irdenen Asch zwischen Haferkörnern aufbewahrt. Da bleiben sie frisch und gut und machen mit Safran den Festkuchen gelb.«

Und der Weihnachtstag geht still herein in die verschneite, schlummernde, märchenschöne Winterwelt des

Waldlands.

Der Duft von frischem Kuchen spinnt durch das Haus.

Knisterndes Stroh deckt die saubere Diele: im Stall, darin des Menschen Sohn das Licht erblickte, hat's auch ein Stroh gegeben.

Und in die Dämmerung fällt der strahlende Schein der Weihnachtskerzen, und in die Dämmerung klingen die Feierklänge des Liedes von der stillen, der heiligen Nacht.

14. Kapitel.

Der Zachenhesselhans hat gesagt:

»Hans-Tonl, der Winter macht mir's fei gar zu toll. Kennst das Sprichwörtl von dem Regiment der gestrengen Herrn? Jetzt hat das Waldland schier drei Monate in einem Schlaf gelegen. Darüber läßt sich ausrasten; der Februar wird schon ein Wort mit dem Winter reden. Zwar, in denen sechzig Jahren, die ich daheroben bin, hat er nicht allzuoft gezeigt, daß er dem Frühjahr zuzählen möcht', aber besinnen kann ich mich doch auch auf das.«

Und in der letzten Januarwoche und im Anfang des Februar, sind auch die beiden andern Kälber gekommen in der Höll.

»Sechs Stückl Vieh, Hans-Tonl!« lachte der Alte. »Kommt aber keins aus dem Stall, es sei denn, der Zachenhesselhans ist hinterdrein mit der Peitsche und treibt zur Bergweide.

Hans-Tonl, und eine Wasserkunst haben wir ja auch! Ganz vergessen hat einer darauf in dem Mordsschnee.

Und das Zechenhäusl müssen wir wieder aufrichten. Aber eh das losgeht, müssen wir mitsammen auf die Stachelschweine denken; die dürfen mir nimmer an den Halden herumliegen, wenn die Sonne kommt. Ein sammetweiches Gras muß die unter dem borstigen herauslocken.« –

Wieder gingen die Tage: unter dem Schnee war ein Rieseln

und die Bäume des Waldes warfen die Schneedecke, die sie einen Winter lang getragen, herab. Der Sturm, der heulende Frühlingssturm, stürzte die Berglehnen herein, trat den Schnee zusammen, und hinter ihm her sprangen die Bäche durch das Waldland zu Tale. Nicht nur die alten, die die Zeiten her ihren Weg gelaufen und den Wald in jedem Jahrhundert haben einmal sterben und wieder auferstehen sehen – zwischen den Steinen heraus sprangen schwätzende Wässer und weckten die Schollen, unter den Wurzeln hervor quollen perlende Brünnlein und hüpften in die Welt. Und die Sonne stieg lachend empor und pochte mit goldenen Fingern an die Kammern der Erde. Da wurden die Halme lebendig, da dehnten sich die Blüten und wollten ans Licht, da wanderte der Frühling im Kleid aus blauer Seide mit fliegenden Fahnen aus Sonnenschein herein in das Waldland.

Wie der Dünger über das borstige Gras der Halden gebreitet war, über das noch nie eine Sense gesungen, rüsteten sie am Zechenhaus zur Arbeit.

»Ein Vieh in den Stall zu nehmen, dazu ist der Zachenhesselhans zu alt geworden und – wir wissen's eh – sechs Stück in dem einen der Hölle und die Ziegen, dazu die Schweine im Stall, die brauchen zwei Männer. Freilich: einen Mann tät das Wawrl stellen; aber, es kunnt die Zeit kommen, in der die blonde Frau ein Kindlein zu wiegen hat. Und so eins will die Mutter ganz. So ist der Zachenhesselhans in der Hölle wohl nötig und einen Knecht zu machen, dazu taugt er noch, wenn er gleich morsch zu werden beginnt.« –

So stützten die Männer vom Sonnenwirbel und aus den Haldenhäusern das wankende Fachwerk über dem zusammengestürzten Gemäuer, legten noch einen Teil davon nieder, der über Winter rissig geworden war, und wie der letzte Frost aus dem Lande gezogen, gingen sie daran,

Stein auf Stein zu fügen und die Mauern zu richten.

»Leutln,« sagte der Zachenhesselhans, »fein verputzt werden die Wände und getüncht und ein sauberes Muster wird daraufgemalt, blau oder grün. Und in die Sonnenwirbelseite bauen wir ein Fenster ein, und vorn nach dem Walde zu ein gleiches, so gibt's ein Stübl, ein feines.«

»Hui,« sagt der Helari, »will sich denn der Zachenhesselhans noch ein Weib nehmen ins Zechenhaus?«

Da lächelt der Alte.

»Ein Eichtl spät wär's, Helari. Aber das Häusl muß einer ausnützen, insonderheit, wenn er sich zum Aufbau ein Geld hat leihen müssen. Viel is nit, aber fünfzig Gülden wollen abbezahlt sein. Und so viel wird's werden. Mußt doch auch eine Diel hineinlegen, eine feine, und die Säuställe herausbrechen. Die Tröge, die übrig werden, hat mir der Hans-Tonl abgekauft.«

»Nu, und dann?« fragt der Helari verwundert. »Die Bettstatt hätt doch im andern Stübl Platz genug gehabt? Wenn der Zachenhesselhans aber wohnen will, so muß doch auch ein Ofen herein?«

»Da bist wieder auf dem Holzweg, Helari. So is das nit gemeint. Eine Sommerfrischen soll das geben, und fein wird's. Denkst etwa: darin kann sich einer nit ausruhen, wenn er aus der Stadt kommt? Zu dem Fenster drüben schaut die Morgensonne herein, und an das Fenster vorn rauscht der Wald des Abends ein Schlaflied her. Wenn einer müde ist von dem Rasseln und Mühen und Hasten in der Stadt, so kann er hier ausrasten. Und ich mein': wie das Neue Haus den Sommer über voll ist von Leuten, die die Ruhe suchen im Waldland, so kann sie einer hier auch finden.«

»Schlafen will solch einer aber auch, Zachenhesselhans,

und ein Bett müßt schon herein, wenn Du das willst.«

»Das ist fei nit schlimm. Mei Bettstattl hat sogar Raum für zwei; und *ich* hab einen Sommer lang Platz auf der Butzen hinter dem Ofen.«

So richteten sie, während der Frühling seine Boten über das Waldland sandte, das geborstene Gemäuer wieder auf. Und wie noch ein später Sturm zornig über den Gebirgskamm lief, weil er das Feld für den Winter nicht verloren geben wollte, und wie der sich auch auf das Häusl stürzte, das den Winter über so wackelig an der Halde gelehnt hatte, da stand's fest. Und der letzte Sturm mußte sich begnügen, im Wald ein paar Fichten zu entwurzeln und krachend zu Boden zu werfen.

Wie sich auch der Sturm verlaufen hatte und das Donnern der Sturzbäche leiser ward, kamen die Nebel – nicht die langen Tage über lagen sie auf dem Waldland, nicht in die Morgen wälzten sie sich, schwer, träge, sondern sie erwachten, wenn die Sonne zwischen den Plessen und den Spitzberg zu sinken begann.

Noch standen die roten Lichter des Abends über dem Bergwald, noch lief ein warmer purpurner Schein über die Halden, da begann der Nebel sein heimliches Spinnen über den berstenden Schollen.

Aus den Runsen und Rissen flog ein warmer kräftiger Brodem, aus den Wäldern schwamm der harzige Duft, der das Drängen des keimenden Frühlingswuchses verriet.

Und wenn ein Wind über die Wipfel lief, so trug er die seidigen braunen Flöckchen, in denen über Winter die zarten Sprossen geschlafen hatten. Nun drängten sie heraus, denn sie hatten den goldenen Hauch der Sonne gefühlt.

Und wie die Rieselbächlein, die zwischen den Steinen und unter den Wurzeln der Haldenbüsche herausgesprungen waren, versiechten, da öffnete der Alte vom Zechenhaus den Spund an der Röhre und es war wieder das klingende Rillern über der Bergwiese, unter dessen Segen sie sich im späten Herbste noch einmal mit leisem Grün geschmückt hatte.

Von jenen Haldenstrecken, die im Vorjahre das stachliche saftlose Gras getragen hatten, zogen die Männer die Reste des Düngers ab. Und wie die Sonne kam und das junge dichte Gras die Scholle brach, in denen zum ersten Male die Kraft fröhlichen Wachstums war, so gingen die Kühe der Hölle – drei Stück Jungvieh waren dabei – mit klingenden Glocken an der Berghalde.

In den Augen des Zachenhesselhans war ein Glanz, den der junge Frühling hineingeworfen hatte und der allen, die in diese Augen schauten, verriet: das alte Herz des Waldmanns sieht Wunder und wartet auf Wunder.

»Helari, was hast gesagt? Du hast gemeint: eine Fabrik müßten wir haben in Gottesgab, etwan eine, in der Posamenten oder Handschuhe gemacht werden. Eine einzige Fabrik könnt uns helfen daheroben. Die Männer müßten nicht mehr hinaus auf den Spitzenhandel, Männer, Frauen, Jünglinge und Jungfrauen brauchetn nicht mehr aus dem Waldland, um eine Musik zu machen in der Welt. Hast das nit gesagt, Helari?

Diejenigen, die hinauszihen mit ihren Singspielen, die landfahrend werden – was verdienen sie denn? Kaum ihr Leben können sie fristen davon. Der Schmied-Seff-Pepp ist einer von ihnen. Weißt noch, wie er den Berg heraufgeschnauft ist und wie er kaum den Weg gesehen hat zu seinen Füßen? Einen Reichtum hat er nit heimgebracht aus dem Lande, darinnen Milch und Honig fließet. Ohne Augen ist er hereingefahren ins Waldland. Und jetzt: dem Bettelmannl, das das Licht nicht mehr sehen kann, gibt's sein Heimatland in Fülle. Nicht, daß einer reich werden könnte dabei – aber: keinen Spargroschen hat er gehabt sein Lebtag. Und jetzt, Helari, weißt, wie mir's möglich geworden ist, das Häusl wieder aufzurichten? Die fünfzig Gülden haben mir der Seppl und das Harfenweibl geliehen.

Wir wollen aber weiter schauen, Helari.

Was schicken denn die Männer, die draußen mit den Spitzen handeln, an Geld nachhause – mit den Spitzen, die ihre Frauen und Kinder daheim geklöppelt haben einen Winter über, den sie bei einer Handvoll Erdäpfel und einem Hering verdarbt haben? Die meisten nichts, und mancher im Monat zwei oder drei Gulden. Helari, und das ist wert, daß daheim die Familie ohne einen Vater sitzt ein halbes Jahr oder noch länger und ihm fremd wird?

Und eine einzige Fabrik, meinst, könnt' den Leuten daherum auf die Beine helfen?

Das geht leichter.

Mit einer Ziege mögen sie anfangen, daraus werden zwei und drei und nebenher wird mit der Zeit eine Kuh.

So fehlt es an der Weide, meinst Du, ich weiß. Liegen denn im Wald des Grafen oder im Staatswalde nicht Strecken brach, auf denen ein Gras wächst und verkommt?

So muß man eine Eingabe machen und sich die Erlaubnis holen, umsonst oder gegen ein paar Kreuzer Entgelt die Brachen abmähen oder abweiden zu lassen. Und wo eine Kuh im Stalle steht, nachher verdirbt keiner. Das ist alles nur der Anfang, Helari. Ist ein Fleckl, an dem ein Stamm steht mit einem Arm. Und weißt, was auf dem Arm geschrieben ist? ›Vom Klöppelsack zur Besserung‹ – hier geht der Weg.« –

Früh steigt der goldene Sonnenschild über den Keilberg und auf dem Gebirgskamm steht der Mai. Zwei Händevoll Blumen hält er: Butterblumen, blauen Gundermann, Vergißmeinnicht, Wildveilchen, sind auch Wildrosen dabei.

Die streut er über die Berglehne herab.

Dem Mai entgegen steigen das Fanele und der Peterl die Halde empor.

's ist noch ein Frühtau im Gras, der dem Fanele wie Silber klingend um die bloßen Füße springt. Liegen auch noch die Schatten der Nacht im Tal um die Unruh. Aber droben um den Sonnenwirbel ist ein Rauchen und Glänzen und ein goldenes lachendes Licht.

»Grüß Gott mitsammen,« sagen die beiden Jungen, wie sie in das Sonnenwirbelhaus treten.

Die Großmutter und der Einräumer Peter sitzen beim Morgenkaffee und stippen das trockene Schwarzbrot in die Töpfe.

»Den Peterl sieht einer fei gar nimmer,« sagt die Mahm und hat grollend vergessen, den beiden den Morgengruß zurückzugeben.

»Warum verzürnt sich denn die Mahm?«

»So hat einer den Peterl herausgepäppelt, an der Schürze hat er einem gehängt die Jahre her und jetzt, er tut wahrlich, als kenn' er die Mahm auf dem Sonnenwirbel nimmer.«

Der Peter Einräumer lächelt in sein Kaffeetöpfl, tunkt das schwarze Brot, kaut vergnügt und schaut heimlich um die Ecke zum Fanele.

»Heiraten kunnt er die Mahm doch nit, der Peterl.«

Das hat das Fanele gesagt, und dem Peter Einräumer wird, wie er's gehört hat, das Gesicht ein Eichtl länger.

»Ein so viel loses Schnäuzl hat das Fanele seintag gehabt und um ein schlimmes Wörtl is es nit verlegen gewesen.«

»Was wollt's denn damit sagen, Mahm?«

»Fei so viel verzürnen kunnt sich einer, wenn er denkt, daß ihr zwei auf die Unruh wollt ziehen mitsammen um

220

Mittsommer.«

»Justament deswegen sind wir heraufgestiegen,« sagt das Fanele. »Die Sach' haben wir uns überlegt. Wenns auf dem Sonnenwirbel einen Platz gibt, so ziehen wir herauf.«

»Hui,« wirft der Einräumer Peter ein, »wie ist denn das so rasch anders worden?«

»Der Helari meint,« sagt der Peterl, »wenn in das Zechenhaus eins tät auf die Sommerfrischen kommen, so kunnten sie auf der Unruh das untere Stübl den Sommer über auch herrichten dazu.«

»Und der Peterl meint,« sagt das Fanele, »der Zachenhesselhans kunnt fei das Richtige getroffen haben: ein Federvieh müßt' ins Waldland, ein richtiges. Das muß in den Wald auslaufen. Drunten aber auf der Unruh treten uns die Hühner das bißl Wieswuchs zusammen, und ein Wald is fei nit bis zum Häusl, wie daheroben das Kleinholz, das bis an den Hof läuft. Wenn der Peterl aber auf eine Hühnerzucht denkt, weil weder ein Geld da is für neues Großvieh, noch ein Stall zum Einstellen der Kühe, so wär's auf dem Sonnenwirbel schon das Richtige.«

Wie das die Mahm hört, nimmt sie das Kaffeetöpfl wieder, das sie im Zorn auf die Ofenbank gesetzt hat, und hebt von neuem an, das schwarze Brot hereinzustippen.

»Das kunnt einen freuen,« sagt sie. Und ob das Leinzeug bereitet wär' und ob sonst noch etwas instandzusetzen sei. Und dann zählt sie an den Fingern die Wochen, wie sie das immer tut vor Ostern, Pfingsten und Weihnachten. Da findet sie, daß bloß noch drei Sonntage sind bis zu Mittsommer. »'s is eh recht,« meint die alte Frau, »'s muß einer ja schon auf ein Heumachen denken in ein paar Tagen. Gar so viel früh is alles in dem Jahr. Wenn's im März Maisonne gibt, da kommt das wohl einmal so. Und fei so viel Anreiml ist gewesen im Winter. Sind schier die Vogelbeerbäume zusammengebrochen darunter an der

Sonnenwirbelstraße und haben Wache gestanden wie die Eisheiligen.«

Wie sie reden, ist ein Klopfen an der Tür.

Wer pocht denn, eh er in die Sonnenwirbelstube tritt?

»Den Weg wird einer wissen wollen ins Tal oder auf den Berg,« meint der Peter Einräumer.

Aber das »Herein« vergessen sie zu rufen und gucken alle nach der Tür, denn es muß doch jemand hereintreten. Kommt aber keiner.

So öffnet das Fanele ein Eichtl und lugt hinaus.

»Guten Morgen,« klingt draußen eine Stimme. »Auf dem Neuen Haus hab' ich erfahren, daß Sie hierherum in den Häusern an der Halde ein Zimmer zu vermieten hätten.«

Die Leute in der Stube schauen das Stadtfräulein mit großen Augen an.

»Ein Zimmer zu vermieten?« sagt die Mahm und lacht. »Ein Zimmer is das fei nit. Aber auf dem Zechenhäusl, was voreh der Stall is gewesen, da will der Zachenhesselhans jemanden hineinnehmen.«

»Ein Stall, sagen Sie?«

»Müßt nit so reden, Mahm,« schilt das Fanele. »Wollen Sie sich nit setzen, Fräulein? Ein Stall is das fei nit. Aber ein schönes Stübl ist es, blau gemalt, ganz neu, und eine neue Diele darin und zwei schöne Fenster auch. Wenn Sie mit mir hinuntergehen wollen nach dem Zechenhaus, jetzt – ich geh gleich mit. Der Zachenhesselhans wird auf der Weide sein. Und so is niemand daheim im Häusl; aber ich geh mit Ihnen und wills Ihnen schon zeigen.«

»Wer wohnt denn in dem Hause, ich meine, wer ist denn der Vermieter?«

»'s is so ein alts Mannl, wir heißen ihn den Zachenhesselhans, schreiben tut er sich ›Herr Günther‹,«

sagt die Mahm. »Wir sind das nämlich fei gar nit gewöhnt, daß feine Leut zu uns kommen. Aber schlimm sind wir nit deswegen. Sie können da unten bleiben, solang's Ihnen gefallt.«

»Ist denn da aber jemand zur Bedienung, wenn nur ein alter Mann im Haus wohnt?«

»Bedienung?« fragt die Mahm verwundert. »Zu bedienen werden S' nix haben.«

»Ich meine, zum Bettmachen und sonst zu kleinen Versorgungen?«

»Darauf hat der Zachenhesselhans noch nit gedacht. 's is ja auch wahr!«

»Wenn Sie sonst nit gar zu viel wünschen,« meint das Fanele, »so könnt ich schon den Tag über einmal hinunterspringen ins Zechenhaus und nachschauen. Jetzt, wenn Sie so weit sind, ich geh.«

Wie sie zusammen den Hang hinabsteigen, sagt das Fanele:

»Ich hab mir Sie so von der Seite angeschaut die Zeit her, gar so viel blaß schaun S' aus, Fräulein.«

»Deshalb will ich eben im Walde wohnen und Milch trinken und den ganzen Tag im Freien sitzen.«

»O, das können S' schon daheroben. Und Milch gibt's und frische Butter und ein Schwarzbrot. Und auf das Neue Haus können S' zum Mittag essen.

So, das ist das Zechenhäusl.«

Das Fanele schaut durch das Fenster.

»Der Zachenhesselhans is nit daheim,« sagt's, »er is fei immer nit da, bloß wenn er die Zeisige füttert und schlaft. Sonst geht er die Küh' hüten. Sie müssen nämlich wissen, das ist ein Schlauer, der Zachenhesselhans. Der denkt so auf allerhand Neuerungen im Waldland. Die Mali is ihm gestorben im letzten Jahr. Kinder hat er keine. Was er denkt, erzählt er dem Hans-Tonl und mir. Auf uns zwei, meint er, ständ seine Hoffnung, indem er schon über die Sechzig ist und nit mehr so viel Zeit hätt', als wir Jungen.

Das Bett vom Zachenhesselhans soll hier hereinkommen und ein Waschzeug auch und was einer sonst braucht. Man schlaft ja jetzt bloß im Stübl. Wir aus dem Wald, wir waschen uns früh und tagüber, wenns nötig ist, am Trog. Da ist ein frisches kaltes Bergwasser, das macht die Backen und die Augen blank. Wenn S' das mögen, Fräulein, nachher braucheten wir gar kein Waschzeug. Sie lachen immer so, wenn ich red'. Sie sind so was fei nit gewöhnt, gelt? Bei Ihnen reden's anders. Aber, 's is bei uns auch ganz schön im Wald. Und Schlafgeld? Zwei Gulden hat der Zachenhesselhans gemeint für die Woche. 's wird Ihnen nit zu viel sein. Sonst – er täts am End' auch ein Eichtl billiger. So. Und wenn S' den Zachenhesselhans sehen wollen, so müssen S' mit mir auf das Stachelschwein kommen.« –

»Potz Käs,« sagt der Zachenhesselhans wie er die beiden aus der Waldecke treten sieht, »da hat sich das Fanele aber eine Mudelfeine –«

Der Alte rückt die Kappe aus der Stirn und streicht sich die Haare über den Ohren zurecht.

»Sie haben ein Zimmer zu vermieten. Ich möchte es nehmen den Sommer über. Zwei Gulden soll's kosten?«

»Is vielleicht ein bißl viel?«

»Ach nein. Die Bedienung will mir das Fräulein besorgen.«

»Wen meinen S' denn damit? Die da? So eine heißt bei uns ein ›Madl‹. 's is schon recht. Und wenn S' was brauchen, müssen S' nur reden. Gehst ein Eichtl mit hinüber, Fanele? Und das Bett wollen wir rucken. Ich komm gleich.« –

So ist das Fräulein aus der Stadt in das Zechenhaus

gezogen. Dem Wawrl mit den goldenen Haaren ist es eine vertraute Freundin geworden.

Wie's gegen Mittsommer geht, ist der Zachenhesselhans früh dem Helari begegnet.

»Du,« hat er gesagt, »weißt's schon: das Stadtfräulein hat eine Butter bestellt, eine Gebirgsbutter. Fünf Kilo muß der Hans-Tonl jede Woch' nach Dresden schicken, wo das Fräulein daheim ist. Zehn Gulden bezahlt sie dafür, und das Postgeld, was das Porto ist, trägt sie auch. Zehn Gulden, Helari in einer Woch' für Butter – das wär wohl nix? Kunnt einer davon vergnügt leben im Waldland! Allein von der Butter!«

Und der Zachenhesselhans reibt sich vergnügt die Hände.

»Und das Paketl mit der Butter, das tragt der Zachenhesselhans selber nach Oberwiesenthal auf die Post – er muß durch den Wald laufen, Helari, sonst nehmens einen Zoll!« –

Wie das erste Gras unter den Sensen singt, hat das Wawrl ein Bübl bekommen – ganz früh mit der Sonne hat's seinen Einzug gehalten in die Hölle.

Weil der Zachenhesselhans das Vieh austreiben will, hört er's schreien, guckt ein Eichtl durch die Tür und hebt im Hausflur einen Schuhplattler zu tanzen an. Nachher – die Schuhe zieht er aus und geht auf den Zehen hinein in die Stube.

»Wawrl,« sagt er, »da haben wir ihn: der Hans-Tonl und das Bübl, die bringen das Waldland in Schuß! So, nun schrei mir nit mehr, Bübl, als ob Du in der Höll' wärst! Sei still, Bübl, i gib Dir a Butterfiezele!«

Eine Weile reden sie noch miteinander vor der Haustür, der Zachenhesselhans und der Hans-Tonl.

Dann treibt der Alte, fröhlich mit der Peitsche klatschend, die Kühe zu Berge – immer der Sonne entgegen.

Ende.

Von Max Geissler erschienen außerdem:

»Unter der Weltenesche«.

Beiträge zur Förderung einer nationalen volkstümlichen Literatur. (Weimar). 0.80 Mk.

»Jochen Klähn«.

Ein Halligroman. (Jena). Brosch. 3 Mk., geb. 4 Mk.

»Tom der Reimer«.

Eine romantische Geschichte aus alter Zeit. (Jena). Brosch. 4 Mk., geb. 5 Mk.

»Traum in den Herbst«.

Roman. (Weimar). Brosch. 3.60 Mk., geb. 4 Mk.

»Das Buch von der Frau Holle«.

Neue Märchen. Reich illustriert von Stassen und Stumpf. (Düsseldorf). Geb. 3 Mk.

»Frau Holde«.

Ein Bühnenmärchen. (Weimar). 0.80 Mk.

»Hans Sachsens Bergfahrt«.

Schauspiel. (Weimar). 0.60 Mk.

―――――――――――――――――――――

Hermann Costenoble, Verlagsbuchhandlung Jena.

Tom der Reimer.

Eine romantische Geschichte aus alter Zeit

von

Max Geißler.

Geheftet 4 Mark, gebunden 5 Mark.

Prächtige Ausstattung.

Tom der Reimer ist längst eine der volkstümlichsten Gestalten geworden. Aus dem Konzertsaal, in dem die herrliche Ballade Löwe's heimisch ist, hat die sinnige Sage von der Begegnung mit der Elfenkönigin den Weg über die ganze Erde genommen. Es ist zu verwundern, daß dichterische Gestaltung nicht vorher diesen ungemein dankbaren Stoff für die große epische Form, den Roman, aufgegriffen hat.

Max Geißler, dessen Halligroman »Jochen Klähn« in weite Kreise gedrungen ist, hat den Helden der schottischen Sage zu dem seines neuen Romanes gemacht.

Alles in allem ein umfassendes historisches Gemälde, das in einer Sprache von starker poetischer Kraft gestaltet wird und davon Zeugnis ablegt, daß Max Geißler bei tiefem Eindringen in den Geist der Zeit einen Roman geschaffen hat, der des weitgehendsten Interesses der gebildeten Kreise sicher sein darf.

Jochen Klähn

Ein Halligroman

von

Max Geißler.

Einbanddecke von **Alfred Mohrbutter.**

Geheftet 3 Mark, gebunden 4 Mark.

Als »einer der Träger der modernen deutschen Renaissance-Idee« auf dem Boden der zukunftsreichen Heimatbewegung stehend, die weit davon entfernt ist, in einseitigem Dorftum unterzugehen, sondern für eine gerechte Wertung der deutschen Landschaft eintritt, mußte der Verfasser ein Werk schreiben, in welchem er alle Vorzüge kerniger deutscher lebenskräftiger Heimatkunst zu vereinigen bestrebt war.

Wenn die gegnerische litterarische Richtung nach »*Taten*« fragt: »Jochen Klähn« ist eine!

Die Poesie des nordischen Meeres und die einsame Welt der Nordsee-Halligen sind das Stoffgebiet, in welchem, auf breiter kultureller Grundlage, der Roman »Jochen Klähn« wurzelt. Die Scholle des Helden gilt seit Jahrhunderten als eine vergehende, das Heimatland des stämmigen Schlages der Inselfriesen als ein verlorenes. Aussichtslos schien der Kampf der Menschenkräfte gegen die Riesin See; und dieser Kampf, der mit dem Siege der menschlichen Klugheit und Zähigkeit über das zerstörende Walten des nordischen Meeres endigt, bietet den Vorwurf zu Max Geißlers neuem Romane.

Hermann Costenoble, Verlagsbuchhandlung Jena.

In meiner Sammlung: Romane und Novellen neuzeitlicher Schriftsteller erschienen:

A. Becker, *Die Nonnensusel*. Ein Bauernroman aus dem Pfälzer Wasgau. 2. Auflage. Geheftet 4 Mark, gebunden 5 Mark.

Max Bittrich, *Kämpfer*. Ein Roman aus der neuen Völkerwanderung. Geh. 4 Mk., geb. 5 Mk.

Hanna Brandenfels, *Prinzessin ohne Land und Krone*. Roman. Geh. 3 Mk., geb. 4 Mk.

Clara Häcker, *Fichtners Rieke*. Thüringer Dorfgeschichten. 2. Aufl. Geh. 2 Mk., geb. 3 Mk.

Clara Häcker, *Thüringer Spinnstubengeschichten*. Mit Umschlagzeichnung von Ernst Liebermann. Geheftet 2 Mark, gebunden 3 Mark.

Gustav Klitscher, *Der Mörder der Schönheit. Die Frühlingshasserin*. 2 Novellen. Geheftet 3 Mk., gebunden

4 Mk.

Thusnelda Kühl, *Der Lehnsmann von Brösum*. 2. Aufl. Geheftet 4 Mk., gebunden 5 Mk.

Thusnelda Kühl, *Rüm Hart – Klar Kimming*. Erzählung. Geheftet 3 Mk., geb. 4 Mk.

Ed. von Mayer, *Falsche Feuer*. Ein Roman aus dem deutschen St. Petersburg. Geheftet 5 Mk., gebunden 6 Mk.

Donald Wedekind, *Ultra montes*. Roman. Geheftet 4 Mk., gebunden 5 Mk.

H. v. Zobeltitz, *Arbeit*. Aus dem Leben eines deutschen Großindustriellen. Geheftet 4 Mk., gebunden 5 Mk.

www.ingramcontent.com/pod-product-compliance
Lightning Source LLC
Chambersburg PA
CBHW022007050726
47499CB00006BB/2045